DE BOEKEN VAN LAURIE GILMORE

Het Pumpkin Spice Café
De Cinnamon Bun Boekhandel
De Christmas Tree Winkel
Het Strawberry Patch Pannenkoekenhuis

LAURIE GILMORE

Het PUMPKIN SPICE CAFÉ

Vertaling Rosalyn van Moorselaar

HarperCollins

FSC
www.fsc.org
MIX
Paper | Supporting responsible forestry
FSC® C021394

Voor het papieren boek is papier gebruikt dat onafhankelijk is gecertificeerd door FSC® om verantwoord bosbeheer te waarborgen.
Kijk voor meer informatie op www.harpercollins.co.uk/green.

HarperCollins is een imprint van Uitgeverij HarperCollins Holland, Amsterdam.

Oorspronkelijke titel: *The Pumpkin Spice Café*

Vertaling: Rosalyn van Moorselaar
Omslagontwerp: Lucy Bennett / HarperCollins*Publishers* Ltd
Omslagbewerking: Pinta Grafische Producties
Omslagbeeld: © Kelley McMorris / Shannon Associates
Zetwerk: Crius Group, Hulshout
Druk: ScandBook UAB, Lithuania, met gebruik van 100% groene stroom

ISBN 978 94 027 1629 0
ISBN 978 04 027 7288 3 (e-book)
NUR 302
Eerste druk september 2024
Vijfde druk juli 2025

Originele uitgave verschenen bij HarperCollins*Publishers* Ltd, London, Great Britain.

www.harpercollins.nl

Opgedragen aan de meest bebaarde man met liefde
voor het dragen van flanel die ik ken. Bedankt
dat je altijd een bron van inspiratie bent.

Hoofdstuk een

Jeanie Ellis had nog nooit een man vermoord, maar daar zou die avond weleens verandering in kunnen komen. Wanhopige tijden vroegen om wanhopige maatregelen.

Ze greep de honkbalknuppel steviger vast en sloop de gammele trap aan de achterzijde af.

Ze had al drie nachten niet geslapen. Niet meer sinds ze het appartement boven het café van haar tante had betrokken. Nou ja, háár café, technisch gezien. Precies twee weken geleden was Jeanie officieel de nieuwe eigenaar geworden van het Pumpkin Spice Café, de trots van haar tante Dot. Op dat moment had de oudere vrouw aangekondigd dat ze met pensioen ging en voor een paar weken naar het Caribisch gebied vertrok om aan haar kleurtje te werken. Blijkbaar kon Dot niemand beters bedenken om haar geliefde café over te nemen dan haar favoriete – en enige, zoals Jeanie opmerkte – nichtje. Dat leek volkomen absurd nu Jeanie op haar tenen de laatste trede afliep, klaar voor de strijd.

Elke nacht hoorde ze vreemde geluiden. Krasachtige geluiden met af en toe een aanhoudend gerommel. In eerste instantie weet ze het aan de wind, of misschien was het een dier dat door het steegje rende. Ze weigerde pertinent haar gedachten te laten afdwalen naar het worstcasescenario, zoals ze gewoonlijk deed. Ze stond zichzelf niet toe zich voor te stellen dat er een ontsnapte seriemoordenaar haar trap aan de achterzijde op sloop. Dat gebons kon echt geen gewapende overvaller zijn die hier kwam voor het schamele wisselgeld dat haar tante in de kassa bewaarde.

Jeanie was klaar voor een nieuw begin. Jeanie was nu een andere vrouw.

In het schilderachtige kustplaatsje Dream Harbor wist niemand iets over haar, en ze was van plan daar ten volle van te profiteren.

Een zacht geschuifel bij de achterdeur trok haar aandacht. Pas wanneer ze wist wat haar ’s nachts wakker hield, zou ze ten volle kunnen genieten van ‘haar nieuwe leven’ en ‘de nieuwe Jeanie’. Niemand kon een ontspannen, idyllisch leven leiden in een kleine stad wanneer er een moordenaar achter de deur op de loer lag. Dat sprak vanzelf.

Ze klemde de knuppel nog steviger vast en liep door het kleine gangetje tussen de trap en de deur die naar het steegje achter het café leidde. Al was ‘steegje’ niet echt het juiste woord. Een steegje riep beelden op van overvolle vuilnisbakken en rondscharrelende ratten. Jeanie was echter niet langer in Boston. Ze was in Dream Harbor, een plaats die waarschijnlijk in iemands dromen ontstaan was. Het was veel te idyllisch om zomaar uit de grond gestampt te kunnen worden. Nee, het weggetje achter het café en de andere zaken in Main Street leek meer op een eigen kleine zijstraat, met ruimte voor bestelwagens en nette vuilnisbakken. Overdag zag ze er zelfs weleens een paar andere winkeleigenaars pauzeren en kletsen. Niet dat ze al met iemand had gesproken. Daar was ze nog niet helemaal klaar voor, omdat ze hier pas net woonde.

Jeanie schudde haar hoofd. Haar gedachten dwaalden af, terwijl ze op het punt stond vermoord te worden. Of het nu een steegje was of niet, wat het ook was, het hield haar wakker en na drie slapeloze nachten kon ze nauwelijks nog op haar benen staan. Ze liet de knuppel op haar schouder rusten en greep de deurknop beet. De zon kwam al bijna op en een zwak schijnsel kwam door het raam boven de deur.

Gelukkig, ging door Jeanie heen. Ik kan in ieder geval mijn aanvaller zien voordat ik sterf. Met dat minder prettige idee in haar hoofd – en helemaal niet met de positieve nieuwe vibe waar ze op gehoopt had – rukte ze de deur open...

Om vervolgens oog in oog te staan met een kist met kleine pompoenen.

Kalebassen? Dat deed er eigenlijk niet toe, want al voordat Jeanie op de naam van de soort kon komen, begon de reus die de kist met kleine pompoenen vasthield te spreken.

In ieder geval maakte hij een nors, geschrokken geluid dat Jeanie eraan herinnerde dat ze een honkbalknuppel in de aanslag had. Bijna liet ze die zakken, maar toen herinnerde ze zich dat er nog steeds een grote, onbekende man tegenover haar stond. Kalebassen of geen kalebassen, ze moest haar waakzaamheid nog niet laten varen.

'Wie ben jij?' vroeg ze, terwijl ze een hand tegen de deur hield voor het geval ze die zou moeten dichtslaan in het gezicht van deze mysterieuze pompoenman.

Zijn donkere wenkbrauwen gingen een fractie van een centimeter omhoog, alsof hij verrast was door haar vraag. 'Logan Anders,' zei hij, alsof dat de zaken voor haar zou ophelderen. Dat was niet het geval.

'En wat doe jij in mijn steegje, Logan Anders?' vroeg ze.

Hij zuchtte gefrustreerd en verstevigde zijn greep op de kist. Die was vast zwaar, maar Jeanie wilde haar veiligheid niet in gevaar brengen omdat deze man er toevallig betrouwbaar uitzag, met zijn kist vol herfstgroenten, zijn versleten flanellen overhemd en zijn volle baard. Haar blik bleef nog een seconde op zijn gezicht hangen. Misschien kwam dat later nog van pas, als ze hem zou moeten identificeren als de dader. Misschien moest ze weten dat hij behalve een baard ook een lange, rechte neus en blozende wangen had. De politie zou haar kunnen vragen of hij lange wimpers had, en het antwoord zou ja zijn. Voor het onderzoek zou het van het allergrootste belang kunnen zijn om te weten dat ze zelfs in het schemerige licht van de ochtend kon zien dat zijn ogen helderblauw waren.

'Het is donderdag.'

Jeanie knipperde met haar ogen. Had de dag van de week iets te maken met het feit dat deze man haar uit haar slaap hield?

'Maar je houdt me al vanaf maandag uit mijn slaap,' zei ze.

Nu was het Logans beurt om verward te kijken. 'Ik kom net aan.' Hij pakte de kist opnieuw steviger beet, waardoor de spieren in zijn onderarmen zich spanden. Die kist moest echt zwaar zijn, maar hij had geen enkele aanstalten gemaakt om naar binnen te komen of hem neer te zetten.

'Ik hoor anders al de hele week vreemde geluiden en ik hield mezelf voor dat het alleen maar de wind was, of een wasbeer of zoiets. Maar toen begon ik te denken dat mensen dat meestal vlak voordat er een moordenaar binnenstormt tegen zichzelf zeggen.'

Logan kuchte geschokt en zijn ogen werden groot. 'Een moordenaar?'

Jeanie voelde haar wangen warm worden. Misschien had ze haar verbeelding een beetje te veel de vrije loop gelaten. 'Of zoiets...' Haar stem stierf weg. Ze wist niet wat ze tegen deze onbekende man moest zeggen, en hij leek ook even sprakeloos. 'Nou, wat doe je hier?' vroeg ze.

'Ik kom elke donderdag bezorgen.' Hij knikte naar de kist met de dingen waarover hij het had.

Jeanie huiverde. Natuurlijk werden er spullen bezorgd. Tante Dot had haar de dag voordat ze vertrok van alles verteld, maar Jeanie had niets genoteerd. Het café was gesloten sinds ze hier was en ze had zich nog niet druk gemaakt over alles wat haar nog te doen stond. Gelukkig was Norman, de oude manager van het café, hier om te helpen. Hij had haar ervan verzekerd dat het café dit weekend weer open kon.

Logan pakte de kist opnieuw anders beet. De zware kist, die hij nog steeds vasthield.

'Het spijt me!' Jeanie deed een stap achteruit en maakte een zwaaibeweging richting het café. 'Kom binnen. We vinden wel een plek om deze, eh... pompoenen neer te zetten.'

Logan stond aarzelend in de deuropening, terwijl zijn blik heen en weer schoot van Jeanie naar de honkbalknuppel die ze nog steeds op haar schouder had.

'Oei! Sorry. Ik zal je niet op je hoofd slaan. Dat beloof ik.' Ze probeerde geruststellend te glimlachen, maar het leek niet te helpen. Hij bleef gewoon in de deuropening staan.

'Het spijt me echt, ik dacht dat je een moordenaar was. Vat het niet persoonlijk op. Ik heb gewoon al drie nachten niet geslapen. Er is hierbeneden iets wat lawaai maakt, echt waar. En ik breek me nog steeds het hoofd over dit hele gedoe met de overname van het café.'

Logan staarde haar aan, nog altijd met een aarzelende blik in zijn ogen. Shit. Ze had hem waarschijnlijk al afgeschrikt. Jeanie was gedurende haar leven al meer dan eens 'intens' genoemd. Waarschijnlijk stond het zelfs in een paar rapporten van vroeger. Als de nieuwe Jeanie probeerde ze daaraan te werken. Minder praten. Minder piekeren. Minder intens zijn.

Ze haalde diep en langzaam adem. De Jeanie die het café ging runnen was kalm en relaxed. Gewoon de vriendelijke eigenaresse van het buurtcafé, die altijd klaarstond met een glimlach op haar gezicht en je favoriete drankje. Niet met haar theorieën over wie of wat haar vandaag probeerde te vermoorden, het laatste nieuws over het smelten van de ijskappen of iets over de achttien dingen die ze later die dag nog moest doen.

Ze probeerde de vrije geest van tante Dot te imiteren, ook al wenste ze dat zíj iets minder ontspannen was geweest en haar duidelijkere aanwijzingen had nagelaten. Ze probeerde breder en vriendelijker te glimlachen. Het voelde vreemd.

'Kom alsjeblieft binnen. Het moet erg zwaar zijn.'

Logan knikte even ter bevestiging. 'Meestal zet ik het hier neer.'

'O.' Ze had hem dus niet afgeschrikt met haar monoloog, maar alleen zijn gebruikelijke werkwijze onderbroken. Ze wist precies hoe dat iemand van zijn stuk kon brengen.

Toen haar favoriete koffietentje op de hoek een week lang gesloten was, kon ze nauwelijks functioneren. Dat kwam niet door een gebrek aan cafeïne; er waren genoeg koffietentjes in de stad, maar in geen daarvan voelde ze zich thuis. Ze was de hele week in een slecht humeur geweest.

Haar glimlach was deze keer oprecht. 'Nou, je bent er nu eenmaal en ik ben wakker. Wat dacht je van een kopje koffie?'

Hoofdstuk twee

Logan vond de nieuwe eigenaresse van het PS Café leuker als ze níét van plan was hem met een honkbalknuppel neer te slaan. Maar dat deed er niet toe. Hij had het druk, hij moest zijn producten afleveren en de goedbedoelende mensen uit het stadje zien te vermijden. Hij had echt geen tijd om hier voor zonsopgang een kop koffie te gaan zitten drinken, maar hij leek niet te kunnen ontsnappen. Of er überhaupt een speld tussen te kunnen krijgen. Dots nichtje was niet opgehouden met praten sinds ze hem uitgenodigd had.

Sinds hij de leiding over de boerderij vijf jaar geleden had overgenomen, zette hij elke donderdag vier kratten met verse producten voor Dot bij de achterdeur. Hij genoot ervan om in de stad te zijn voordat de zon opkwam en iedereen de straat op ging. Hij genoot ervan om zijn zaken gedaan te hebben voordat er andere bedrijven open waren.

Logan was geen man van koetjes en kalfjes. Hij had er een hekel aan om over het weer te praten. Hij had geen interesse in de laatste roddels. Hij zag het al helemaal niet zitten om onderdeel te zijn van de laatste roddels. Dus hoe sneller hij zijn leveringen achter de rug had, hoe eerder hij terug kon naar de rust van de boerderij. Als je een boerderij met een zestal kippen, twee oudere geiten, een alpaca die hij opgevangen had en een praatgrage oma tenminste rustig kon noemen. Gelukkig was zijn opa net zo kalm als hij. Zijn oma praatte genoeg voor hen beiden. Bijna net zoveel als deze Jeanie.

'En, wat denk je dat mijn tante van plan was met die, eh... kleine pompoenen?' vroeg ze, terwijl ze naar de kist aan zijn voeten keek. Ze stond achter de bar, met een hand op haar heup, terwijl ze met de andere wat haren uit haar gezicht wreef die aan haar slordige knotje waren ontsnapt.

'Kalebassen,' corrigeerde Logan haar vanaf zijn plek aan de andere kant van de bar.

'Ja, precies. Kalebassen. Dat dacht ik al.' Jeanie keek nog steeds verbijsterd. 'Maar... die zijn niet om te eten, toch?'

Hij schoot bijna in de lach. Bijna, niet helemaal, want hij was nog steeds te geïrriteerd om te lachen. 'Nee, kalebassen eet je niet.'

Jeanies blik dwaalde over de andere drie kisten die hij naar binnen had gedragen in plaats van ze bij de deur achter te laten, de plek waar ze hoorden. De plek waar hij ze altijd achterliet. De plek waar hij ze deze ochtend had willen achterlaten. 'Ik vermoed dat de rest voor de smoothies is die ze aan het menu heeft toegevoegd.'

Logan knikte. Iedereen in dit stadje hield van hun smoothies. Niet dat je hem daarover hoorde klagen. Dankzij smoothies had het café veel verse groenten en fruit van zijn boerderij nodig. Smoothies waren goed voor de zaken.

'De kalebassen zijn alleen maar decoratief,' zei hij, waarmee hij hen beiden een reeks nieuwe vragen bespaarde.

Jeanies ogen lichtten op alsof hij al haar problemen in één klap had opgelost. Hij negeerde de trots die in hem oplaaide bij het zien van haar blije gezicht. Het was een tijd geleden dat hij iemands problemen had kunnen oplossen.

'Natuurlijk! Daar had ik zelf aan moeten denken. Het komt door het slaaptekort.'

Ze steunde met haar ellebogen op de bar en liet haar kin in haar handen rusten. Ze droeg een oud, oversized vest, met zulke lange mouwen dat die haar handen bedekten, over een versleten T-shirt en een pyjamabroek. Hij was er vrij zeker van dat de broek volledig bedrukt was met kleine egeltjes, maar hij had zijn best gedaan om daar niet naar te kijken.

Hij deed sowieso zijn best om niet veel naar Jeanie te kijken. Hij wilde niet zien hoe expressief haar donkere wenkbrauwen waren, en hoe ze onophoudelijk bewoog, terwijl ze met snelle, efficiënte bewegingen koffiezette. Ze was een vrouw vol contrasten. Competent maar tegelijkertijd wanhopig. Ze glimlachte snel, maar fronste ook gemakkelijk. Elke emotie was duidelijk in haar ogen te lezen. Donkerbruine ogen, bijna zwart, als zijn koffie.

Jeanie wreef met haar hand over haar gezicht en verbrak daarmee de betovering. Hoelang had hij naar haar zitten staren? Ze geeuwde en rekte zich met haar handen boven haar hoofd uit. Haar T-shirt ging tegelijk met haar armen de lucht in en Logan wendde zijn blik af van het blote stukje huid boven haar tailleband. Dát zou hij in ieder geval niet zien.

Toen hij weer naar haar durfde te kijken, leunde ze weer op haar ellebogen op de bar. Ze had donkere kringen onder haar ogen en haar donkere haar was in een slordig nestje op haar hoofd bevestigd. Haar ineengezakte houding vol verslagenheid deed hem iets. Iets waar hij zich ongemakkelijk door ging voelen. Iets waar hij op dit moment geen tijd voor had.

Hij opende zijn mond om haar te vertellen dat hij door moest gaan met het bezorgen van de bestellingen, maar ze praatte alweer verder.

'Het is gewoon zo raar. Ik hoor altijd geluiden. Elke nacht. Zou het hier misschien spoken?'

Logan verslikte zich bijna in zijn koffie. 'Spoken?'

'Ja.' Ze richtte zich op en haar ogen straalden vanwege haar nieuwe theorie. 'Misschien spookt het hier wel. Misschien zijn de geesten die hier wonen niet blij met de nieuwe eigenaresse.'

'De geesten?' Het was te vroeg in de ochtend voor dit soort waanzin.

'Spoken, geesten, wat dan ook.' Jeanie wuifde het weg alsof de semantiek van het spookachtige wezen er niet toe deed. 'Iets is boos over mijn komst hier.'

'Ik denk echt niet...'

'Er is geen andere logische verklaring.' Ze sloeg haar armen over elkaar, alsof het definitief was. 'Het spookt hier beslist.'

'Geen andere verklaring?' Logan zette met een klap zijn mok op de bar. Dit kon hij niet over zijn kant laten gaan. 'Wasberen, oude regenpijpen, klapperende ramen, je eigen fantasie.' Hij somde rustig alle andere mogelijkheden op. Bij de laatste kneep Jeanie haar ogen tot spleetjes, maar hij ging door. 'Het kunnen zelfs de kinderen uit het stadje zijn, die aan het rommelen waren. Er zijn ontelbaar veel verklaringen die logischer zijn dan geesten. En nu moet ik echt gaan...'

'Wat bedoel je met kinderen die aan het rommelen waren?'

Logan zuchtte en had de neiging om zich het haar uit het hoofd te trekken. 'Geen idee. Misschien waren er gewoon wat kinderen aan het rommelen in het steegje.'

Jeanie knikte traag en liet deze nieuwe theorie op zich inwerken.

Logan schoof zijn mok over de bar en stond op het punt om een bedankje en tot ziens te mompelen.

Jeanie was hem echter voor. 'Dus hoe lossen we dit op? Ik heb echt slaap nodig.'

'We?' Hij zette een stap bij de bar vandaan. Misschien kon hij zich gewoon omdraaien en haastig weglopen. Het laatste wat hij nodig had, was een nauwer contact met de nieuwe eigenaresse van het café. Hij kon de dames van de leesclub er al bijna over horen kakelen. Zij smulden van alle mogelijke roddels.

Jeanie knikte. 'Jij bent mijn enige vriend hier. Ik kan een bende tieners niet in mijn eentje aan.'

'Een bende is wel wat vergezocht,' mompelde hij, nog steeds achteruit naar de deur lopend, maar nu volgde Jeanie hem. Er stonden beslist egels op haar pyjama. Hij weigerde dat vertederend te vinden.

'Alsjeblieft? Ik ben nieuw hier en ik heb het gevoel dat ik geen idee heb wat ik aan het doen ben…' Ze schudde haar hoofd en haar woorden stierven weg. 'Sorry. Dat is niet jouw probleem.' Ze glimlachte. 'Ik zoek het wel uit.'

De glimlach die ze op haar gezicht toverde, maakte opnieuw iets in hem los. Ze zag er zo… zo hulpeloos uit. Hoewel ze glimlachte en wat piekerige haren uit haar gezicht streek, in een poging hem ervan te overtuigen dat het goed met haar ging. Dat was duidelijk niet het geval. En die conclusie bracht hem nog meer in de war dan haar voortdurende gepraat.

Verdorie. 'Kom vanavond naar de bijeenkomst van de inwoners,' zei hij.

'Bijeenkomst van de inwoners?'

'Ja.' Hij streek met een hand over zijn baard en had bij voorbaat al spijt van zijn volgende woorden. 'Ze komen om de donderdag samen. Daar kun je, eh… je probleem ter sprake brengen. Hulp zoeken.'

Haar glimlach verbreedde zich en haar ogen werden nog helderder. O nee. Jeanies blije glimlach was zelfs nog vertederender dan die vervloekte egels. Hoe was het mogelijk dat zijn gebruikelijke ochtendlevering zo'n drastische wending had genomen?

'Bedankt! Dat is een uitstekend idee.' Jeanie hield haar handen voor zich, alsof ze zichzelf ervan weerhield hem te vragen haar te knuffelen. Logan wist niet of hij daardoor opgelucht of teleurgesteld was.

Hij moest echt gaan. Hij had al één hand op de deurknop gelegd. Bijna was het weer een normale ochtend, bijna kon hij weer genieten van zijn gezegende rust.

'Ben jij er ook?' Jeanies vraag hield hem tegen voordat hij kon ontsnappen. Logan ging meestal alleen naar een bijeenkomst van de inwoners als hij daartoe door een of andere boerderijkwestie gedwongen werd, en dan alleen wanneer zijn oma het te druk had met haar breiclub om naar de stad te gaan. Zijn opa liet liever al zijn tanden trekken, zonder verdoving, dan een bijeenkomst van de inwoners bij te wonen (en dat waren zijn eigen woorden).

Logan hoefde er deze week niet heen, maar toch zei hij om de een of andere reden: 'Ja, ik zal er zijn.'

Jeanies opgetogen kreetje volgde hem terwijl hij het ochtendgloren tegemoet liep.

De leesclub zou weken nodig hebben om bij te praten.

Hoofdstuk drie

Hoi, ik ben Jeanie Ellis, het nichtje van Dorothy en de nieuwe eigenaar van het Pumpkin Spice Café. Ik heb een klein probleempje met een nachtelijke verstoring...

Nachtelijke verstoring? Daardoor klonk ze nog gestoorder dan vanmorgen. Jeanies knie wipte op en neer, hoewel ze haar best deed om stil te zitten. Ze was zenuwachtig. Ze wilde een goede eerste indruk maken tijdens deze bijeenkomst en sinds ze hier was, had ze haar toespraakje minstens tien keer in haar hoofd doorgenomen. Blijkbaar was ze twintig minuten te vroeg.

Ze zat achter in de kleine zaal; onder haar kraakten de oude vloer en de versleten stoel die misschien zelfs nog ouder was. Er kwam maar een handvol andere mensen binnen en iedereen begroette elkaar met een gemakkelijke vertrouwdheid die ze sinds haar kindertijd niet meer had ervaren. Ze had het gemist. Het gevoel ergens bij te horen, zich thuis te voelen. Ze had niet eens beseft dat ze het gemist had. Sterker nog, ze was weggelopen uit het stadje waar ze was opgegroeid zodra ze de middelbare school had afgerond, zo graag wilde ze vrij zijn, verlost van de beperkende grenzen. Maar op een gegeven moment hadden de spanning van de stad, de drukte en het beton hun aantrekkingskracht verloren.

Ze verschoof een beetje en de stoel kreunde onheilspellend. Een oudere heer glimlachte vriendelijk naar haar en groette haar toen hij langsliep en zich bij een groepje voegde dat al bij het podium stond.

Jeanie stak een hand op om hem terug te groeten, maar hij was al doorgelopen. Ze stopte haar handen tussen haar dijen in een poging ze op te warmen en niet te gaan wiebelen, en keek toe hoe het groepje de man verwelkomde met vriendelijk geplaag over zijn felgroene das. Jeanie kon zich niet herinneren wanneer ze voor het laatst had meegemaakt dat er zulke grapjes werden gemaakt. Wanneer ze mensen om zich heen had gehad om zulke grapjes mee te maken. In ieder geval niet van mens tot mens. Op de een of andere manier was haar beste vriend de afgelopen jaren als een broer gaan voelen. Hun relatie bestond uit het sturen van zomaar wat appjes en memes en af en toe een keer facetimen.

Jeanie trok haar jas dichter om haar schouders. Ondanks het borrelende geluid van de radiatoren langs de muren leek de temperatuur hier binnen rond het vriespunt te liggen.

De bijeenkomsten werden gehouden in het vroegere stadhuis, dat volgens de gegraveerde bakstenen gevel in 1870 was gebouwd. Jeanie kon zich niet echt voorstellen hoe het er in 1870 uit had gezien, maar vanavond leek het een kleine zaal met meerdere rijen metalen klapstoelen en een podium vooraan. Er waren decoraties op het podium te zien, waarschijnlijk voor een herfstuitvoering. Er waren handgeschilderde stukken met pompoenen en appelbomen langs de achterkant van het podium en hooibalen aan de voorkant. Jeanie zag in gedachten al verklede kinderen over het podium dansen en naar hun ouders in het publiek zwaaien. Het zou ongetwijfeld een schattig gezicht zijn. Al was ze er niet zeker van dat het podium kinderen van die leeftijd zou houden. Zouden die oude houten planken het overleven?

Ze schudde de gedachte van zich af en keek achterom naar de dubbele deuren die naar de vergaderruimte leidden. Nog steeds geen Logan. Misschien had hij wel gewoon gezegd dat hij zou komen om haar de mond te snoeren. Het zou niet de eerste keer zijn dat iemand gewoon ergens mee instemde om haar te laten stoppen met praten.

Ze was zoals gewoonlijk te dominant overgekomen. Ze had die stille boer opgezadeld met al haar problemen en theorieën over haar slaapgebrek. Die superknappe, superrustige boer.

Jeanie streek met haar handen langs haar dijen en probeerde haar onrustige knie tot kalmte te manen. Het maakte niets uit dat Logan knap was. Superknap, om precies te zijn. Als er bijvoorbeeld een *Sexy Farmer Weekly* zou zijn, zou hij op de cover staan.

Het maakte niet uit, want betrokken raken bij knappe boeren was geen onderdeel van haar 'nieuwe Jeanie'-plan. Ze had ingestemd met het gekke idee van haar tante om het café over te nemen zodat ze een nieuwe start kon maken.

Jeanie was de afgelopen zeven jaar de rechterhand geweest van de CEO van Franklin, Mercer & Young Financial. Totdat hij een hartaanval kreeg en op een avond aan zijn bureau was gestorven. Jeanie was degene geweest die hem de volgende ochtend had gevonden. Zijn lege ogen hadden haar aangestaard toen ze zijn kantoor binnen was gekomen, met een mok koffie in haar hand, die ze geschokt had laten vallen. Toen ze ontslag nam, zat de koffievlek nog steeds in het tapijt.

De dokter zei dat de hartaanval door stress was veroorzaakt. Stress in combinatie met Marvins vreselijke dieet van bacon en afhaalmaaltijden laat op de avond. Maar het gedeelte over de stress was Jeanie bijgebleven. Was dat haar toekomst? Werken, werken, werken, totdat haar hart het begaf? Het simpelweg opgaf?

Jeanie had de neiging om te veel na te denken. Om te veel te praten. En om te veel te werken. In rust nemen en ontspanning zoeken was ze niet goed. Rustig aan doen was niet haar sterkste kant. Maar ze was vastbesloten het te proberen. Voor haar gezondheid zou ze haar best doen. Haar leven bestond alleen uit werk, een paar kennissen van kantoor met wie ze op vrijdag een borrel dronk – als ze tenminste niet te uitgeput was om zich bij hen aan te sluiten – en haar zielige en sporadische pogingen tot daten. Plotseling leek dat alles een heel groot probleem. Een dodelijk probleem.

Toen haar tante Dot slechts een paar weken na Marvins dood met het plannetje was gekomen om Jeanie naar Dream Harbor te laten verhuizen en het café over te nemen, had het de perfecte ontsnapping geleken. Alleen was Jeanie er zeker van dat ze nu al faalde. Zeker na haar optreden met die knappe boer vanochtend. Ze had hem bijna een klap voor zijn hoofd verkocht, en toen had ze hem als een razende de oren van het hoofd gepraat. Ze had de geschokte blik op zijn gezicht gezien. Hij had niets liever gewild dan ontsnappen.

Ze keek nog eens naar de deur, maar er kwam alleen een groepje oudere vrouwen binnen. Ze glimlachten naar haar terwijl ze plaatsnamen.

Eigenlijk was het beter zo. Jeanie was ook niet goed in relaties die langer dan een paar weken duurden en een affaire beginnen in zo'n klein stadje was een zeer slecht idee. Niet dat Logan een affaire met haar zou willen hebben. Niet dat hij vanochtend een kop koffie met haar had gedronken als zíj hem daar niet toe gedwongen had...

'Hé.' Zijn norse begroeting deed haar opschrikken uit haar gedachten toen hij naast haar op de stoel gleed. Hij bracht de geur mee van buiten, van herfstbladeren en houtrook. Jeanie weerstond de drang om dichter naar hem toe te schuiven, om zich te laven aan zijn warmte in de tochtige zaal.

'Hoi.' Wees kalm en nonchalant, zei ze tegen zichzelf. Ze wierp een blik op hem toen hij ging zitten. Nog steeds knap. Verdorie. 'Hoe was je dag?' vroeg ze. Een terloopse vraag voor een nieuwe kennis. Ze zou hier niet met vreemde theorieën over spoken aankomen.

'Eh... goed.' Hij schraapte zijn keel. 'Gewoon.'

Jeanie glimlachte. 'Gewoon lijkt me prima.'

Logan knikte. 'Als je daarvan houdt, ga je deze bijeenkomst helemaal niets vinden.'

Jeanies glimlach werd breder. Was dat een grapje van die serieuze boer? 'Gaat het er zo wild aan toe tijdens de tweewekelijkse bijeenkomsten van Dream Harbor?'

'Wacht maar af.' Hij had zich naar haar toe gebogen en zijn diepe stem bromde in haar oor.

Er was echter geen tijd om bij dat tenenkrullende gevoel stil te staan, want de vergaderzaal stroomde vol en Jeanie deed haar best om alles in zich op te nemen.

Mensen zochten een plaatsje en de kamer werd aanzienlijk warmer door de toestroom van lichamen. Een luide lach trok Jeanies aandacht naar een paar rijen voor hen. De lach kwam van een vrouw die in de veertig leek te zijn. Als dat zo was, zag ze er wel geweldig uit voor haar leeftijd, wat in Jeanies ogen nog maar eens bewees dat het goed voor je was om in een kleine stad te wonen. De mensen hier werden zo mooi oud! De vrouw lachte opnieuw, en haar korte zwarte haar viel mooi om haar ronde gezicht. Ze wurmde zich tussen een oudere vrouw met kort, grijs haar en een man van in de twintig in, die luid praatte, waarbij zijn handen elk woord onderstreepten.

'De leesclub,' mompelde Logan in haar oor.

'De leesclub,' herhaalde Jeanie zwakjes, terwijl ze toekeek hoe twee andere vrouwen, van wie er één een baby tegen haar buik droeg, zich vanaf de rij erachter in het gesprek mengden. 'Het ziet er gezellig uit.'

'Gezellig. Ha. Zij hebben de touwtjes van de stad in handen.' Logans onheilspellende toon was volledig in tegenspraak met het vrolijke, glimlachende stel voor hen. Vooral toen de vrouw met het donkere haar zich omdraaide en naar hem zwaaide.

Logan kreunde en zwaaide terug.

De rest van het groepje draaide zich ook om en Jeanie kon hun ogen bijna zien oplichten; ze waren duidelijk blij om hem te zien.

'Logan! Wat een zeldzaam genoegen,' riep de oudere vrouw.

'Hé, Nancy.'

'We missen je tijdens onze bijeenkomsten,' zei de jongere man met een knipoog. Vanwaar die knipoog, dacht Jeanie.

'Ik ben nog nooit op een van jullie bijeenkomsten geweest,' mopperde Logan.

De man lachte. 'Nou ja, dat is misschien waar, maar we hebben toch geprobeerd je er zoveel mogelijk bij te betrekken. Vooral toen we *Passie in de velden – De boer en het melkmeisje* lazen.' De man praatte zo luid dat de hele zaal het kon horen. Verschillende mensen giechelden en draaiden zich om om naar Logan te kijken.

'O, dat was zo'n mooi boek.' De vrouw met de baby sloeg een hand tegen haar borst en deed alsof ze ter plekke in zwijm viel.

Jeanie gluurde even opzij en zag dat Logans gezicht helderrood kleurde boven zijn baard. Ze onderdrukte een glimlach.

'Ben jij de nieuwe café-eigenaar?' vroeg de vrouw met het donkere haar. 'Ik ben Kaori.'

'Jeanie. En ja, ik ben de nieuwe eigenaar.'

'Open het maar snel weer!' riep de dame met de baby lachend. 'Ik ben het beu om bij Kaori thuis af te spreken. Het is daar zo'n rommeltje. Overal staan schattige vazen en rare snuisterijen. Ik krijg er de kriebels van.'

Kaori sloeg speels op de schouder van de vrouw. 'Negeer Isabel maar. Welkom in Dream Harbor.'

Vervolgens wendden de dames van de leesclub zich weer tot elkaar.

'*Passie in de velden* dus?' vroeg Jeanie, niet in staat om de verleiding te weerstaan.

Logan schraapte zijn keel en verschoof op zijn stoel, die luid kraakte uit protest. 'Ik heb het niet gelezen.'

'Jammer. Het klinkt wel goed.' Ze onderdrukte een lach bij de gedachte dat Logan een boek zou lezen over een boer en een melkmeisje, en dwong zichzelf om de rol van dat 'melkmeisje' niet op zich te nemen. 'Volgens mij moet ik het café snel weer openen. Ik wil de leden van de leesclub niet boos maken.' Het had een grapje moeten zijn, maar zelfs zij kon de onzekerheid in haar stem horen, de stress die haar teisterde doordat ze er nog niet klaar voor was.

'Maak je over hen maar niet druk. Ze zoeken gewoon een plek om hun pornografie te verkopen.'

Jeanie keek net op tijd op om een glimp van een glimlach op zijn gezicht te ontdekken. Alweer een grapje.

'Nou, dat zouden we niet willen. En we willen zeker niet dat ze boeren als lustobject gaan zien.'

Logans glimlach werd breder. Verdorie, misschien moest ze dat boek toch eens doornemen. Op een veilige manier uiting geven aan haar nieuwe waardering voor boeren.

'Heb ik iets gemist?' Een vrouw met bruin krullend haar plofte neer op de stoel aan de andere kant van Logan.

'Nee.'

'Eerlijk gezegd was het een behoorlijk interessant literair gesprek,' mengde Jeanie zich in het gesprek, Logan herinnerend aan haar aanwezigheid.

'Het was niet interessant. Jeanie, dit is Hazel. Hazel, Jeanie.'

Hazel strekte haar hand uit over Logans schoot en Jeanie pakte hem vast. Hazels vingers staken uit haar vingerloze handschoenen en voelden koud in Jeanies hand.

'Aangenaam.'

Hazels blik schoot van Jeanie naar Logan en weer terug. 'Insgelijks. Ik run de boekwinkel naast je café.'

Jeanies glimlach werd breder. 'O, die is zo leuk!'

Hazel bloosde. 'Bedankt.'

Jeanie vroeg zich meteen af of Hazel boerenromans op voorraad had en daardoor miste ze bijna de volgende vraag van de vrouw.

'En hoe kennen jullie elkaar?' vroeg ze.

'O, gewoon,' zei Jeanie. 'Ik heb hem bijna bont en blauw geslagen met een honkbalknuppel, want ik dacht dat hij een indringer was die me kwam vermoorden, maar hij kwam gewoon pompoenen afleveren. Eh... Kalebassen. Toen liet ik vallen dat het misschien spookt in het café, dus stelde hij voor dat ik hierheen zou gaan om, eh... hulp te vragen.'

Hazels ogen werden groot achter haar bril. 'Eh... Wauw.'

Jeanie probeerde te glimlachen, zodat ze iets minder losgeslagen over zou komen, maar ze had niet het idee dat het effect had. Hazel leunde achterover in haar stoel met een kleine glimlach. Ze fluisterde iets tegen Logan, waarop Logan heftig met zijn hoofd begon te schudden. Jeanie had echter geen tijd om daarover na te denken, want een andere vrouw landde op een stoel in de rij voor hen. 'Zie je hem daar? Hij is duidelijk iets van plan,' zei ze, alsof ze midden in een gesprek zaten zonder dat Jeanie zich daar bewust van was.

'Hij ziet eruit alsof hij alleen maar praat,' mompelde Logan, en de nieuwe vrouw kneep haar ogen tot spleetjes.

'Ja, maar wel met de burgemeester. Hij heeft vast nog meer idiote plannen om dit stadje in de vernieling te helpen.'

'Het is maar een quizavond, Annie.'

'Een quiz op dezelfde avond als mijn cursus Bakken voor beginners! Hij heeft het bewust zo gepland.' Ze keek boos naar de man aan de andere kant van de kamer en Jeanie volgde haar blik. De man in kwestie, die de quizavond gepland had en de stad in de vernieling zou helpen, was lang en knap. Niet zo knap als een boer, maar beslist aantrekkelijk. Donker haar, een gebronsde huid. Zijn glimlach was eerder een eigenwijze grijns te noemen. Wat zat hier in het water? Waren alle mannen in deze stad sexy? Was dat de droom waar Dream Harbor zijn naam aan te danken had? Jeanie kon niet zeggen dat ze ermee zat.

'Je doet net alsof we Mac niet al kennen sinds de kleuterschool,' zei Logan.

Annie fronste. 'Dat is nu juist het probleem. Juist jij zou nog moeten weten hoe gemeen hij was. Toen we in groep twee zaten, stal hij elke dag jouw chocolademelk! Jij zou het moeten begrijpen.'

Logan liet een laag lachje horen en vervolgens zuchtte hij bijna onmerkbaar. 'Ik ben eroverheen.'

Annie sloeg haar armen over elkaar. 'Nou, ik niet.'

Eindelijk keek ze in de richting van Jeanie, die glimlachte en even zwaaide.

'Tjee, jij moet de mysterieuze nieuwe eigenaresse van het café zijn! Ik ben Annie, eigenaar van de Sugar Plum Bakkerij. Leuk je eindelijk te ontmoeten.'

'Ben ik mysterieus?' vroeg Jeanie terwijl ze steels naar Logan keek. Zijn gezicht stond grimmig, maar hij zweeg. 'Ook leuk om jou te ontmoeten. Je bakkerij ruikt elke ochtend heerlijk.'

'Kom dan eens langs! O, en bovendien bezorg ik in het weekend meestal scones bij het café. Hopelijk begroet je me niet op dezelfde manier als je Logan begroette.'

Jeanies wangen gloeiden van schaamte, maar Annie liet een aanstekelijk lachje horen.

'Het was echt niet persoonlijk...' begon ze uit te leggen, maar Annie wuifde het weg.

'Als ik die grote boerenpummel door het steegje zou zien sluipen en ik hem niet al vanaf zijn geboorte kende, zou ik waarschijnlijk ook geprobeerd hebben hem neer te knuppelen.'

'Ik sluip niet.'

'Het leek anders wel veel op sluipen,' zei Jeanie.

Annie wees priemend met een vinger naar Logan. 'Zie je wel, je sluipt! Ik mag haar wel,' zei ze, wijzend naar Jeanie.

'Wanneer begint die verdraaide bijeenkomst?' In Logans stem klonk zowel ergernis als wanhoop door, iets wat eigenlijk wel schattig was.

Hazel klopte met haar nog steeds gehandschoende hand op zijn knie. 'Je weet dat burgemeester Kelly nooit op tijd begint.'

'Waarom noem je hem zo? Zeg gewoon pa.'

Hazel haalde haar schouders op. 'Hij is hier in functie. Ik probeer respectvol te zijn.'

Logan rolde met zijn ogen, maar Jeanie kon de glimlach op haar gezicht niet onderdrukken. Ze mocht deze mensen nu al graag. Ze hield van dit stadje. Deze knorrige boer beviel haar. Was de wens dat ze hier een thuis zou vinden te veel gevraagd? Zou Annie haar echt graag mogen, zouden ze haar bij de leesclub vragen en zou Hazel haar voorstellen aan haar vader, de burgemeester?

De druk om het café goed te laten lopen werd steeds groter. Maar als het Jeanie was gelukt Marvin klaar te stomen voor zijn wekelijkse ontmoetingen met miljardeninvesteerders, dan zou ze zeker een klein café kunnen runnen. Toch?

Hoofdstuk vier

Logan had altijd gedacht dat de hel uit vuur en zwavel bestond, maar bij nader inzien was de hel een bijeenkomst op het gemeentehuis, ingeklemd tussen de vrouw die hij sinds vanochtend probeerde te vergeten en een van zijn nieuwsgierige beste vriendinnen. Elke keer dat hij naar Hazel keek, trok ze haar wenkbrauwen op, en dat op een manier die hem erg ongemakkelijk maakte – en elke keer dat hij naar Jeanie keek, glimlachte ze naar hem alsof ze het naar haar zin had. Waar was hij in verzeild geraakt?

Hij wist niet waarom hij Jeanie over deze vervloekte bijeenkomst had verteld en, erger nog, waarom hij ermee had ingestemd om ook te komen. Ze had er vanochtend zo onthutst uitgezien, zo verbijsterd. En zo moe. Ze zat er tot over haar oren in en hij deed simpelweg de stad een plezier. Het Pumpkin Spice Café was het enige fatsoenlijke koffietentje in de stad. Als het niet snel weer open zou gaan, zouden mensen misschien hun toevlucht moeten nemen tot de waterige, bittere koffie die ze serveerden bij het benzinestation vlak bij de snelweg. Of ze zouden veranderen in zombies en elkaars hersenen opeten als ontbijt. Vanuit die invalshoek bezien was hij een absolute held.

Annie had de taak op zich genomen om alle belangrijke personen uit de stad aan te wijzen, terwijl ze ondertussen de langste sjaal ter wereld afdeed, waarbij haar blonde haar wild om haar hoofd bewoog.

'De man vooraan, met die afschuwelijke groene stropdas, is de burgemeester.'

'Hé! Ik heb hem die stropdas gegeven, hoor.'

'Sorry, Haze, maar die kleur is afschuwelijk.' Annie haalde haar schouders op. 'In ieder geval is de vrouw naast hem, in dat zakelijke pak, de locoburgemeester en de directeur van de basisschool. Haar naam is Mindy, maar ik zie haar nog altijd als directeur Walsh.' Annie dempte haar stem en boog zich dichter naar Jeanie toe. 'Ze is angstaanjagend.'

Jeanie giechelde. Logan negeerde de manier waarop het geluid zich in zijn hart nestelde.

'En daar is mijn aartsvijand, Macaulay Sullivan.'

'De man van de quiz?'

'Laat je niet misleiden door die quiz, Jeanie. Hij is de eigenaar van de pub naast jouw café. Pas op voor hem.'

Logan lachte zacht. Het enige probleem tussen Annie en Mac was dat ze dol op elkaar waren, en dat ze het geen van beiden wilden toegeven. Maar hij was niet van plan het daar nu over te hebben.

'Hoe dan ook, hij is daar met Greg en Shawn, de eigenaars van de dierenwinkel op de hoek.'

Jeanie knikte en nam alles in zich op. Het zou Logan niet verbaasd hebben als ze een notitieboekje tevoorschijn had gehaald en een spiekbriefje begon op te stellen. Ze leek hem wel het type dat aantekeningen maakte. Niet dat het hem iets kon schelen wat voor type ze was. Hij was hier voor de koffie, om de stad te helpen en om een zombie-apocalyps te voorkomen. Hij was hier niet om na te denken over hoe Jeanies handschrift eruitzag, of over de vraag of ze tijdens het luisteren tekeningetjes in de kantlijn zou maken.

Al was die kans wel groot.

'En daar zijn de Sharma's, die even verderop in Main Street een nieuw restaurant hebben geopend. Ze hebben heerlijke kip tandoori,' vertelde Annie aan Jeanie.

Hazel gaf Logan een por in zijn zij en leidde hem af van Annies verhaal over de stadsbewoners. 'Ga je me nog vertellen hoe zij je hier heeft weten te krijgen? Normaal kom je nooit,' fluisterde ze in zijn oor.

'Ik wilde gewoon behulpzaam zijn. Je weet wel, een burendingetje.'

'Een burending?' Haar stem klonk ongelovig, alsof hij in zijn leven nog nooit een ander had geholpen.

'Ja. Ik kan behulpzaam zijn.'

Hazel snoof. 'Behulpzaam ben je wel, maar naar een gemeentevergadering komen? Dat gaat veel verder.' Ze schoof haar bril wat hoger op haar neus en wierp hem een door en door irritante grijns toe. 'Ik denk dat je verliefd bent.'

'Ik ben niet verliefd,' siste hij tussen zijn opeengeklemde tanden door, belachelijk bang dat Jeanie het zou horen. 'Ik ben geen twaalfjarig meisje. Ik verlang gewoon weer naar een goede kop koffie.'

Zijn vervelende kleine vriendin haalde haar schouders op. 'Juist. Tuurlijk. Gewoon een behulpzame buurman die een kop koffie wenst. Ik snap het.'

Hij keek haar boos aan, maar ze glimlachte alleen onschuldig naar hem. Hij had niet veel vrienden, dus het zou niet verstandig zijn om er eentje van om te leggen.

Hij leunde achterover in zijn gammele oude stoel, met zijn armen over elkaar. Verliefd. Absurd. Hij wist bijna niets van die vrouw. Afgezien van het feit dat ze een schattige pyjamabroek droeg, de meest stralende glimlach had die hij ooit had gezien en een honkbalknuppel vasthield als een speler uit de hoogste klasse. Verder kende hij haar niet. En dat wilde hij graag zo houden.

De rook was nauwelijks opgetrokken van de laatste keer dat hij was neergestort en voor de hele stad in vlammen op was gegaan. Hij zou die fout niet nog eens maken. De volgende keer dat hij met iemand uitging, zou hij dat beslist niet in Dream Harbor doen. Misschien was zo'n langeafstandsrelatie waar iedereen het altijd over had iets voor hem.

Niet dat hij erover dacht om met Jeanie uit te gaan.

Hij wilde gewoon koffie.

Burgemeester Kelly stapte het podium op en schraapte zijn keel. Logan kreunde inwendig.

'Welkom, Dreamers,' zei de burgemeester met zijn kenmerkende vreemde glimlach.

Vermoord me nu, dacht Logan.

'Eerste onderwerp.' Hij duwde zijn bril op precies dezelfde manier omhoog op zijn neus als Hazel, waardoor Logan de man meteen mocht. 'Sullivan's Pub organiseert voortaan elke dinsdag een pubquiz vanaf acht uur.'

Logan voelde de woede van Annie afstralen. Of misschien een onderdrukt seksueel verlangen. Hij kon het verschil echt niet zien. Haar bakcursus begon om zes uur. Mensen konden zowel bakken als meedoen aan de quiz, maar hij wist dat Annie die logica niet zou accepteren. Mac had háár avond ingepikt.

Burgemeester Kelly wachtte tot het opgewonden gefluister was weggeëbd. Mensen riepen al teamleden op. Mac was zo moedig om zich om te draaien en naar Annie te knipogen. Ze kwam half overeind terwijl ze haar vuisten langs haar zij balde. Logan greep haar bij de schouders en duwde haar terug op haar stoel. Hij hield haar nog een minuut langer in bedwang om er zeker van te zijn dat ze niet opsprong en door de zaal vloog om Mac te wurgen. Of om de grijns van zijn gezicht te kussen. Voor welke optie ze ook zou kiezen, het zou de hele vergadering in beslag nemen.

'Oké, verder. Het volgende punt op de agenda is het voorgestelde stopbord op de hoek van Mayberry en Cherry Lane.'

'Vergeet het stopbord, Pete! Wanneer krijgen we onze koffie terug?' schreeuwde Leroy vanaf de eerste rij.

Logan merkte dat Jeanie er meteen gespannen bij zat.

'Ja! Ik kan die rare kruidenthee van mijn vrouw echt niet meer aan!'

'Oké, oké, Tim. Rustig maar. Niemand dwingt je om Tammy's thee te drinken.' De burgemeester hield zijn handen omhoog om de menigte tot bedaren te brengen. Logan kreeg gelijk. Ze stonden op de rand van een zombie-uitbraak. 'Ik geloof dat de nieuwe eigenaresse van het PS Café vanavond onder ons is.' Pete glimlachte bemoedigend naar Jeanie. 'Misschien wil zij even naar voren komen en ons over haar plannen vertellen.'

Jeanie haalde diep adem en Logan dacht bij zichzelf dat ze het misschien eng vond om voor het hele publiek te spreken. Hij was zelfs bereid om tussenbeide te komen en uit te leggen dat ze van plan was dit weekend open te gaan, maar ze was al opgestaan en liep naar het podium.

Hij had vanavond zo zijn best gedaan om niet naar haar te kijken dat hij helemaal had gemist dat haar haar achter op haar hoofd in een nette wrong was vastgemaakt, en dat ze in plaats van een egelpyjama een grijze pantalon en een crèmekleurige trui droeg. Haar hoge zwarte hakken tikten luid op de oude houten vloer.

Hij knipperde met zijn ogen. Dit was niet de vrouw die hij vanochtend ontmoet had. Deze vrouw hoefde niet gered te worden. Voor het eerst vroeg hij zich af wie ze was geweest voordat ze hierheen verhuisde, wat ze voorheen had gedaan. Hij was er zo zeker van geweest dat ze hem nodig had, dat hij iets voor haar moest regelen. Dat was weer een foute veronderstelling geweest.

Ze schonk Pete een brede glimlach en ging achter het spreekgestoelte staan. 'Hallo, iedereen. Ik ben Jeanie, het nichtje van Dot.' Ze schraapte haar keel en haar glimlach verbleekte ietwat. Ze was dus toch zenuwachtig. 'Sorry dat ik u deze week alle cafeïne heb onthouden. Ik was, eh... nog even aan het wennen, maar het café gaat zaterdag weer open.'

Er klonk gejuich op, en aanmoedigende en verwelkomende kreten zorgden ervoor dat Jeanies glimlach nog breder werd. Logan voelde zijn eigen lippen eveneens tot een glimlach krullen. Vanwege de koffie natuurlijk. Hij was blij met de koffie.

'Maar ik heb wel een probleempje,' vervolgde Jeanie. 'Ik hoor 's nachts vreemde geluiden. Het, eh... verstoort mijn nachtrust behoorlijk en ik vroeg me af of iemand misschien weet wat het zou kunnen zijn?'

'Moordlustige boeren?' schreeuwde Annie, en Logan gaf een trap tegen de rugleuning van haar stoel.

'Het zijn waarschijnlijk gewoon wasberen,' zei Mac. 'Ik zag eerder een paar van die dikkerds in de prullenbak graven.'

Jeanie schudde haar hoofd. 'Ik weet het niet. Het klinkt echt niet als een dier. Elke avond lijkt het geluid een beetje anders. Soms is het meer een bons, soms een krassend geluid.'

O, het publiek genoot van dit intermezzo. Plots werden er allerlei theorieën geopperd.

'Tieners die onrust willen stoken.'

'Gewoon kinderen die kattenkwaad uithalen. Het is tenslotte oktober.'

'Het is vast een droom door de vele stress. Ik leg dromen uit, kom eens bij me langs.'

'Het waait de laatste tijd erg hard.'

'Je voelt je gewoon nog niet genoeg thuis, lieverd.'

Jeanie draaide haar hoofd van de een naar de ander en hoorde elke gekke suggestie aan.

'Misschien is het wel een spook.'

Jeanies blik bleef hangen bij Noah, Logans andere beste vriend en de kapitein van de SS Ginger, de enige echte organisatie van de stad die vistochten organiseerde. Liefhebber van sterke verhalen en mooie vrouwen.

'Een spook?'

'Ja.' Logan zag Noahs hoofd met het kastanjebruine haar instemmend knikken. 'De kans is groot. Die gebouwen aan de Main zijn ontzettend oud. Eerlijk gezegd zou het me eerder verbazen als het er níét spookt.'

Als Logan zijn vriend vanaf hier had kunnen raken, had hij iets naar zijn achterhoofd gegooid. Hij had Jeanie hierheen gehaald om een plausibelere verklaring voor de geluiden te vinden, niet om haar theorie over spoken te staven. Hoewel hij, nu hij de zaal rondkeek, niet wist waarom hij had gedacht dat deze mensen met een redelijker antwoord zouden komen.

'Dat dacht ik ook! Maar Logan vond dat een gek idee.'

'O ja?' vroeg Noah met één koperen wenkbrauw opgetrokken, terwijl alle hoofden in de zaal zich omdraaiden om naar Logan te kijken. De vraag stond op hun gezichten af te lezen. Ze waren niet langer nieuwsgierig naar het lawaai of de spoken, maar wel naar hem en Jeanie. Waarschijnlijk wilden ze vooral weten hoe het mogelijk was dat hij al kennis had gemaakt met de aantrekkelijke nieuwe vrouw.

Nee, niet aantrekkelijk.

Gewoon een nieuwe buurvrouw.

Hij kreeg het warm.

'Deze theorie kan best een kern van waarheid bevatten,' zei burgemeester Kelly, voordat er vragen aan Logan gesteld konden worden. Heel even was Logan hem dankbaar. Tot de burgemeester verderging. 'Eerlijk gezegd heb ik hierover gedroomd.'

Lieve hemel, dit kon niet waar zijn. Een droom van burgemeester Kelly. Hij was echt in de hel. Dit was officieel de laatste keer dat hij de stad probeerde te redden van cafeïneverslaafde zombies.

'Gedroomd?' vroeg Jeanie, volkomen onwetend wat betreft de krankzinnige manier waarop deze stad werd bestuurd. Logan moest hardop hebben gekreund, want Hazel prikte hem opnieuw in zijn ribben.

Hij wreef over zijn zij. Hazels ellebogen waren zo puntig dat die porren echt aankwamen, en haar blik kwam nog harder aan toen hij haar aankeek. Maar hij hield zijn mond. Hij zou niet nog een keer met haar in discussie gaan over de vraag of haar vader wel of niet helderziend was. Nog een fout waar hij van geleerd had.

Al deed het er eigenlijk niet toe, want het was compleet gestoord om een hele stad te runnen op basis van je dromen. Zelfs als het af en toe succesvol was. En zelfs als de stad Dream Harbor heette.

Burgemeester Kelly was teruggelopen naar het podium, klaar om het hele verhaal weer op te lepelen dat hij er ooit van had gedroomd burgemeester van Dream Harbor te worden, precies een jaar voordat hij werd verkozen, dat hij een droom had gehad over die grote ijzelstorm voordat die had plaatsgevonden en over die keer dat hij wist dat de kleuterschool elektriciteitsproblemen had en dat hij een brand had voorkomen door de elektricien op tijd te bellen. Dat allemaal nog eens aanhoren zou Logan niet kunnen verdragen.

'Hij heeft dromen,' flapte Logan eruit. 'Op basis daarvan neemt hij zijn beslissingen.'

Burgemeester Kelly straalde. 'Precies. Bedankt, Logan.'

Jeanie keek van hem naar de burgemeester, met een verbijsterde glimlach op haar gezicht. Ze genoot ervan. Verdorie, die aanblik maakte deze hele poppenkast meteen goed.

'En u hebt gedroomd dat het in het café spookt?' vroeg ze.

Burgemeester Kelly wuifde dat hoofdschuddend weg, alsof het een gekke suggestie was. 'Mijn dromen zijn niet altijd even duidelijk. Maar ik heb twee nachten geleden wel een droom gehad over een vreemdeling. Dat moet jij geweest zijn.' Hij klopte Jeanie op de rug. 'Hoewel we inmiddels al zowat vrienden zijn!'

'Ga door, Pete.' Sommige vaste vergaderaars werden onrustig.

De burgemeester haalde goedmoedig zijn schouders op. 'Natuurlijk. Hoe dan ook, in mijn droom kwam een vreemdeling voor die hulp nodig had.' Toen glansden de ogen van de burgemeester op een manier die Logan erg onheilspellend vond. Vooral toen hij zijn opgetogen blik op Logan richtte.

Wat zou er nu gebeuren, vroeg Logan zich af.

'Inderdaad,' vervolgde burgemeester Kelly. 'In mijn droom was het onze eigen Logan Anders, die zich vrijwillig aanmeldde om onze nieuwe buur te hulp te schieten.'

'Kwamen er ook zombies in voor?' mompelde Logan binnensmonds.

'Wat zei je?'

'Niets.' Logan maakte een handgebaar. 'Laat maar zitten.'

De burgemeester kende hem al sinds hij en Hazel bevriend waren geraakt in de vierde klas van de middelbare school. Hij kende Logan net zo goed als ieder ander en dit had hij echt niet gedroomd. Het was gewoon de zoveelste poging van de stad om zich met zijn zaken te bemoeien. En na wat er de laatste keer had plaatsgevonden, zou hij dat beslist niet laten gebeuren.

'Ik gok erop dat het de wind is. Kan dit dan afgerond worden?' vroeg Logan, en het klonk onaardiger dan hij wilde, maar hij zou burgemeester Kelly niet de kans geven zich met zijn leven te bemoeien. Droom of geen droom. Hij deed zijn best om niet te zien dat Jeanies glimlach was verdwenen door zijn harde toon.

'Je kunt deze droom van de burgemeester niet zomaar negeren, Logan,' zei Isabel vanaf de zijkant van de ruimte, terwijl ze heen en weer wiegde om de kleine Mateo in zijn draagdoek in slaap te houden. 'Je herinnert je het verhaal van de kleuterschool heus nog wel.'

Logan kneep in de brug van zijn neus. 'Ja, ik herinner me dat verhaal.'

'En ik heb mijn auto niet verplaatst voor die ijsstorm en toen kwam er een enorme tak op terecht,' voegde Jacob van de leesclub eraan toe.

De halve zaal knikte nu naar hem en iedereen kwam met een persoonlijke waarschuwing over wat er kon gebeuren als je de dromen van de burgemeester negeerde. Als hij niet zijn hele leven tussen deze vreemde types had geleefd, zou Logan misschien geschokt zijn. Maar in plaats daarvan voelde hij zich gewoon moe.

'Het geeft niet,' zei Jeanie om de commotie te sussen. 'Logan hoeft niet te helpen. Ik kom er snel genoeg achter.' Ze had nog steeds een glimlach op haar gezicht, maar deze was niet gemeend. Dit was de glimlach van vanochtend, toen ze hem wijs had willen maken dat het goed met haar ging. Het was de hulpeloze glimlach, de glimlach die hij niet kon weerstaan.

Verdorie.

'Ik help wel.'

De menigte stopte met praten, tevredengesteld.

Jeanie glimlachte naar hem vanaf de andere kant van de zaal. Nu zag hij weer haar echte glimlach.

'Ik doe het met plezier,' voegde hij eraan toe. En tot zijn verbazing meende hij het.

Hoofdstuk vijf

'Wij komen met geschenken!'

Jeanie maakte net voor de twaalfde keer de bar schoon toen de bel boven de cafédeur klingelde. Annie en Hazel kwamen binnen met verschillende bakkersdozen in hun armen.

'Lieve help, wat is dit allemaal?' vroeg Jeanie terwijl ze de dozen voor haar opstapelden. Ze moest haar best doen eroverheen te kijken om de vrouwen te kunnen zien.

'Voor de grote heropening morgen!' Annie verschoof de dozen zo dat de stapel wat stabieler werd. 'Meestal is de bestelling niet zo groot, maar volgens mij wordt het eerste weekend echt druk. Iedereen is laaiend enthousiast.'

Jeanies maag draaide zich om van de zenuwen. 'O ja?'

'Zeker. Heb je hen gisteravond niet gezien? Iedereen snakt naar cafeïne.'

Hazel opende een doos en haalde er een scone uit. 'Ben je er klaar voor?'

'Ik, eh... Dat denk ik wel.' Jeanie pakte ook een scone en knabbelde aan een punt ervan. 'Norman heeft me heel goed geholpen. Gelukkig kent hij alle ins en outs van het café.'

Annie sloot de doos. 'Er moet wel wat overblijven voor de betalende klanten!'

'Eerlijk gezegd verbaast het me dat Norman er nog is,' zei Hazel, terwijl ze met een elleboog op de bar leunde.

'Echt? Waarom dan?'

Hazel haalde haar schouders op, waardoor haar bruine krullen op en neer stuiterden. 'Ik dacht altijd dat hij en je tante iets hadden.'

Annie lachte. 'Negeer Hazel maar. Ze heeft er plezier in om iedereen in de stad aan elkaar te koppelen.'

'Lach maar. Ik heb best gezien hoe Norman naar Dot keek. Er speelde iets tussen hen.'

'Nou, ik zag hoe je gisteravond naar Noah keek tijdens de gemeentevergadering. Wat speelt er tussen jullie eigenlijk?'

'Niets,' mompelde Hazel, met een mond vol scone. Ze bloosde tot aan haar haarwortels. Jeanie onderdrukte een glimlach. Ze had de visser die haar theorie over geesten ondersteunde ook knap gevonden, maar ze kende deze vrouwen niet goed genoeg om mee te doen aan het geplaag. Maar ze kon het zich wel voorstellen. Ze zag voor zich dat ze bevriend met hen zou raken en zich hier thuis zou gaan voelen. Daar fantaseerde ze 's nachts momenteel het liefst over als ze niet kon slapen.

'Waarom hebben we je eigenlijk nooit in de stad gezien?' vroeg Annie, snel van onderwerp veranderend. 'Dot had het altijd over jou en je broer.'

'O, ja...' Plotseling nestelde zich een scherp schuldgevoel in haar binnenste. Ze had veel dingen verwaarloosd toen ze het zo druk had gehad op haar werk. Haar tante Dot hoorde daar ook bij. 'Als kinderen kwamen we soms op bezoek. Eerlijk gezegd vond ik het hier vroeger geweldig. Ik bracht graag tijd door in haar café. Maar ja, ik weet het niet... Mijn broer is naar Californië verhuisd en het leven deed de rest, denk ik.'

Annie bestudeerde haar alsof ze puzzelstukjes in elkaar probeerde te passen en haar wilde doorgronden. Jeanie vroeg zich af wat ze zag. Zou het haar lukken om over te komen als de relaxte nieuwe eigenaresse van het café? Of kon Annie zien dat ze eigenlijk één bonk zenuwen was, diep in haar hart bang om te falen nu ze voor het eerst iets voor zichzelf zou doen? Dit café runnen zou de eerste keer zijn dat ze zich niet inspande om dingen voor iemand anders te regelen. Dit was alleen voor haar. En dat maakte het nog veel angstaanjagender.

'Wat vind je van Logan?' flapte Hazel eruit, waardoor Annie en Jeanie meteen allebei naar haar keken.

'Lekker subtiel, Haze,' siste Annie, terwijl ze haar vriendin met haar elleboog een por gaf.

'Ik vind hem heel, eh... aardig.' Jeanie werd onzeker van hun intense blik. 'Het is aardig van hem dat hij me gaat helpen om het probleem met de vreemde geluiden op te lossen.'

'Hoe gaat hij je daar precies mee helpen?' vroeg Annie, wier gezicht droop van onschuld.

'Hij, eh... Wij... hebben besloten op wacht te gaan staan.'

'Op wacht?' Hazels ogen werden groot achter haar bril.

'Ja, net als in politieseries. We blijven op en proberen wie of wat het geluid dan ook maakt te vangen.'

'En Logan is daarmee akkoord gegaan?' vroeg Annie.

'Ja, het was zijn idee. Maandagavond gaat het gebeuren.' Jeanie had gewacht tot het grootste deel van de vergaderzaal leeg was en toen had Logan bij de deur op haar staan wachten. Ze was van plan geweest hem te vertellen dat hij zich er niet meer druk om hoefde te maken, maar in plaats daarvan had hij gezegd dat hij van plan was maandag langs te komen om te kijken of hij het geluid zelf kon opvangen. Eerlijk gezegd had hij het niet over 'op wacht staan' gehad. Dat was haar benaming.

De herinnering aan zijn geamuseerde glimlach toen ze het had gezegd verwarmde haar hart. Ze vond het leuk om de zwijgzame boer een glimlach te ontlokken.

Hazel kreunde zacht. 'O nee. Het is erger dan we dachten.'

'Wat bedoel je?' Jeanie brak nog een stukje scone af en stopte het in haar mond, bang dat ze iets verkeerds zou zeggen.

'Het gaat om het volgende, Jeanie,' zei Annie, terwijl ze de bakkersdozen weer begon te verschuiven. 'Logan heeft de neiging om helemaal voor iemand te gaan en zijn laatste relatie...'

'Nee, nee, nee... Zo zit het niet!' onderbrak Jeanie haar, terwijl ze haar handen ophief om Annies verhaal tegen te houden en daarbij per ongeluk een stukje scone het café in lanceerde. 'Hij helpt alleen maar vanwege de burgemeester en omdat ik hem bijna onthoofd heb en omdat ik gewoon echt slaap nodig heb. Daar komt het door. Dat is, eh... Dat is alles.'

Annies wenkbrauwen gingen omhoog terwijl Jeanie sprak. 'Hm. Nou, ik ken Logan mijn hele leven al, dus ik ben immuun voor zijn geweldige charmes, maar ik ben niet blind, Jeanie. Ik weet dat hij er goed uitziet. Hij is aantrekkelijk, maar hij heeft ook een goed hart en ik wil niet dat hij weer gekwetst wordt.'

Jeanie wilde niet horen hoe Logan eerder gekwetst was geraakt, in ieder geval niet van Annie. Dat verhaal moest hij zelf vertellen. 'Ik meen het. Het gaat gewoon om een goede nachtrust. Ik ben niet naar de stad gekomen om de plaatselijke boeren te verleiden.'

Hazel giechelde en bukte zich om het stukje scone op te rapen dat gevallen was. 'Sorry dat we je het vuur zo aan de schenen leggen,' zei ze. 'De hele stad heeft een zwak voor Logan. Zijn vader liet hen voor zijn geboorte in de steek en zijn moeder is gestorven toen we nog kinderen waren. Daarna was hij zo'n beetje van de hele stad.'

Hemel, ze wilde er niet aan denken dat Logan als klein en schattig jongetje zijn moeder had verloren.

'Ik zal hem niet kwetsen,' zei ze een beetje haperend. Ze schudde haar hoofd. Wat zei ze nu weer? 'Ik bedoel, ik zal helemaal niets doen met hem.' O, dat klonk helemaal fout. 'Ik bedoel dat ik hier niet ben om iemand te leren kennen. Ik wil gewoon een nieuwe start. Dat is alles.'

Annie knikte. Ze was duidelijk gerustgesteld. 'Mooi! Nou, in dat geval, welkom in de buurt.'

'Bedankt.'

Annie haastte zich het café uit, maar Hazel bleef nog even dralen. 'Hij is echt een goede vent,' zei ze.

'Daar twijfel ik niet aan.'

'Ik denk niet dat het erg zou zijn als je meer met hem van plan was.' Hazel knipoogde.

'Ik...' Jeanies wangen gloeiden.

'Als je maar niet terug naar de grote stad vlucht en hem in de steek laat,' zei Hazel vrolijk terwijl ze zich omdraaide om te vertrekken. 'Ik zie je morgen, dan kom ik fris en fruitig mijn *pumpkin-spiced latte* halen!'

'Dag,' zei Jeanie zwakjes, maar haar hoofd tolde van dit bezoekje. Wilden Logans vrienden dat ze met hem uitging of juist dat ze ver uit zijn buurt bleef?

Het deed er toch niet toe. Ze was eerlijk tegen hen geweest. Ze was hier niet gekomen om lokale boeren te verleiden of om met ze uit te gaan.

Ze was hier gewoon om koffie te schenken en idealiter zou ze niet op haar achtentwintigste sterven aan een door stress veroorzaakte hartaanval.

Een paar uur later lag de vitrine voor gebakjes vol met scones, muffins en pompoenvormige suikerkoekjes voor de ochtend. Het glas van de vitrine glansde en op elke tafel en elk oppervlak stonden wat van Logans kleine pompoenen, wat het geheel een fijn herfstig sfeertje gaf. Het café was klaar, maar Jeanie voelde nog steeds de spanning door haar lichaam stromen.

Ze liet zich op een kruk achter de bar zakken en bekeek haar nieuwe domein. Het was beslist anders dan haar bureau op Marvins kantoor. Geen vlekkerig computerscherm om naar te staren, geen onophoudelijk rinkelende telefoon om op te nemen, geen vuile koffiemokken die iedereen liet staan.

Haar voeten deden geen pijn meer doordat ze de hele dag op hakken rond moest rennen, maar haar rug deed pijn van het schoonmaken, organiseren en het treffen van voorbereidingen voor morgen. Haar hoofd zat niet meer vol afspraken van Marvin, de verjaardag van zijn vrouw, het nieuwe adres van zijn minnares en wat hij wilde eten bij de lunch. Maar haar maag draaide zich om door de spanning vanwege de grote opening van morgen. Wat als het allemaal mis zou lopen?

Wat deed ze hier eigenlijk? Uit het grote raam aan de voorkant keek ze Main Street in. De straat zelf was schilderachtig en netjes, met bomen langs de weg. De bladeren begonnen net te verkleuren en geel en rood vermengden zich met het groen. Naast veel voordeuren stonden goudkleurige en paarse chrysanten.

Note to self: haal chrysanten.

Het café werd geflankeerd door de Cinnamon Bun Boekwinkel en Sullivan's Pub. Annies bakkerij was aan de andere kant van de boekwinkel gevestigd. Er waren nog een paar andere winkels en restaurants, de dierenwinkel en het postkantoor, en dat was Main Street dan wel.

Het was eigenlijk behoorlijk schattig. Een herfstachtig, klein stadje in New England op zijn best. Zou ze zich hier niet anders moeten voelen? Nu ze zo ver weg was van de hectische drukte van Boston, het verkeer en de mensenmassa? Zou ze hier niet anders moeten zijn?

Ze wilde het dolgraag proberen.

Ze wreef met een hand over haar gezicht. Misschien zou het goed zijn om te proberen vroeg te gaan slapen en wat uit te rusten voor morgen. Het café ging stipt om zeven uur open, had Norman herhaaldelijk gezegd. Ze kon het gevoel niet van zich afschudden dat hij haar niet mocht, maar misschien was chagrijnig zijn wel gewoon een oudemannending. Haar tante had jarenlang vertrouwen in hem gesteld, dus dat deed Jeanie nu ook.

Maar hoe chagrijnig hij ook overkwam, in haar hart was ze blij dat Norman er nog was. Hij kende alle ins en outs van het café en de twee barista's waren ook gebleven. Jeanie wist niet waar ze zich zorgen over maakte. Dit café zou ook prima draaien zonder haar. Waarschijnlijk had ze het niet eens een week hoeven sluiten, maar ze was zo overweldigd geweest door alles toen ze aankwam. Het idee dat er echt gasten zouden zijn die hun gebruikelijke ochtendkoffie wilden, had er bijna voor gezorgd dat ze linea recta terug naar Boston was gegaan om toch weer ergens als officemanager aan de slag te gaan.

Ze dacht aan de makelaar die ze had gebeld vanaf de kale vloer van haar nieuwe appartement boven het café. Barbara Sanders. Tijdens hun korte gesprekje had ze erop aangedrongen dat Jeanie haar Barb zou noemen. Barb staarde haar aan vanaf de foto op het visitekaartje dat onder de voordeur door was geschoven. Ze zag er onberispelijk uit en kwam evenwichtig over, met een brede, volmaakte glimlach. Jeanie merkte dat ze die Barb graag wilde vertrouwen en dat ze Barb haar problemen wilde laten oplossen.

Ze had er bijna mee ingestemd het café te koop te zetten, maar toen dacht ze ineens weer aan hoe ze Marvin had gevonden achter zijn bureau, verstild tussen de stapels rapporten, en ze had Barb haastig gezegd dat ze van gedachten was veranderd, hoewel ze ermee had ingestemd dat Barb wat vergelijkingsmateriaal zou opsturen van andere bedrijven in de omgeving die onlangs verkocht waren. Daarna had ze opgehangen en een enorme salade gegeten voor de balans.

Maar nu ze hier naar het nette kleine café zat te kijken, háár nette kleine café, waar momenteel niets gebeurde, dacht Jeanie dat ze misschien een fout had gemaakt.

De ruimte was klein, net groot genoeg voor een paar ronde tafels en stoelen, en Jeanie probeerde zich voor te stellen dat deze gevuld was met klanten. Haar hart bonsde van de opwinding en zenuwen.

In de erker aan de voorkant pasten precies twee knusse stoelen, versleten door ouderdom en veelvuldig gebruik. Jeanies appartement boven de winkel had dezelfde originele hardhouten vloeren als het café, iets waar Barb Sanders erg enthousiast over was geweest. In het midden van de ruimte bevond zich de L-vormige bar met aan de ene kant de kassa en aan de andere kant nog een paar barkrukken. De vitrine naast de kassa zat vol met Annies lekkernijen. De muren waren crèmekleurig en er hingen allerlei schilderijen van lokale kunstenaars. Op kleine afgescheurde stukjes papier die op de muur waren geplakt, stonden de titel en de prijs van elk doek.

Jeanie staarde naar het bijzonder grote schilderij tegenover haar, van een grote paarse koe. Was de kunstenares zenuwachtig geweest omdat het hier opgehangen werd? Zou ze thuis hebben gezeten met een wee gevoel in haar buik, vrezend dat ze eigenlijk helemaal niet zo'n goede schilder was? Zou ze zich zorgen maken over wat mensen zouden denken van haar kleurrijke boerderijdieren of ging ze er gewoon voor?

De klop op de achterdeur haalde haar ruw uit haar existentiële crisis en verstoorde haar staarwedstrijd met de koe. Ze sprong van haar kruk en liep naar achteren terwijl ze haar schort afdeed. Ze had die vanochtend aangetrokken in de hoop dat ze daardoor beter in haar rol zou zitten. Helaas.

Logan was de laatste persoon die ze verwachtte te zien, maar ze zou liegen als ze zou zeggen dat ze niet een vleugje opwinding voelde toen ze hem daar aantrof.

'Hoi,' zei ze, terwijl ze de deur opende.

'Hier,' zei hij, zonder de moeite te nemen haar te begroeten. Hij stak zijn hand uit. In zijn handpalm lag een klein doosje.

'Eh... wat...'

'Sorry. Het zijn oordopjes. Ik dacht dat ze misschien zouden helpen, eh...' Logan streek met een hand over zijn baard, daarboven kleurden zijn wangen rozig. '...om je te helpen slapen vannacht. Voor de grote dag.'

Je bent hier niet gekomen voor de lokale boeren, hield Jeanie zichzelf voor, maar het attente cadeau, in combinatie met de ietwat onhandige manier van geven, maakte het erg moeilijk om te onthouden waarom ze hier niet voor de boeren was. In het bijzonder de grote, knappe man die op dit moment op haar stoep stond.

'Dank je wel! Dat is heel aardig van je.' Ze pakte het doosje uit zijn hand en negeerde hoe groot die was en hoe ruw en warm zijn handpalm tegen haar vingers aanvoelde.

'Ik heb ook een nieuw slot meegenomen. Het viel me op dat het slot op de achterdeur niet goed werkt.'

'Je... hebt een nieuw slot meegenomen? Voor mij? Voor, eh... voor mijn deur?' Was het simpelweg zo lang geleden dat Jeanie met iemand uit was geweest, of was dit gewoon het meest romantische gebaar dat ze ooit had meegemaakt?

'Ja, nou, ik dacht dat je niet zou kunnen slapen als het slot niet goed functioneerde.' Hij friemelde met het kettingslot dat hij uit zijn achterzak had gehaald. 'Niet dat er hier echt iets is om je zorgen over te maken. Ik dacht gewoon...' Zijn stem vervaagde toen hij Jeanies glimlach zag. Zijn blos verdiepte zich.

'Het is perfect. Dank je wel, echt. Het is erg aardig van je. Niets horen zou me nerveus maken, maar met het nieuwe slot weet ik zeker dat ik rustig zal slapen. Morgen is een belangrijke dag en ik moet er klaar voor zijn.'

Hij knipperde met zijn ogen. 'Juist.'

Juist. Ze was weer aan het ratelen. 'Dat neem ik wel, dan. Ik weet zeker dat het me wel lukt om het aan de deur te bevestigen.'

'Niet nodig.' Logan tilde de gereedschapskist die bij zijn voeten had gestaan al op. 'Over een paar minuten is het geregeld.'

'O. Oké. Geweldig.' Jeanie deed een stap achteruit en liet hem binnen. Ze bleef zeker niet staan om zijn onderarmen te bewonderen, die zich spanden terwijl hij het slot op haar deur schroefde. Ze ademde zeker niet dieper in vanwege de geur van herfstbladeren en houtrook die zo kenmerkend voor hem was. Dat deed ze niet, want Logan was gewoon een behulpzame buur en zij was hier om een nieuwe start te maken. En ze was niet gek.

Maar toen hij klaar was en Jeanie verdrietig werd bij de gedachte dat hij meteen weer zou gaan, dacht ze toch dat Hazel gelijk had.

Het was al erger gesteld met haar gevoelens voor die knappe boer dan ze dacht.

'Kom je morgenochtend ook? Om koffie te drinken?' Natuurlijk om koffie te drinken, Jeanie, sprak ze zichzelf streng toe. Waarom zou hij hier anders komen? Beantwoord die vraag niet, waarschuwde ze zichzelf.

Logan richtte zich op en liet zijn schroevendraaier weer in de gereedschapskist vallen. 'Ik zou het niet willen missen.'

De koffie. Hij had het over de koffie.

Maar iets aan de manier waarop hij naar haar keek en waarop zijn mondhoek licht opkrulde, deed haar denken dat het misschien niet alleen de koffie was. Meteen dacht ze weer aan wat Annie gezegd had: Logan heeft de neiging om helemaal voor iemand te gaan en daardoor werd zijn hart gebroken. Jeanie wilde helemaal niet verantwoordelijk zijn voor iemands hart. Zeker niet voor dat van iemand die zo lief was als Logan. Niet wanneer ze geen idee meer had wat ze hier deed of zelfs wie ze was.

'Geweldig,' zei ze, net iets te luid en te iel, terwijl ze Logan naar de deur bonjourde. 'Dan zie ik je morgen. En nogmaals bedankt.' Ze sloot de deur iets te snel achter de verbijsterde boer, maar ze moest hem het café uit werken voordat ze iets zou doen waar ze spijt van zou krijgen, zoals haar gezicht in zijn zachte flanellen overhemd begraven en hem vragen te blijven.

Het was niet Logans verantwoordelijkheid om haar te helpen met de chaos in haar leven. Ze moest haar zaakjes op orde hebben voordat ze ook maar in zijn buurt kwam, vooral omdat zijn vrienden en alle inwoners van de stad toekeken.

Hoofdstuk zes

'Waar ga jij nog zo laat naartoe?' Logans oma betrapte hem net toen hij stilletjes naar buiten probeerde te glippen.

'Naar de stad. Waarschijnlijk ben ik pas morgenochtend terug.'

'Morgenochtend?' De wenkbrauwen van zijn oma schoten omhoog, richting haar witte krullende haarlijn. 'Waarom ben je tot de ochtend in de stad? Een nieuwe vriendin. Of gewoon een vriend. Je weet dat het mij niets uitmaakt, zolang jij maar gelukkig bent, liefje,' zei ze glimlachend, terwijl ze hem op zijn arm klopte en langs hem heen de keuken in schoof. Het zou gemakkelijker zijn geweest om te zeggen dat hij inderdaad een afspraakje had met iemand in de stad, in plaats van uit te leggen dat hij op spooktocht ging met de nieuwe eigenaresse van het PS Café, aan wie hij het hele weekend had moeten denken, hoezeer hij zijn best ook had gedaan dat niet te doen.

Zaterdag en zondag was hij naar de zaak gegaan, blij dat hij weer koffie kon halen bij het gebruikelijke adres. Het had niets te maken gehad met het feit dat hij zo een glimp van Jeanie op kon vangen, die vanachter de bar stralend naar elke klant keek terwijl ze hun bestellingen opnam. Of met het feit dat ze eruitzag alsof ze helemaal in haar element was, ook al wilde iedere andere stadsbewoner dat ze haar hele levensverhaal deelde, en haar huidige businessplan voor het café. Of met het feit dat haar herfsttruien haar rondingen op een zeer afleidende manier goed deden uitkomen. Hij hield gewoon van koffie.

De opkomst bij de heropening was groot, zoals al verwacht, en Jeanie had beide dagen maar een paar woorden met hem kunnen wisselen, al was ze er wel in geslaagd hem te vertellen dat ze met de oordopjes in veel beter had geslapen. Dat was maar goed ook, want hoe eerder ze 's avonds weer in slaap viel, hoe eerder hij weg zou kunnen.

Dat was wat hij wilde.

'Wil je nog wat eten voordat je gaat? Er is nog wat van de stoofpot over,' zei Nana, en Logan wachtte tot ze hem de rug toekeerde voordat hij een grimas trok. Hij hield van zijn oma, maar haar kookkunsten waren verschrikkelijk. Haar stoofpot was de grootste nachtmerrie van iedereen die van lekker eten hield.

'Nee, bedankt. Ik heb al gegeten.'

Ze bestudeerde hem terwijl ze wat van de stoofpot voor zichzelf opschepte. Op haar lichtpaarse sweatshirt stond een wolf die naar de maan huilde, en de fluorescerende sportbroek die ze eronder droeg verraadde dat ze vandaag een aerobicslesje had gevolgd. Logan onderdrukte een glimlach. Zijn oma had meer energie dan de meeste dertigjarigen die hij kende.

'Nou, ga je me nog vertellen wat je van plan bent, of vertel je je oma niets meer?' Ze nam een hap stoofpot, keek fronsend en liet de lepel weer in de kom zakken. 'Ik geloof dat er iets mis is gegaan.'

Logan moest lachen toen zijn oma in plaats daarvan een bak ijs uit de koelkast haalde.

'Er valt niet echt iets te vertellen.' Hij leunde tegen de deurpost van de keuken en het hout kreunde. De boerderij was al bijna honderdvijftig jaar oud. Er waren nog maar weinig stukken over die niet kreunden en kraakten als de gewrichten van een oude man. Maar hij hield er wel van. Dit huis had een geschiedenis. Het voelde als een perfecte oude spijkerbroek, die je als gegoten zat.

'Je weet dat ik een coole oma ben. Onenightstands, friends with benefits, meisjes oppikken bij de bar. Niets schokt me.' Ze nam een grote hap ijs en glimlachte. 'Veel beter.'

Logan stapte de keuken binnen en drukte een kus op haar wang. 'Ik weet het. Je bent erg cool. Het is gewoon iets wat Pete me in de schoenen geschoven heeft.'

'Die man is zo gek als een deur.'

Logan lachte. 'Dat is hij zeker. Tot morgenochtend.' Hij draaide zich om en wilde weggaan. De zon was al ondergegaan en hij had Jeanie beloofd dat hij er om acht uur zou zijn.

'Nou, ik ben er altijd als je wilt praten, mijn kleine Loganbessentaart.'

Hij had nooit geweten wat een loganbes was, maar zijn oma noemde hem al zolang hij zich kon herinneren zo. Op dit punt in zijn leven was zij de enige moeder die hij kende; zijn eigen moeder was langzaam uit zijn geheugen verdwenen. Nu herinnerde hij zich alleen nog maar stukjes en beetjes, een fragment van een liedje dat ze altijd zong, of de geur van het rozenwater dat ze altijd op had.

Nana was er altijd voor hem geweest. Hij bukte zich, gaf haar een knuffel en drukte een kus op haar kruin. 'Als er iets noemenswaardigs gebeurt, ben jij de eerste die het weet.'

Ze lachte. 'Meer vraag ik niet van je.'

Zodra hij naar buiten stapte, werd hij begroet door de enige dames die hij ooit begrepen had. Zijn kleine toom zijdehoenders was zijn trots en vreugde. Hij wierp hun wat restjes maïs van zijn avondeten toe terwijl hij naar zijn pick-up liep, genietend van hun tevreden gekakel. Met kippen wist hij wel raad. Kippen waren duidelijk. Kippen deden niet alsof ze van je hielden om vervolgens van gedachten te veranderen wanneer je voor ieders ogen een aanzoek deed bij het aansteken van de kerstboom van de stad.

Logan kreeg het eerst koud en toen te warm bij de herinnering. Dat kwam niet alleen door de pijn van het verlies van Lucy of zijn complete verwarring over haar antwoord. Het kwam door de diepe vernedering die hem had overspoeld omdat het gebeurd was in het bijzijn van iedereen die hij kende. En daarna had hij dat vervloekte medelijden in ieders ogen gezien. Het was al erg genoeg geweest om als wees op te groeien in het stadje. Dat hij nu ook nog eens als een 'zielige, eenzame man' gezien werd, was de druppel geweest.

Inmiddels was het bijna een jaar later en hij was er nog steeds niet overheen. Wel over Lucy. Lucy en hij als stel was verleden tijd. Eigenlijk hadden ze nooit een toekomst gehad. Ze hadden elkaar ontmoet toen ze op een of ander meidenweekend was. Ze had zijn aandacht getrokken bij Mac's, wat niet moeilijk was omdat ze het mooiste meisje daar was en de enige die hij niet al sinds zijn kindertijd kende.

Het meidenweekend werd opwindend en intens voor hen beiden en Logan dacht dat het daarbij zou blijven. Maar ze kwam steeds weer op bezoek en hij liet de boerderij regelmatig achter om haar in Boston op te zoeken. Een tijdje dacht hij dat het misschien zou kunnen werken.

Maar uiteindelijk wilde Lucy dat hij iemand zou zijn die hij niet was. Dream Harbor vond ze leuk voor een minivakantie, maar het was geen plaats waar ze zich wilde settelen. Ze hield niet van het leven in de kleine stad. Ze haatte de boerderij, vond die een vieze, oude schuur, waar het bovendien stonk.

Hij had haar afwijzing van kilometers afstand moeten zien aankomen. Maar ze had gezegd dat ze van hem hield, en hij had haar dom genoeg geloofd. Hij wist dat een klein, onopgemerkt aanzoek niet bij haar paste. Lucy hield van groot en stoer, luid en opzichtig. Alles wat Logan niet was. Nog een gigantische *red flag* die hij plichtsgetrouw genegeerd had totdat het te laat was.

En zo was het gekomen dat hij daar, op de belangrijkste avond van de stad, voor de gigantische boom midden op het stadsplein had gestaan. Hij had het allemaal gepland met burgemeester Kelly. Meteen na het aftellen viel Logan op één knie en deed een aanzoek.

Het tafereel werd in slow motion, als een scène uit een horrorfilm, afgespeeld in zijn hoofd terwijl hij over de stoffige oprit naar zijn pick-up liep. Hij was geknield, had de ring tevoorschijn gehaald en toen was het griezelig stil geworden. Hij had de gealarmeerde blik op Lucy's gezicht moeten zien. Het was niet de blik geweest van een vrouw die op het punt stond ja te zeggen. Het was de blik van een vrouw die op het punt stond te vluchten.

En dat deed ze dan ook. Hij had nauwelijks de woorden 'Wil je met me trouwen?' uitgesproken of ze schudde haar hoofd en rende het plein af, Logan achterlatend voor de verbijsterde menigte. De volgende ochtend had ze de eerste pendeltrein naar Back Bay genomen.

Zijn maag trok zich samen bij de herinnering.

Goed zo, dacht hij. Hou dat gevoel vast. Want als hij meer voor Jeanie zou gaan voelen, zou dit weer gebeuren. De stad was al geobsedeerd door haar aanwezigheid. Ten eerste omdat ze nieuw was. Ten tweede omdat ze krachtige koffie serveerde. En ten derde omdat ze een aantrekkelijk zonnestraaltje was.

Nee, zei hij tegen zichzelf. Stop daarmee. Dat was precies het soort onzin waardoor hij de vorige keer blind was geweest voor de realiteit. Jeanie was pas net hier. Om nog maar te zwijgen van het feit dat ze geen ervaring had met het runnen van een klein bedrijf. En ze was eraan gewend in Boston te wonen. Logan kon absoluut niet meer gaan voelen voor iemand die eigenlijk alweer in de startblokken stond om te vertrekken. Alweer.

Hij wilde niet het risico lopen dat er weer iemand van hem wegvluchtte. Hij wilde geen afspraakjes meer maken terwijl de hele stad toekeek.

Dat kon hij wel onthouden. Zelfs een man die altijd de verkeerde beslissingen nam op het gebied van vrouwen zou dat kunnen.

Hij stopte voor het oude hek waarachter Harry Styles, zijn alpaca, veilig opgeborgen zat. Dat was in ieder geval de bedoeling. Hij trof het ruige dier meestal overal aan waar hij niet hoorde te zijn, bijvoorbeeld met zijn kop halverwege het keukenraam, terwijl hij aan het zonnescherm knauwde.

Hij krabde de oude makker even lekker op zijn kop en Harry bewoog zijn oren als dank. Zijn oma had het groepje meisjesscouts, die destijds haar koekjesbestelling kwamen bezorgen, een naam voor hem laten bedenken, maar Logan moest toegeven dat die goed bij hem paste. De alpaca had een flinke dosis zelfvertrouwen, iets waardoor hij uitstraalde dat hij ook stadions vol met schreeuwende fans zou kunnen trekken, als hij dat zou willen tenminste. Hij wilde echter liever hier zijn en gras eten.

Logan krabde hem nog wat langer en liet zijn oude herinneringen vervagen voordat hij naar Jeanie ging. Het was een koele avond, ook al was het nog maar begin oktober. De wind blies de droge afgevallen bladeren ritselend over de velden. De maan stond vol en helder aan de hemel, zo nu en dan versluierd door een verdwaalde wolk.

Een prima nacht voor een spokenjacht. Hij nam afscheid van Harry en stapte in zijn pick-up. Deze absurde nacht kon hij beter snel achter de rug hebben, zei hij tegen zichzelf, zelfs toen zijn maag zich samentrok bij het vooruitzicht Jeanie weer te zien. Hij weigerde dat echter te zien als een teken dat hij opgewonden was.

Hoofdstuk zeven

Jeanie herschikte de snacks die ze had klaargezet voor de vijfde keer. Misschien had ze overdreven. Ze had drie soorten gewone chips, maar ook tortillachips en guacamole; pretzels in verschillende vormen, een grote zak minireepjes die eigenlijk bedoeld waren voor Halloween; Twizzlers (waar Jeanie niet van hield, maar ze dacht dat Logan ze wel lekker zou vinden), versgebakken koekjes van Annies bakkerij, én ze had een pizza besteld.

Echt veel te veel. Ze zette de grote partij chipszakken weer recht. Het enige wat ze wist over op wacht zitten, was dat er altijd van alles gegeten werd. Toch? Dat leek er echt bij te horen. Het vooruitzicht om de nacht met Logan door te brengen maakte haar nerveus, en ze had zichzelf wijsgemaakt dat er niets kon gebeuren als ze de hele tijd haar mond vol had. Dat sprak vanzelf. Ze had dit helemaal onder controle.

Het pakje Twizzlers gleed van tafel en landde met een klap op de vloer.

Ja, helemaal onder controle.

Ze plofte neer in een van de gemakkelijke stoelen bij de ramen. Ze had de hapjes op de salontafel in het kleine hoekje gelegd, ervan uitgaande dat dit de meest comfortabele plek zou zijn voor hun observatie. De rest van het café stond vol met kleine ronde tafels en houten stoelen, perfect voor een snelle kop koffie, maar niet geschikt om de hele avond op te zitten.

De afgelopen drie dagen hadden die tafels vanaf openingstijd tot sluitingstijd vol gezeten met de inwoners van het stadje. Het was hectisch, druk en spannend geweest. Het café liep als een goed geoliede machine en Jeanie bracht een groot deel van de tijd door met het begroeten van en kletsen met mensen. Ze kende zelfs al een aantal vaste bestellingen van haar klanten. Als iemand binnenkwam en zei: 'Het gebruikelijke, alstublieft' en Jeanie wist wat dat was, leek dat haar tot de perfecte eigenaresse van het café te maken.

Iedereen was erg vriendelijk geweest. De gasten vertelden dolgraag verhalen over tante Dot en stelden haar een miljoen vragen over haarzelf. Jeanie had bijna het gevoel gehad dat ze hier thuishoorde, of in ieder geval dat ze hier óóit thuis zou horen.

Het beste deel van het openingsweekend was dat ze elke avond uitgeput in bed was geploft. Dankzij Logans oordopjes en het nieuwe slot, waardoor ze zich veilig voelde, sliep Jeanie als een baby. En dan niet zo'n baby die elk uur begon te krijsen, maar zo'n baby die de hele nacht sliep als een roos.

Ze wierp weer een blik op de vele hapjes. Ze had dit belachelijke plan waarschijnlijk moeten afblazen. Dat wilde ze eigenlijk ook doen, en dat zou ze gedaan hebben als ze het vanmorgen, toen ze nog rozig van de slaap de trap af was gegaan, niet weer had gehoord. Een krassend geluid bij haar achterdeur. Maar toen Norman een paar minuten later binnen was gekomen om haar te helpen openen, zei hij dat hij niets had gezien.

Het hielp ook niet dat Norman haar van alles had verteld over de historie van dit gebouw en over het gezin dat hier was gestorven. Hij zei dat het roodvonk was. Of misschien gele koorts? In ieder geval een hevige koorts waardoor het hele gezin geveld was.

Blijkbaar had tante Dot in de loop der jaren vrede met hen gesloten, maar Norman veronderstelde dat het gezin niet blij was met de nieuwe eigenaresse.

Jeanie pakte een koekje en keek nog eens op haar horloge.

Kwart voor acht. Logan zou er zo moeten zijn. Hij leek haar iemand die graag op tijd was. Iemand die rekening hield met anderen. Iemand die attent genoeg was om oordopjes mee te nemen als je niet kon slapen. Iemand met een uiterlijk waarvoor voorbijgaand verkeer zou stoppen. Dat soort dingen.

Waarom kon ze niet met hem op date?

Ze moest eerst haar leven weer op de rails krijgen. Uitzoeken hoe ze moest functioneren in dit kleine, vreemde stadje. Hoe ze de typische eigenaresse van een café kon worden. Kalm en nonchalant, misschien een beetje eigenzinnig. De persoon die in haar vrije tijd paarse boerderijdieren schilderde. Iemand zoals tante Dot. Een vrije geest die haar droom volgde, haar geluk, of wat dan ook. Dan pas zou ze met de boer kunnen daten. Misschien dan. Alleen als zijn vrienden het goedvonden.

Een klop op de achterdeur deed haar opschrikken uit haar gedachten. Het was niet het griezelige gekras van een rondwarende geest, maar de stevige klop van een sterke man. Jeanie stond op en haastte zich door het café naar de achterdeur. Ze maakte het glimmende nieuwe slot los.

'Sorry dat ik te laat ben.'

Jeanie gluurde naar haar horloge. Het was twee minuten over acht. Ze onderdrukte een glimlach. 'Geen probleem. Kom binnen.'

Logan knikte en volgde haar door de kleine ruimte.

'Ik dacht dat we hier zouden kunnen gaan zitten, omdat het comfortabeler is, maar nu realiseer ik me dat ik de geluiden meestal achter hoor, dus misschien moeten we naar de achterkant van het café verhuizen. Ik heb nog nooit ergens op wacht gestaan of gezeten, dus...'

Jeanie stopte met ratelen en zag Logan naar de lading hapjes staren. 'O, en ik dacht dat we misschien trek zouden krijgen.'

Ze ving een glimp van een lach op. 'Dat zou best kunnen.' Hij ging met zijn hand langs zijn baard, nog altijd naar het eten kijkend. 'Eerlijk gezegd weet ik niet of ik ooit zoveel heb gegeten.'

Jeanie zou zich misschien hebben geschaamd als ze niet had gezien dat zijn mondhoek subtiel omhoogkrulde. Ze had hem aan het lachen gemaakt.

Op haar beurt grijnsde ze naar hem. 'Nou, we hebben de hele nacht nog. Ik ben sinds de logeerpartijtjes op de middelbare school niet meer een hele nacht opgebleven, en toen hadden we altijd veel lekkers.'

'Tuurlijk,' zei hij, nog steeds met een geamuseerde trek op zijn gezicht, terwijl hij het pakje Twizzlers openscheurde en er een uit haalde. Aha! Ze wíst het.

'Wanneer heb je de geluiden voor het laatst gehoord?' vroeg hij, terwijl hij zich in de stoel naast de hare liet zakken en meteen aan de slag ging. Hij beet een stukje van de Twizzler af en begon te kauwen.

'Vanmorgen.' Jeanie ging ook zitten en pakte een zakje Sour Cream & Onion-chips. 'Vind je die dingen echt lekker? Ze staan officieel bekend als het slechtste snoep dat er is.'

'Officieel, hè?' Hij bestudeerde de rode dropstengel in zijn hand en nam toen nog een hap. 'Is daar onderzoek naar gedaan?'

Jeanie lachte. 'Ongetwijfeld. Het is algemeen bekend.'

Logan nam haar een minuut te lang op, waardoor haar wangen begonnen te gloeien. Hij nam nog een hap. 'Een vrouw met een uitgesproken mening.' Hij knikte, alsof hij ergens over nadacht. 'Dat vind ik wel wat.'

Jeanie stopte snel een handvol chips in haar mond voordat ze eruit kon flappen dat ze zijn shirt, zijn gezicht en zijn hele persoonlijkheid leuk vond, ook al kende ze hem nauwelijks. In plaats daarvan knikte ze alleen maar tussen een paar luidruchtige, krakende happen door.

'Maar heb je ook een uitgesproken mening over geesten?' vroeg hij. 'Denk je echt dat dat hier speelt?'

Jeanie haalde haar schouders op. 'Het zou kunnen. Het lijkt even aannemelijk als welke andere theorie dan ook.'

Logan trok een wenkbrauw op alsof hij wilde zeggen: denk je dat echt? Maar hij zei het niet.

'Bovendien leken de burgemeester en alle anderen er echt van overtuigd te zijn dat dit een goed idee was. Ik bedoel dat jij en ik... Ik bedoel dat jij me hiermee helpt.'

Hij snoof. 'Ja. In deze stad zit iedereen vol geweldige ideeën.'

O nee, hier was ze al bang voor geweest. Hij wilde eigenlijk helemaal niet op wacht zitten. Ze had het moeten weten. Ze had hem ertoe gedwongen en toen had de hele stad druk op hem uitgeoefend.

'Vind je het hier niet leuk? In Dream Harbor, bedoel ik,' vroeg ze, terwijl ze de echte vraag voorlopig vermeed.

'Ik vind het hier geweldig. Het is mijn thuis.'

'O. Het leek gewoon even alsof dat niet zo was.'

Logan streek met een hand over zijn baard. 'Heb je broers of zussen, Jeanie?'

Dat was een beetje abrupt, maar ze zouden hier de hele nacht nog zitten. Zo bleef het gesprek tenminste gaande. 'Ik heb een broer in Californië.' Ze had Bennett een uur geleden nog aan de telefoon gehad toen ze wat lekkers probeerde uit te zoeken. Door zijn slechte invloed had ze veel te veel van alles genomen.

'Goed, ken je dat gevoel dat niemand slechte dingen over je broer mag zeggen behalve jijzelf? Zelfs al irriteert hij je, alleen jij mag zeggen dat hij vervelend is.'

Jeanie glimlachte. 'Ja, dat begrijp ik.' In de derde klas had ze twee meiden niet uitgenodigd op haar verjaardagsfeestje omdat ze Ben ervan beschuldigd hadden dat hij hun sneeuwpop had vernield. En daarna had ze beseft dat hij het waarschijnlijk toch gedaan had en had ze hem onder druk gezet totdat hij bekende. Dat was een zeer verwarrende tijd voor haar geweest.

Hij knikte en beet in een volgende Twizzler. 'Zo denk ik over deze stad.'

'Dus je houdt van het stadje, ook al zijn de inwoners soms gekmakend.'

'Precies.'

'En je bent hier tegen je wil omdat de burgemeester je heeft gestuurd om een nieuwe buur te helpen?'

Zeg alsjeblieft nee. Zeg alsjeblieft nee, dacht Jeanie.

Hij schudde zijn hoofd en fronste zijn donkere wenkbrauwen. 'Ik ben hier niet tegen mijn wil.' Fieuw.

'Oké...' Ze had hem dus niet tot deze krankzinnige spokenjacht gedwongen, maar ze kon het gevoel niet onderdrukken dat er meer speelde, alsof Logan een andere theorie had over waarom de stad hem hier wilde hebben.

Jeanie kauwde geduldig op een handvol chips terwijl Logan langzaam de rest van de Twizzler opat. Eindelijk keek hij haar aan.

'Deze stad en de mensen... Ze kunnen... nogal intens zijn. Maar ze houden van me.' Hij haalde zijn schouders op, alsof het de normaalste zaak van de wereld was dat iedereen uit de stad om je gaf. Jeanie kon de mensen die om haar gaven op één hand tellen.

Ze slikte moeizaam.

'Maar ik geloof niet in geesten.'

Ze lachte. 'Geesten of niet, ik zal blij zijn als we dit mysterie kunnen oplossen. Hoewel de oordopjes echt helpen. En dat nieuwe slot dat je hebt geïnstalleerd is heel nuttig.' Ze glimlachte naar hem en zag een trage blos op zijn wangen verschijnen.

Hij schraapte zijn keel. 'Ik ben blij dat het helpt.' Hij verschoof op zijn stoel. 'Vertel me nu eens meer over die geluiden.'

Hoofdstuk acht

Het was al ver na middernacht toen ze de slaapzakken uitrolden.

'Bedankt voor het meenemen. Ik ben niet zo'n kampeerder. Dat had je vermoedelijk al geraden. Stel je eens voor hoe ik in een tent zou zijn zonder slot en met allerlei griezelige geluiden buiten.'

Jeanie glimlachte terwijl ze de rand van de zak ophield en de slaapzak eruit schudde. Logan was opgelucht toen hij zag dat er alleen maar een paar dennennaalden uit vielen. Hij had ze al zo lang niet meer gebruikt dat hij blij was dat er geen muizenfamilie uit was komen rollen.

'Al heb ik als kind wel gekampeerd met de padvinders. Maar ik deed het vooral voor de marshmallows. Toen ik hoorde dat je die ook in de magnetron kon maken, ben ik nooit meer gaan kamperen.'

Logan knikte. Hij wist inmiddels dat Jeanie meestal geen reactie verwachtte, en omdat ze de helft van haar gewicht aan snoep had gegeten en dat had weggespoeld met flink wat kopjes koffie – hij was de tel kwijtgeraakt – was ze steeds meer en sneller gaan praten. Zo bleef er in ieder geval ook geen tijd over om te reageren.

'Ik dacht al dat jij van het kamperen zou zijn,' vervolgde ze, terwijl ze zich in haar slaapzak nestelde. 'Zo'n type ben je wel.'

Hij ging tegenover haar zitten op zijn eigen slaapzak. 'Wat voor type is dat?' vroeg hij, zo nieuwsgierig naar hoe Jeanie hem zag dat hij het eruit had geflapt voor hij het wist.

Ze hield haar hoofd schuin en bestudeerde hem. Haar dikke donkere haar viel over haar schouder. 'Je weet wel…'

Hij schudde zijn hoofd. Hij wist het helemaal niet, maar wilde er nu beschamend graag achter komen.

Jeanie zuchtte overdreven, alsof hij moeilijk deed. 'Het ruige type, een buitenmens, een beetje flanelachtig.'

'Flanelachtig?'

'Ja.' Ze gebaarde naar zijn met flanel beklede torso. 'Je hebt met die baard echt een flanelachtige uitstraling.'

Logan fronste zijn wenkbrauwen. Was een baard slecht? Verlegen streek hij met zijn hand over zijn gezicht. Hield Jeanie niet van flanel? Flanel was gewoon zo warm en comfortabel.

'Begrijp me niet verkeerd,' zei ze, terwijl ze naar hem toe leunde. 'Het past perfect bij je.'

O. O… Het paste bij hem.

Haar wangen kleurden roze in het warme licht van het café. Ze haalde nog een keer diep adem en streek vervolgens een plukje haar achter haar oor. 'Ik bedoel alleen dat flanel heel praktisch is en dat de baard bij je past. Bovendien durf ik te wedden dat jij hartstikke goed bent in kamperen.'

Praktisch. Juist. Dat was hij wel. Robuust. Als een betrouwbaar landbouwwerktuig.

Je bent echt een goede kerel, Logan. De herinnering aan Lucy's afscheidswoorden kwam op. *Je hebt hier een leuk, goed leven opgebouwd, maar ik kan dit gewoon niet. Ik kan niet eeuwig in dit stadje blijven. Ik heb meer nodig.*

Hij had zijn baard laten groeien nadat ze was vertrokken. Lucy had een hekel aan baarden.

'Ik ga even kussens voor ons halen.' Jeanie sprong op en klauterde de trap naar haar appartement op.

Verdorie. Waarschijnlijk had hij haar fronsend aangekeken, had hij de woede die door Lucy veroorzaakt was op Jeanie gericht. Hij wierp een blik op zijn horloge. 1.07 uur en nog steeds geen rare geluiden, geen spookachtige tochtstroom in de kamer, helemaal niets bijzonders. Dit was absurd.

Hij trok zijn laarzen uit en strekte zich uit op de slaapzak met zijn handen achter zijn hoofd. Hij was er op dat moment zeker van dat de geluiden ontsproten waren aan Jeanies verbeelding, gewoon doordat ze zich nog niet thuis voelde op deze nieuwe plek. Dat was volkomen begrijpelijk, maar op een gegeven moment zou ze zich eroverheen moeten zetten.

Het zou de stem van Nana in zijn hoofd kunnen zijn geweest, die hem zei dat hij echt niet tegen Jeanie moest zeggen dat ze zich eroverheen moest zetten, maar zelfs hij was niet zo dom. Hij zou gewoon bij haar blijven tot ze zich op haar gemak voelde. En hij zou zich niet als een boer gedragen. Zelfs niet als haar onschuldige opmerkingen oude onzekerheden naar boven haalden.

De trap kraakte toen Jeanie naar beneden liep, en ze boog zich al over hem heen met een arm vol kussens voordat hij kon opstaan om haar te helpen.

'Alsjeblieft,' zei ze, terwijl ze een kussen op zijn gezicht liet vallen.

Hij pakte het en stopte het achter zijn hoofd. 'Nou, bedankt, hoor.'

Jeanie giechelde en liet de andere kussens op haar slaapzak neerploffen. Logan staarde naar het plafond terwijl Jeanie in de slaapzak kroop, plotseling beseffend hoe intiem het eigenlijk was om midden in de nacht naast iemand te liggen. Ook al was dat alles.

Ze hadden de algemene verlichting in het café uitgedaan, zodat ze in de zachte gloed van de nachtverlichting achter de bar lagen. Het maanlicht kwam door het grote raam aan de voorkant naar binnen en de bomen buiten wierpen schaduwen op het plafond. De ruimte rook naar koffie en gebak.

'Het moet ook niet te comfortabel zijn,' zei ze. 'Misschien vallen we dan in slaap en missen we alles.'

'Nou, dat is niet de bedoeling,' mompelde Logan terwijl hij lekker op zijn kussen ging liggen. Het rook naar Jeanie, naar haar shampoo, en hij weerstond de drang om zich om te draaien en de geur diep in te ademen.

Jeanies slaapzak ritselde terwijl ze zich naar hem toe draaide. Hij bleef op zijn rug liggen; hij voelde zich veiliger als hij naar het plafond staarde dan als hij in haar donkerbruine ogen keek.

'Ik weet dat je denkt dat ik gek ben.'

'Dat denk ik helemaal niet.'

Jeanie liet een ongelovig 'hmpf' horen, waardoor haar adem langs zijn gezicht streek. Logan sloot zijn ogen bij het gevoel, zo zacht, zo warm.

'Ik ben me er volledig van bewust dat dit allemaal vreemd is. Ik wilde gewoon dat alles hier perfect zou zijn, voor deze nieuwe uitdaging. En ik kan het gevoel dat er iets mis is niet van me afschudden. Alsof er hier iets is wat mij weg wil hebben.'

Logan rolde naar haar toe en ze was zo dichtbij dat hij de hapering in haar ademhaling kon horen. Zijn behoefte om haar hier gelukkig te maken kwam naar boven voor hij er iets tegen kon doen. Het was datzelfde vervloekte instinct waardoor hij telkens weer was gekwetst.

'Je doet het geweldig.'

Haar ogen werden groot, alsof ze dat niet had verwacht te horen, en dat raakte hem ook. Was ze het niet gewend complimenten te krijgen?

'Ik zag net voor me hoe het zou zijn om hier te wonen en het café van mijn tante te runnen.'

'En?'

Met grote, donkere ogen kroop ze dieper in haar stapel kussens. 'Het was anders dan ik eerst verwacht had.'

Daar had je het. Daarom moest hij bij deze vrouw uit de buurt blijven. Ze had een heel vertekend beeld gehad van Dream Harbor en dat zou ook voor haar beeld van hem gelden.

'Je moet je gewoon eerst thuis voelen. Het komt wel goed.' Zijn stem klonk norser dan hij wilde, maar haar woorden herinnerden hem eraan waarom hij niet bij haar in dit halfdonkere café zou moeten zijn, waar hij de geur van haar kussen op kon snuiven en wenste dat ze dichter bij hem lag. Het leek weer op dat eerste weekend met Lucy, toen hij dacht dat hij haar van Dream Harbor kon laten houden. En van hemzelf.

Jeanie en hij waren nu in ieder geval nog volledig gekleed. Jeanies haar ruiste langs het kussen terwijl ze knikte, maar ze leek niet overtuigd.

'Mijn baas stierf achter zijn bureau. En ik heb hem gevonden,' flapte ze eruit.

'Wat?' Opnieuw werd hij overvallen door nieuwe gevoelens voor haar, en het kleine rimpeltje tussen haar wenkbrauwen werd hem bijna fataal. 'Shit, Jeanie. Dat is vreselijk.' Geen wonder dat ze geen rust kon vinden. Haar baas dood achter zijn bureau vinden. Ze was hier niet gewoon voor een verandering van omgeving. Ze was op de vlucht.

'Ja.' Tranen sprongen haar in de ogen. 'Het was echt vreselijk.' Haar stem klonk zo zacht, zo gepijnigd. Verdorie, verdorie, verdorie. Hij kon niet tegen huilende vrouwen. Elke vezel in zijn lichaam schreeuwde dat hij haar moest helpen, dat hij het goed moest maken.

Hij schraapte zijn keel. 'Wat deed je daar – voor werk, bedoel ik.'

'Secretaresse van de CEO.'

'Wauw. Indrukwekkend.'

'Niet echt.' De kleine verandering van onderwerp zorgde ervoor dat ze het drooghield. Gelukkig, dacht Logan. 'Ik holde vooral over de afdeling om te zorgen dat alles soepel verliep. Vergaderingen plannen, papierwerk indienen, koffie halen. Dat soort dingen. Maar uiteindelijk nam het mijn hele leven in beslag. Dat heb ik nooit gewild.'

Ze haalde diep adem en rolde zich op haar rug, dus deed Logan dat ook. Weer even veilig voor haar intense blik.

'Ik heb bedrijfskunde gestudeerd, maar ik heb nooit geweten wat ik met die studie wilde. Bedrijfskunde leek gewoon een veilige keuze, ik zou later wel ontdekken wat ik echt wilde.'

'Waar heb je gestudeerd?' vroeg Logan. Hij zou gewoon vragen blijven stellen als dat betekende dat ze dan niet zou huilen om haar overleden baas.

'Boston University.'

'O, de Terriërs.'

Ze liet een klein lachje horen. 'De felste mascotte die er is.'

'Hé, die beestjes kunnen woest zijn als ze worden geprovoceerd.'

Ze lachte opnieuw en hij verwelkomde het geluid.

Wat lachte ze heerlijk. Echt zo'n lach die voor een diep gevoel van vreugde zorgde. Hij genoot ervan en wilde het geluid het liefst in een doosje stoppen om mee naar huis te nemen, voor als hij spijt had van deze hele vervloekte nacht en van alles wat er verder nog zou gebeuren waardoor hij weer een wrak zou worden.

'Hoe dan ook, ik werd aangenomen als officemanager en ik denk dat ik daar goed in was, want uiteindelijk bereikte ik de top. Het was nooit mijn bedoeling geweest het zeven jaar lang te doen.'

Hun handen lagen tussen hen in op de slaapzakken. Logan streek met zijn pink over de hare, een aanmoediging om door te gaan, maar die kleine aanraking veroorzaakte rillingen door zijn hele lichaam. Het was laat en het was stil in de stad. Het enige licht was de zachtgele gloed van de nachtverlichting achter de bar. Ze waren alleen in hun eigen kleine, naar koffie geurende bubbel, vol hapjes en zoetigheden. Eigenlijk vond Logan het wel leuk. Momenten als deze, nachten als deze duurden doorgaans niet lang. Uiteindelijk stond de realiteit je weer voor ogen en dan bleven alleen nog twee mensen met onverenigbare levens over.

'Toen kwam ik op een ochtend binnen met Marvins latte en zat hij daar. Het was niet ongebruikelijk dat hij de hele nacht op kantoor bleef. Niemand had hem gemist. Niemand maakte zich zelfs zorgen om hem. Hij is helemaal alleen gestorven.'

Jeanie lag naast hem te snuffen. Logan pakte haar hand en verstrengelde zijn vingers met de hare. Warm, zacht en klein. Perfect.

'Bedankt.' Ze snoof. 'Het punt is dat ik besefte dat ik net zo zou worden. Mijn baan zou alles voor me zijn. Mijn baas werkte altijd, dus ik ook. Ik had geen vrienden meer. Ik zag mijn familie nog maar een paar keer per jaar. Ik ging niet eens bij Dot langs, terwijl het maar een klein eindje rijden was.'

'Iedereen heeft het druk.'

'Twee jaar geleden kreeg ik de griep.'

Logan moest zijn best doen haar te blijven volgen, aangezien ze maar van de hak op de tak bleef springen. 'De griep is iets heel anders dan een hartaanval.'

'Dat weet ik, maar ik had het flink te pakken. Ik had dagenlang hoge koorts en moest overgeven, de hele riedel.' Ze begon weer te snuiven, verstikt door de tranen, en Logan kneep nog een keer geruststellend in haar hand. 'Niemand kwam bij me langs. Er was niemand die kwam vragen hoe het ging. Ik gaf over op het vloerkleed in mijn woonkamer en kon het pas drie dagen later opruimen. Ik heb het hele kleed weg moeten gooien!'

Ze huilde nu echt, met droevige, lange uithalen, waardoor Logan zo verstrakte dat hij niet meer kon ademen.

'Hé, hé, niet huilen. Alsjeblieft. Het komt goed.'

Hij maakte hun vingers los, sloeg een arm om haar heen en trok haar tegen zich aan. Ze begroef onmiddellijk haar gezicht in zijn overhemd en hij voelde de warme, natte tranen door de stof heen.

'Sst... alles is nu in orde.' Hij wreef langzaam in cirkels over haar rug, waarbij elk vezel in zijn lichaam wenste dat ze zou stoppen met huilen en dat ze zich nooit meer zo zou voelen. 'De volgende keer dat je kotst, kun je mij bellen, oké? Ik ruim het wel op. Ik maak dat soort situaties dagelijks mee op de boerderij. Totdat een alpaca op je heeft gespuugd heb je nog niets van de wereld gezien.'

Jeanies lach klonk gedempt in zijn overhemd.

'Dit overhemd is echt fijn,' zei ze. 'Ik zei toch dat flanelachtig iets goeds is.'

Hij grinnikte, trok haar dichter naar zich toe en negeerde alle alarmbellen die rinkelden omdat dit zo comfortabel voelde. Zo goed. Ze had eigenlijk enkel toegegeven dat ze hier alleen maar was omdat ze leed onder een shock en een trauma omdat ze haar overleden baas had gevonden. Wat zou haar hier houden als ze zich eenmaal beter voelde? Het was slechts een kwestie van tijd voordat ze zou beseffen dat het leven in een kleine stad niets voor haar was. Net zoals bij Lucy was gebeurd.

'Sorry hiervoor,' zei ze, terwijl ze haar gezicht ophief van zijn overhemd. 'Ik denk dat ik instort door al die suikers.'

'Ja, dat zou kunnen.'

Jeanies haar hing in haar betraande gezicht. Logan stopte het achter haar oor en streek met zijn knokkels langs haar wang. Ze sloot haar ogen en haar natte wimpers plakten in zwarte punten aan elkaar. Haar neus was roze van het huilen en haar lichaam voelde zo warm naast het zijne. Ze paste precies in zijn zij, als het juiste puzzelstukje. Ondanks alle redenen om dat niet te doen, leek het natuurlijk, voor de hand liggend zelfs, dat hij zich naar voren zou buigen en haar zou kussen, alsof ze dat al een miljoen keer eerder hadden gedaan.

Maar voordat hij een grens kon overschrijden, vlogen Jeanies ogen open.

'Hoorde jij dat ook?' vroeg ze fluisterend, zodat ze het vermeende spook niet zou wegjagen. Logan probeerde iets boven zijn bonzende hart uit te horen, nog steeds niet bekomen van wat hij bijna had gedaan, wat hij nog steeds wilde doen.

'Nee...'

Toen hoorde hij het. Een duidelijk krassend geluid.
Gevolgd door een schelle kreet in het steegje.
Misschien zou de spokenjacht toch nog succesvol worden.

Hoofdstuk negen

Pff. Dat scheelde maar een haartje. Jeanie liep op haar tenen achter Logan aan richting de achterdeur om op onderzoek uit te gaan. Ze was het spook eigenlijk dankbaar voor deze onderbreking, want het zou zeker een vergissing zijn geweest. Logan had op het punt gestaan haar te kussen, en zij had op het punt gestaan dat toe te laten. En wat dan? Haar fantasie gaf heel behulpzaam antwoord op die vraag met een zinnelijke diavoorstelling vol ideeën. Ze schudde haar hoofd om de enorm ongepaste dingen die ze met de knorrige boer op haar cafévloer wilde doen uit te bannen.

Dit was niet het moment. Er stond een boze geest voor de achterdeur.

'Wat moeten we doen?' fluisterde ze, terwijl ze bijna tegen Logans rug botste toen hij plotseling stopte.

Het krabben hield op en begon weer, als vingernagels op hout. Lieve help. Stond er écht een boze geest voor haar achterdeur? Waarom had haar tante niet gezegd dat het hier spookte?! Ze móést haar bellen om eens een hartig woordje met haar te wisselen.

Er klonk een onaardse kreet achter de deur en Jeanie begroef haar gezicht weer in Logans superzachte flanellen overhemd.

'Dat gejank heb ik de vorige keer niet gehoord. Denk je dat dit betekent dat ik ze nog erger heb ontstemd?' vroeg ze, waarbij haar stem werd gedempt door de stof.

'Nee, daar geloof ik niet in.'

Ze voelde de trilling van zijn stem op haar gezicht en giechelde bijna door dat gevoel. Toen herinnerde ze zich echter dat ze bang was en kromp ze weer ineen. Tot zover haar nieuwe relaxte levensstijl. De rustige eigenaresse van het café was gevlogen. Ze zou geluk hebben als ze niet hier en nu aan een hartaanval stierf.

Bah, wat gênant.

Ze hoorde het geluid van metaal op metaal toen Logan het kettingslot van de deur haalde.

'Niet openmaken!' schreeuwde ze, terwijl ze zich tegen zijn schouderbladen aan drukte. 'We weten nog niet wat we moeten doen! We hebben eerst een plan nodig, een plan om de geesten te weerstaan. Mijn hemel, daar hadden we alle tijd voor gehad als ik niet alsmaar had doorgezeurd over mijn problemen,' jammerde ze, nog steeds tegen Logans rug.

Er streek iets langs haar been.

'Aaah!' Ze klom bijna tegen Logan op – niet het slechtste idee dat ze ooit had gehad – totdat ze besefte dat de deur wijd openstond en dat een sneeuwwitte kat zich een weg tussen hun benen door baande.

'Nou, daar heb je dat spook van jou.'

Jeanie deed een stap achteruit. 'Hè? Wat?' Ze staarde naar de kat en de kat staarde terug. 'Het is... Het is een kat.'

Logan grinnikte. 'Het is een kat.'

Jeanies wangen werden rood en ze sloeg haar handen voor haar ogen. 'Ik ben de grootste idioot ter wereld,' kreunde ze, niet in staat om de man die ze hierheen had gelokt om haar te helpen in de ogen te kijken. Het spook was gewoon een kat! Ze had liever gehad dat er een boze geest was geweest die haar ziel had willen stelen. Dan zou ze tenminste het recht hebben gehad zich zoveel zorgen te maken. 'Het spijt me zo dat ik je hierheen heb laten komen,' zei ze achter haar handen.

'Jeanie...'

'Nee, nee, nee. Doe maar niet zo vriendelijk. Eerst knuppel ik je bijna neer, vervolgens dwing ik je om me te helpen door me mee te nemen naar die gekke bijeenkomst, en dan betrek ik de burgemeester er ook nog eens bij, in hemelsnaam!'

Logan haalde haar handen weg van haar gezicht. 'Hé. Stop daarmee.'

Jeanie beet op haar onderlip om te voorkomen dat ze nog meer onzin uit zou kramen.

'De enige persoon die mij dwingt tot dingen is mijn oma, en dat is alleen zo omdat ze het al vanaf mijn vijfde jaar met me te stellen heeft. Is dat duidelijk?'

Jeanie knikte. 'Ik voel me zo dom. Het is maar een kat.'

Aan haar voeten miauwde de kat klagelijk. Ze keken allebei naar beneden en beseften blijkbaar tegelijkertijd dat Logan nog steeds haar polsen vasthield. Hij liet ze los alsof haar handen in brand stonden en deed een stap achteruit, waarbij hij bijna tegen de muur achter hem botste.

'We moeten deze kerel iets te eten geven. Ik heb kattenvoer in de pick-up liggen.'

Hij was al weg voordat Jeanie kon vragen waarom hij kattenvoer in zijn pick-up had of wat ze in de tussentijd met de kat moest doen. Ze keek naar de magere witte pluizenbol.

'Je hebt me echt een slecht figuur laten slaan, weet je.'

De kat staarde haar aan met grote turquoise ogen. Zijn blik was zo intens dat het bijna griezelig was, alsof het dier in haar ziel kon kijken. Misschien was de kat wel een spook. Of misschien moest Jeanie niet meer zoveel snoepen en naar bed gaan, voordat ze helemaal gek werd. 'Moet je niet eens wat vaker knipperen?' vroeg ze aan haar nieuwe spookkat.

De kat staarde haar nog even aan, stond toen op en wreef zich tegen Jeanies been. Nou, wat moest ze nu? Jeanie had nog nooit een huisdier gehad. Daar had ze nooit tijd voor gehad. In haar jonge jaren had ze geen huisdieren mogen houden met een vacht, haar of veren vanwege de allergieën van haar moeder. Dus afgezien van een paar kortlevende goudvissen had Jeanie gedurende haar hele leven nooit voor een ander levend wezen gezorgd.

Tenzij je haar oude baas Marvin meetelde, wat misschien wel zo logisch was, hoewel dat niet zo best was afgelopen.

Ze keek weer naar de kat en was er plotseling van overtuigd dat ze dat vervloekte beest uiteindelijk wat aan zou doen als Logan niet heel snel weer zou verschijnen met dat eten. Toen begon de kat te spinnen, en de zachte trilling trok door Jeanies been. Dat was eigenlijk best fijn.

Ze bukte zich en kriebelde het beest tussen de oren. Hij begon steeds harder te spinnen. 'Betekent dit dat we nu vrienden zijn?'

'Het is zeker een goed teken,' klonk Logans geamuseerde stem vanuit de deuropening.

Jeanie glimlachte naar hem. 'We zijn bezig met een kennismaking.'

Logan knikte, wat betekende dat hij haar had gehoord en het begreep, maar niets had toe te voegen aan het gesprek, iets wat zij persoonlijk nooit zou doen. Zíj had altijd iets toe te voegen. Misschien moest ze in plaats daarvan proberen vaker te knikken.

Logan liep om haar en de kat heen en rommelde in de laden achter de bar. Hij zocht een blikopener, en zodra het blik open was, had Jeanies nieuwe vriend opeens geen enkele interesse meer in het gekroel. De kat liep regelrecht naar de schaal met eten die Logan op de grond had gezet.

'Hij heeft honger. Geen bandje om. Hij is vast een zwerver,' zei hij, terwijl hij tegen de bar leunde en zijn armen over elkaar sloeg voor zijn brede borst.

'Heb je kattenvoer in je pick-up?'

'Natuurlijk.'

'Natuurlijk?'

Logan streek met een hand over zijn baard, nog steeds naar de kat kijkend. 'Je weet nooit wanneer je het nodig hebt.'

'Juist,' zei Jeanie met een glimlach op haar gezicht. Deze man zat vol verrassingen. 'Heb je veel katten op de boerderij?'

'Een paar buitenkatten.'

'En verder?'

Logans mondhoeken krulden wat verder op. 'Twee geiten, een alpaca en een half dozijn kippen.'

'Maar ik dacht dat je een boerderij had?'

'We vangen ze op. Ze zijn er niet om te werken. Nou ja, behalve de kippen dan. Die leggen soms een ei als ze daar zin in hebben.'

Echt? Redde hij dieren? Met die baard en frons had hij haar beslist een ander beeld van zichzelf gegeven. Het zorgde ervoor dat ze aan haar instincten begon te twijfelen, aangezien ze in eerste instantie had gedacht dat hij een seriemoordenaar was.

De kat was klaar met eten en Logan ging op zijn hurken zitten om hem te aaien. Hij liep nog steeds op sokken en had de mouwen van zijn flanellen overhemd opgerold. Zijn haar zat in de war van het liggen en hij sprak zachtjes tegen de kat terwijl hij hem achter de oortjes kriebelde. De hele scène was zo huiselijk, zo intiem, dat Jeanie de andere kant op moest kijken. Zo zou het zijn als hij zou blijven slapen; als ze samen wakker werden en een kopje koffie dronken voordat de dag begon. Dat wilde Jeanie op dat moment zo graag dat het haar de adem benam. De fantasie overrompelde haar zo dat ze vergat dat idee uit haar hoofd te zetten. Was dit wat ze al die tijd had gemist?

Tedere, kalme momenten in de vroege ochtenduren.

Ze wilde dat beeld vasthouden, maar ze wist niet hoe. Dat was haar nog nooit eerder gelukt. Haar leven was snel en luidruchtig, en ze dook overal op zonder er echt over na te denken. Het leven overkwam haar gewoon. De afgelopen zeven jaar was ze erin geslaagd te vermijden na te denken over wat ze wilde, en nu wilde ze alleen maar dat deze man, die deze kat aaide, haar tegen zijn sterke lichaam trok zoals hij eerder had gedaan.

Hij had haar bijna gekust. Ze bloosde bij de herinnering. Hij had haar bijna gekust, en zij had gewild dat hij dat deed. Misschien zou hij het nog eens proberen...

'Ik kan je het nummer van de dierenarts geven,' zei hij, haar gedachten onderbrekend.

Wat? O, een dierenarts voor de kat. Haar nieuwe kat. Juist. Logan dacht er niet aan haar nog een keer te kussen, hij probeerde haar te helpen met het zwerfdier dat haar blijkbaar al die tijd geplaagd had.

Ze schraapte haar keel, maar haar stem klonk nog steeds omfloerst. 'Dat zou ideaal zijn, bedankt.'

Logan richtte zich in zijn volle lengte op en haalde een hand door zijn warrige haar. De kat keek naar hem op en miste duidelijk zijn aanraking al.

Ik ken het gevoel, kat, dacht Jeanie. Ik ken het gevoel.

'Dan kan ik maar beter gaan,' zei hij. Jeanie zocht verwoed naar een andere reden om hem te laten blijven, naar een andere reden om zich weer door hem te laten koesteren in een omhelzing. Ze kon echter niets bedenken en Logan zag er uitgeput uit.

Wat kon ze doen? Hem gijzelen? Misschien... Nee, beslist niet. De nieuwe Jeanie zou zoiets niet doen.

'Ja, nu is het opgelost. Dank je voor je hulp. Blijkbaar had burgemeester Kelly gelijk.'

Logan rolde met zijn ogen. 'Zeg dat maar niet tegen hem.' Hij draaide zich om en pakte het notitieboekje dat ze naast de kassa had liggen. Het stond vol met haar kleine aantekeningen over wie wie was en wie wat leuk vond. In de kantlijn stonden overal hartjes, krullen en bloemen. Als het rustig was, maar dat gebeurde nauwelijks, krabbelde ze er zomaar wat in.

Ze keek toe terwijl Logans ogen over de bladzijde gleden. Zijn lippen krulden zich tot een kleine glimlach voordat hij de bladzijde omsloeg en de naam en het nummer van de dierenarts opschreef.

'Zij is de beste. Ze zal ervoor zorgen dat je alles te weten komt wat je moet weten.' Hij schreef zijn eigen mobiele nummer onderaan op. 'Voor het geval er iemand moet overgeven,' zei hij, waarna hij naar hun slaapplaats op de grond liep. Hij gooide de kussens op de dichtstbijzijnde stoel en knielde om de slaapzakken op te ruimen. Jeanie stond tegen de bar geleund, niet in staat hem te helpen. Het was alsof haar lichaam weigerde mee te werken om hem nog sneller te laten vertrekken. 'Nogmaals bedankt. Ik waardeer het echt. Alles. Je hulp en het feit dat je zo aardig voor me bent en zo.'

Hij keek over zijn schouder naar haar en bleef even staan terwijl hij zijn slaapzak oprolde. 'Volgens mij ben je er niet aan gewend om goed behandeld te worden, Jeanie.'

Zijn woorden kwamen hard aan. Verdorie.

Was dat waar? Was ze eraan gewend geraakt dat ze slecht werd behandeld en dat er misbruik van haar werd gemaakt? Het was haar taak geweest om ervoor te zorgen dat Marvin alles had wat hij nodig had om zijn werk te doen. Maar wie zorgde ervoor dat zíj alles had wat ze nodig had?

Ze had al zo lang niemand meer gehad op wie ze kon rekenen. Ze had ook niet de tijd genomen wanneer er iemand was geweest. Als Jeanie terugkeek op de afgelopen zeven jaar, liepen de vele uren overwerk aan het einde van de dag en de koffie in de vroege ochtend bijna vloeiend in elkaar over. Haar laatste paar relaties waren van korte duur geweest, en de meeste daarvan hadden al een hele tijd geleden plaatsgevonden. Haar vrienden van het werk waren eerder kennissen dan vrienden. Ze had zich in ieder geval niet comfortabel genoeg bij hen gevoeld om een van hen te bellen toen ze niet eens haar eigen braaksel kon opruimen. Haar moeder zou waarschijnlijk in één keer de negen uur van Buffalo naar Boston hebben gereden om haar te helpen, maar dat zou krankzinnig zijn geweest, en Jeanie zou dat nooit van haar vragen.

Op de een of andere manier had Jeanie door alle drukte van de afgelopen jaren niet eens de tijd gehad om te beseffen dat ze eenzaam was geweest.

Logan ging verder met het oprollen van de slaapzakken, met nauwkeurige en efficiënte bewegingen. Hij verspilde geen tijd, maar trok meteen zijn laarzen weer aan en pakte zijn jas van de rugleuning van zijn stoel.

Ze zou hem bellen als ze moest overgeven en te zwak was om zich daarna te bewegen, en hij zou komen. Dat wist ze, maar ze wist niet of ze zich getroost of doodsbang voelde bij dit idee. Logan was vriendelijk, sterk en attent. Ze zag duidelijk wat hij haar te bieden had. Daar bestond geen twijfel over.

Maar wat had zij hem in ruil daarvoor te bieden? Veel onzekerheid over het runnen van dit café en het onderbuikgevoel dat ze de verkeerde keuze had gemaakt door hierheen te verhuizen. Bovendien zou ze veel te veel doorratelen en te weinig luisteren, én had ze de neiging om altijd meteen van het ergste uit te gaan.

Dat was geen geweldige lijst.

Het was ook niet meer wie ze wilde zijn.

Het plan voor de nieuwe Jeanie ging inmiddels een stukje verder. Het einddoel was nu om samen te zijn met een knappe boer.

Haar nieuwe kat miauwde luid aan haar voeten. Ze was er nog niet. Eerst moest ze wat slaap zien te krijgen. Daarna zou ze uitzoeken hoe je voor een kat moest zorgen. De rest kwam dan vanzelf.

'Ik ga ervandoor.'

Terwijl ze daar had staan dagdromen, had Logan de rommel van alle hapjes opgeruimd en een kom water voor de kat neergezet. Verdorie. Dit was alvast geen beste start.

'Oké, klinkt goed. Nogmaals bedankt. Ik zie je later.' Jeanie huiverde. Eén zin was ook wel genoeg geweest.

‘Ga maar lekker slapen.’ Zijn stem klonk zacht toen hij langs haar heen liep op weg naar de achterdeur.

Jeanie knikte. Dat was veel veiliger dan te zeggen wat ze dacht, want wat ze dacht was dat ze veel beter zou slapen als hij bleef.

Hoofdstuk tien

'Ik heb een nieuwe theorie,' zei Annie meteen bij het binnenkomen, terwijl de stevige oktoberwind achter haar aan het café binnenwaaide. Jeanie kende haar nog geen week, maar de vrouw leek altijd midden in een gesprek te zitten. Jeanie had geen idee waar ze het over had.

Ze vond het leuk. Het was iets wat vrienden deden.

Het was laat in de middag, dus het café was redelijk leeg. Jeanie had volgehouden dat ze het alleen wel zou redden, en Norman was vroeg vertrokken om met zijn nichtje naar de dierentuin te gaan. Of om met zijn neefje naar het aquarium te gaan? Ze had niet alles wat Norman zei gevolgd, omdat het grootste deel van haar hersencapaciteit momenteel in beslag werd genomen door dagdromen over Logan en zijn zachte flanellen overhemd, zijn sterke armen en zijn geheime talenten als kattenfluisteraar.

'Waarover heb je een nieuwe theorie?' vroeg Jeanie vanaf haar plek achter de bar. Ze had daar inmiddels een krukje staan voor als het niet druk was in het café, ook al had Norman enorm tegengestribbeld. Klanten willen niet zien dat jij zit, had hij gezegd.

'Klanten willen gewoon hun koffie. Het maakt hun niet uit, al sta ik op mijn hoofd terwijl ik hun drankje serveer,' had ze betoogd. Daarna had hij er niets meer over gezegd.

'Een nieuwe theorie over jouw spook,' zei Annie.

De bar had een L-vorm, met de kassa voor de bestellingen aan de ene kant, en aan de andere kant krukjes om op te zitten. Annie trok een kruk weg en ging met een zucht zitten. De bakkerij ging om drie uur dicht, dus Annie was vrij.

'O. Nou, dat probleem is opgelost.'

'Opgelost? Nu al?'

Jeanie schoof Annies gebruikelijke chai latte over de bar en Annie klemde die meteen in haar handen. Ze ademde de kruidige geur diep in voordat ze nog meer vragen stelde.

'Spoken zijn anders behoorlijk hardnekkig. Weet je zeker dat ze weg zijn?'

'Er bleek helemaal geen spook te zijn.'

Annie keek fronsend naar haar drankje. 'Heeft Logan je daarvan overtuigd? Hij is de grootste scepticus ter wereld, Jeanie. Hij gelooft alleen in dingen die hij kan aanraken.'

'Hij heeft de kat die gisteravond opdook met twee handen aangeraakt, dus volgens mij zit dat wel goed.'

'Een kat? Dat meen je niet!'

Alsof het een teken was, slenterde de kat, die Jeanie de doordachte naam Casper had gegeven, het café binnen. Hij liep naar de streep zon op de vloer die door het grote raam naar binnen viel, plofte neer, hief elegant een poot in de lucht en begon zichzelf te wassen.

Als Norman hier was geweest, zou hij een hartaanval krijgen. Hij was niet bepaald te spreken over het nieuwe lid van de Pumpkin Spice Café-familie. Maar Jeanie was vanmorgen al met hem langs de dierenarts gegaan voor de juiste injecties, ze had een kattenbak gekocht en een gigantische zak met door dierenartsen aanbevolen kattenvoer. Deze jongen woonde vanaf nu hier.

Annie keek naar Casper en toen weer naar Jeanie. De scepsis droop van haar gezicht af.

'Echt waar. Ik was hier gisteravond met Logan en toen hoorden we gekras bij de achterdeur. Het was de kat. Dat heb ik al die tijd gehoord.' Jeanie bloosde niet alleen bij het noemen van Logans naam en het feit dat hij hier vannacht bij haar was geweest, maar ook bij de herinnering aan hoe zijn vingers over haar wang hadden gestreeld toen hij het haar uit haar gezicht had gestreken.

Annie trok een wenkbrauw op. 'Hm.'

O nee, haar fantasie over de boer was duidelijk van haar gezicht af te lezen. Bij haar oude baan had ze dat probleem nooit gehad. Niemand in haar oude leven had dit soort gevoelens bij haar opgeroepen. Ze had nog nooit haar gezicht in het werkoverhemd van een van haar collega's willen begraven. Het was de magische uitwerking van flanel.

'Nou, als er nog eens iets vreemds gebeurt, laat het me dan weten, want volgens mij is Mac iets van plan.'

Nu was het Jeanies beurt om sceptisch een wenkbrauw op te trekken. 'Denk je dat Mac rondspookt in mijn café?'

'Niet rondspookt.' Annie maakte een handgebaar, waardoor haar mok bijna omviel, en Jeanie schoof die opzij. 'Ik denk dat hij je af probeert te schrikken.'

'Waarom zou hij?' Jeanie kende de man nauwelijks. Een eigenaresse van een café en een eigenaar van een pub werkten niet op dezelfde tijden. Afgezien van een beleefde groet als zij sloot en hij opende had ze helemaal geen contact met Mac Sullivan.

'Hij wil jouw café er graag bij hebben. Sinds hij de pub vorig jaar gekocht heeft, wil hij al uitbreiden. Ik heb gehoord dat hij Dot een aanbod heeft gedaan voor het café, maar dat zij het heeft afgewezen.'

'Zelfs dan. Dat hij eerder het café wilde kopen, betekent niet dat hij gaat proberen mij hier weg te jagen.'

'Jij kent hem niet zo goed als ik, Jeanie. Wees voorzichtig,' voegde Annie er onheilspellend aan toe, voordat ze van de latte dronk, die Jeanie weer naar haar toe had geschoven.

'Doe ik.'

De bel boven de cafédeur klingelde en er kwam weer een koele bries de ruimte in. Een paar droge bladeren dwarrelden naar binnen.

'O, wat ben jij een schatje!' Hazel bukte zich om Casper over zijn buik te aaien en hij spinde van verrukking. 'Waar komt hij vandaan?'

'Dat is Jeanies spook.'

'Echt waar?' Toen Hazel opkeek, leken haar ogen extra groot achter haar brillenglazen. 'Maakte deze kerel zoveel lawaai?'

'Blijkbaar,' zei Annie, nog steeds niet overtuigd. 'Jeanie en Logan zijn hier de hele nacht geweest voordat die kat opdook.'

'O ja?' Hazel stond op en liep naar de balie. 'En hoe ging dat?'

'Prima. Goed. Zoals ieder ander onderzoek naar spoken.' Jeanie draaide zich om en vond het plotseling echt nodig om de cappuccinomachine schoon te maken. Het was tenslotte bijna sluitingstijd. Tijd om op te ruimen. Het was zeker niet het moment om Hazels doordringende blik te beantwoorden. Die was al bijna net zo verontrustend als die van Casper.

'Een normaal onderzoek naar spoken, hè? Klinkt goed.'

Jeanie negeerde de blikken die Annie en Hazel wisselden en maakte in plaats daarvan Hazels gebruikelijke pumpkin-spiced latte.

'Ja. Klinkt zeker goed,' bauwde Jeanie haar na, terwijl ze Hazels drankje neerzette. 'En nu is alles geregeld. De geluiden klonken inderdaad net als een kat.' Ze haalde haar schouders op. Geen probleem. Alles was opgelost. Logan had geen reden meer om lieve kleine cadeautjes zoals oordopjes mee te brengen of om de nacht bij haar door te brengen. Geen enkele reden…

'Nou, ik kwam alleen even langs om je te informeren over morgen,' zei Hazel, terwijl ze haar vingerloze handschoenen uittrok en ze op de bar legde.

'Daar gaan we weer,' mompelde Annie.

'Waarover?' vroeg Jeanie, terwijl ze weer op haar kruk ging zitten. Ze had gehoopt een paar uur te kunnen slapen nadat Logan gisteravond was vertrokken, maar hoewel het niet meer spookte, ze nieuwe oordopjes en een stevig slot had, had ze de slaap niet kunnen vatten. Na de hele dag het café te hebben gerund, een lunchpauze die gevuld was met afspraken bij de dierenarts en het kopen van dierenbenodigdheden, was ze uitgeput. Alweer. Tot nu toe viel het leven in de kleine stad niet mee.

'Woensdag is de dag van de leesclub.'

'Oké...'

'Ze ontmoeten elkaar rond het middaguur in de boekwinkel, maar meestal komen ze hier daarna koffiedrinken voordat ze weer aan het werk gaan of de kinderen van de bus halen of zoiets. Het leek me gewoon goed om je te waarschuwen.' Hazel duwde haar bril op haar neus wat verder omhoog en er kroop een lichte blos over haar wangen. 'Ze kunnen wel wat baldadig zijn.'

Annie snoof. 'Baldadig is een understatement.'

'Het klinkt gezellig,' zei Jeanie, terwijl ze zich de lachende mensen van de bijeenkomst herinnerde.

'Beste Jeanie,' zei Annie hoofdschuddend. 'Ze komen hier binnen terwijl ze zich al helemaal op hun volgende vieze boek werpen, kakelend als een stel kippen. En dán willen ze alles van je weten.'

Jeanie lachte. 'Doe je niet wat dramatisch?'

Hazel pakte haar handschoenen op. 'Ze zullen alles weten over je hele leven, je kredietwaardigheid en je favoriete datingapp tegen de tijd dat ze vertrekken. Ik meen het.'

'Ik ben niet bang voor ze.' Jeanie onderdrukte een glimlach bij het horen van Hazels grimmige toon.

Hazel haalde haar schouders op. 'Ik heb je gewaarschuwd.' Ze sprong van haar kruk. 'Ik moet terug. Vanmiddag is er een voorleesuurtje voor kleuters in de boekwinkel. De auteur van *De zwarte kat die een pompoen uitholde* komt met gesigneerde exemplaren. Het wordt een gekkenhuis.'

'Wacht even. Ik heb de koekjes die je besteld hebt voor het event. Ik zal ze even pakken.' Annie dronk haar latte op, die inmiddels op kamertemperatuur was, klaar om Hazel naar buiten te volgen.

'O, Jeanie, sta jij zondag ook op de boerenmarkt?'

'De boerenmarkt?'

'Ja, Dot stond altijd naast mijn kraampje. Al die warme drankjes die naar cider en pompoen smaken passen perfect bij mijn herfstmuffins en taarten. Je moet echt komen.'

'O, eh... natuurlijk. Ik zal Norman ernaar vragen.'

'Het verbaast me dat hij er niets over heeft gezegd.'

Jeanie fronste. Norman mocht haar duidelijk niet, maar nu leek het erop dat de oude man haar dwarszat bij het uitvoeren van haar werk. Ze zou morgen met hem moeten praten.

'Ik zal er zijn.'

'Geweldig!' Annie glimlachte naar haar vanaf de deur. 'O, en ik zou niets over Logan zeggen als de leesclub er is. Dat zijn roddels waar ze van genieten. Ze zouden ervan smullen.'

Jeanie lachte, maar haar maag draaide zich om. Het laatste wat ze wilde was het onderwerp van de roddels in de stad worden. Vooral als er niets te roddelen viel. Helemaal niets.

'Bedankt. Ik ben gewaarschuwd. Oppassen voor Mac, leesclubs en elke vermelding van Logan. Begrepen.'

Annie salueerde en liep de kou van de late namiddag in.

Wie had kunnen denken dat het leven in een kleine stad zo verraderlijk was?

Hoofdstuk elf

Droge bladeren knisperden onder Logans voeten toen hij naar buiten liep om bij de geiten te kijken. Hij moest het bordje naast hun hok vervangen.

GEEN DONUTS VOEREN. Het was absoluut niet de bedoeling dat de geiten de appelciderdonuts zouden eten die hij tijdens het appelplukseizoen verkocht, maar dat weerhield de kinderen er niet van om ze stukjes donut te voeren. En die geiten wisten niet wat goed voor hen was.

Ze waren een beetje zoals hij. Sinds de nacht die hij bij Jeanie had doorgebracht, had hij onafgebroken aan haar gedacht. Twee hele dagen lang zat Jeanie in zijn hoofd gegrift. Hij zag nog steeds Jeanies verrukte grijns voor zich als hij een flauwe grap vertelde, dacht terug aan haar enthousiasme voor welke snack dan ook, aan haar rijke geur van koffie, aan haar zachte lichaam dat tegen het zijne gedrukt lag.

Hij vierde zijn frustratie bot op het hout en hamerde met al zijn kracht het bordje op de paal van het hek. Het geluid weergalmde over de stille velden. Een zwerm kraaien vloog naar de boomtoppen, en hun gekrijs verstoorde de rust nog meer.

Hij deed belachelijk en liet zich veel te snel meeslepen, net als de vorige keer. Hij kende die vrouw nauwelijks. Al had ze in het donker van het café wat over zichzelf gedeeld. Al wilde hij alles over haar weten.

Jeanie was hier amper twee weken. Ze was gestart met een compleet nieuw soort werk, in een nieuwe stad, en dat allemaal nadat ze haar baas dood achter zijn bureau had aangetroffen. Als dat niet gebeurd was, zou ze hier misschien niet eens zijn. Jeanie was op de vlucht en niets wees erop dat ze hier zou stoppen. Als hij weer zou vallen voor een vrouw die alleen maar op doorreis was, zou dat funest voor hem zijn. Hij was klaar met mensen die zijn stad, zijn leven, gebruikten als een soort tussenstop tijdens hun zoektocht naar de zin van het leven.

Had Jeanie niet gezegd dat ze wilde dat alles hier perfect zou zijn? Dat ze eigenlijk voor zich zag hoe haar leven hier eruit moest zien? Nou, perfectie bestond niet, en hij zou niet degene zijn die zijn best deed om Jeanies dromen waar te maken. Dat kon hij niet. Het zou op niets uitlopen.

Zo was het altijd al gegaan.

De geiten, Dylan en Marley, of de Bobs, zoals zijn oma ze graag noemde, staarden hem triest aan, alsof ze wisten dat het bordje het einde van hun donutdagen betekende.

'Het is voor jullie eigen bestwil,' mompelde Logan, en de Bobs blaatten als antwoord. Ze waren gek op die verdraaide donuts. Logan sjokte terug naar de boerderij en wenste dat er vandaag meer te doen was om zijn gedachten van een zeker iemand af te leiden. Maar het was een woensdagochtend in oktober, een rustige periode op zijn kleine boerderij.

De boomgaard was alleen van vrijdag tot en met zondag open voor publiek; dan konden mensen zelf appels plukken en pompoenen oogsten. Zijn opa maakte op die dagen een rondritje over het terrein op zijn vertrouwde tractor. Het was de enige echte attractie. Logan weigerde er alle onzin aan toe te voegen die je op sommige andere boerderijen in de herfst zag, zoals springkussens, maïsdoolhoven of ponyritjes. Niet dat hij een pony had. Er waren alleen maar appels en pompoenen, donuts uit Annies bakkerij en rondritjes. O, en de Bobs. Maar de kinderen en hun ouders vonden het geweldig. Het geld dat de boerderij verdiende aan de verkoop van de zelf geplukte appels hield de boerderij de hele winter draaiende.

Bijna halverwege oktober waren de appels echter zowat allemaal geplukt en zelfs het pompoenveld zag er dan behoorlijk kaal uit. Het laatste grote evenement van het seizoen was het herfstfestival in de stad. Logan zorgde dan altijd voor pompoenen voor de snijwedstrijd. Voor de gelegenheid had hij er al tientallen klaarliggen in de schuur.

Hoewel hij dolgraag iets omhanden wilde hebben, was er deze woensdag niet echt iets te doen, dankzij zijn nog steeds competente grootouders, zijn gewoonte om vooruit te werken en de ijverige seizoensarbeiders die hij had ingehuurd. Het repareren van dat bord had niet lang genoeg geduurd.

Hij leverde alleen op donderdag en de boerenmarkt vond pas plaats op zondagmiddag. Hij kon een start maken met de facturen voor de zaden en benodigdheden voor de lente, maar vandaag voelde hij zich te onrustig voor dat soort werk.

Misschien zou een kopje koffie helpen. Hij was zelfs nog dommer dan die vervloekte geiten.

Maar toch stapte hij in zijn pick-up en ging de stad in.

Logan besefte dat hij een fout gemaakt had zodra hij het café binnenstapte.

Het was woensdag. De vaste dag van de leesclub.

Het belletje boven de deur klingelde toen hij naar binnen stapte, en vijf hoofden draaiden zich in zijn richting vanaf hun plekjes rond de middelste tafel. Zes, als je Jeanie meetelde, die bij de tafel stond met haar brede Jeanie-glimlach. Zijn hart fladderde toen hij haar zag.

Hij had bij de geiten moeten blijven.

'Logan! Hé!' Kaori's stem weergalmde door de kleine ruimte en Nancy wenkte hem, alsof hij hen over het hoofd zou zien tussen de drie andere aanwezigen die zich naar buiten haastten met hun meeneembekers.

'Kom eens hier om je voormalige lerares gedag te zeggen,' zei Nancy met een grijns, zich schijnbaar niet bewust van het feit dat Logan niet per se hoefde te weten waar de vrouw die hem had geleerd hoe hij zijn veters moest strikken op dat moment last van had.

Hij zuchtte en streek met een hand over zijn baard. Hier kon hij niet onderuit komen. Hij liep naar de tafel en knikte naar het groepje.

Het was niet zo dat hij deze mensen niet aardig vond. Het waren prima, normale mensen. Volgens de Dream Harbor-normen, in ieder geval.

Maar hij wilde hun medelijden niet, noch hun sympathieke blikken of hun 'hulp' bij het vinden van een nieuw iemand, wat hun enige doel leek sinds het debacle bij de kerstboom. Het voelde alsof hij weer vijf jaar oud was en plotseling geen moeder meer had, maar wel een hele stad vol mensen die hem wilden zien en hem lekkers brachten.

Het waren goedhartige mensen, die allemaal bedroefd waren door het verlies van zijn moeder. Een uitlaatklep voor die pijn was er niet, behalve dan door hem, haar kindje, te overspoelen met liefde, maar hij had zijn grootouders al. Hij had destijds geen vervangende ouders nodig gehad, en vijfentwintig jaar later zat hij er al helemaal niet op te wachten.

Om nog maar te zwijgen van het feit dat hij elke keer dat hij ze tegenkwam opnieuw voor zich zag hoe hij op één knie in de kou had gezeten en hoe geschokt Lucy had gekeken. De vernedering en zijn falen borrelden nog steeds dicht onder de oppervlakte, en het zien van deze mensen rakelde het allemaal weer op.

'Dag, allemaal. Hoi, Jeanie.' Hij draaide zijn hoofd in haar richting en keek haar een seconde te lang aan. Er verscheen een lichte blos op de bleke huid boven de halslijn van haar trui. Die was vandaag zachtgrijs en viel soepel om haar rondingen.

'Jou midden op een doordeweekse dag in de stad zien, voelt alsof we een zeldzame blik opvangen van bigfoot,' zei Jacob lachend.

Logan slaagde erin zijn blik van Jeanie af te wenden om te reageren. 'Het was rustig. Ik kwam even koffiedrinken.'

'Dat was het leuke van Lucy, door haar was je in ieder geval vaker in de stad.'

Verdorie, dat kwam wel erg snel.

Nancy's vrouw, Linda, was zich niet bewust van de geschokte blikken van de rest van de leesclub. Linda beschikte duidelijk niet over sociale voelsprieten, waardoor ze altijd met gespreksonderwerpen kwam waar niemand het over wilde hebben. Hij herinnerde zich nog die Kerstmis dat ze op één avond zowel zijn overleden vader als zijn overleden moeder noemde. Nana had haar bijna in één boog eruit geschopt.

'Ja, dat vond ze volgens mij echt leuk,' zei hij terwijl hij zijn rug rechtte. Dit was de reden dat hij niet naar de stad kwam. De voortdurende herinnering aan zijn falen. 'Maar toch niet leuk genoeg om hier te blijven.' Hij knikte opnieuw en gaf de leesclub de kans om Linda fluisterend te vermanen wegens haar misstap. Het laatste wat hij wilde was in het bijzijn van Jeanie over Lucy praten, en al helemaal niet met behulp van de leesclub.

Jeanie volgde hem naar de bar om zijn bestelling op te nemen, ook al stond Crystal, die sinds de middelbare school in het café werkte, er ook al.

'Het gebruikelijke?' vroeg Jeanie opgewekt, ondanks de bezorgde plooi in haar voorhoofd. Ze had het hele verhaal over Lucy duidelijk nog niet gehoord, anders zouden haar donkere ogen overlopen van medelijden, en dat wilde hij niet. Hij wilde niet dat iemand Jeanie iets zou vertellen over zijn mislukte poging tot romantiek.

Er was nog iets ergers dan medelijden. Ze zou Lucy ook voor gek kunnen verklaren omdat ze zijn grootse aanzoek had afgewezen. Maar als Jeanie van grote gebaren hield had ze pech, want Logan was daar echt klaar mee. Hij schudde zijn hoofd; wat dacht hij wel? Jeanie wilde niets van hem, behalve dan weten wat hij wilde drinken.

'Ja, graag.' Hij groette Crystal, die glimlachte en de koffiemelk ging bijvullen. Jeanie bracht hem zijn zwarte koffie in een meeneembeker. Hij had zijn herbruikbare exemplaar in de truck laten liggen in zijn haast om binnen te komen. Hij maakte vandaag de ene fout na de andere.

'Ik dacht dat je liever niet wilde blijven.' Ze wierp een blik op de tafel waar de leesclub aan zat. Ze hadden zijn trieste verhaal duidelijk achter zich gelaten en kakelden over het laatste boek dat ze gelezen hadden. 'Maar ik ben blij dat je gekomen bent. Ik bedoel... Het is leuk om je te zien.' Jeanie bloosde en hij wilde de ontsnapte lokken achter haar oor stoppen, zijn vingers weer langs haar zachte huid laten strijken, om te horen hoe ze haar adem inhield wanneer hij dat deed.

Hij stak zijn handen in zijn zakken.

'Insgelijks.' Het understatement van het jaar. Nu hij haar weer zag werden er veel ingewikkelder gevoelens in hem losgemaakt. Tegelijkertijd wilde hij over de bar springen en haar de kus geven die er twee avonden geleden bij in was geschoten. Dan zou hij wegrennen en nooit meer achteromkijken.

In plaats daarvan bleef hij onhandig voor de bar staan, in de hoop dat ze ergens over zou babbelen, zodat hij hier nog een paar minuten naar haar kon blijven kijken.

Gelukkig voor hem had Jeanie altijd iets om over te praten. 'Casper went al goed. Hij slaapt elke nacht aan het voeteneinde van mijn bed en daardoor slaap ik ook beter. Behalve rond vijf uur, want dan komt hij elke ochtend boven op me zitten. Een wekker heb ik echt niet meer nodig,' eindigde ze lachend.

Logan lachte ook, vooral om geen opmerkingen te maken over boven op haar zitten. Zijn zelfbeheersing begon gevaarlijk te wankelen.

Op een bepaald moment tijdens haar verhaal had Logan naar voren geleund en zijn onderarmen tussen hen in op de bar laten rusten.

Jeanie had zich ook naar hem toe gebogen, alsof ze als magneten naar elkaar toe werden getrokken. Wat hem betrof konden ze niet dicht genoeg bij elkaar zijn.

'Heb je hem Casper genoemd?' Zijn stem was zacht, zodat alleen zij hem kon verstaan.

'Nou, hij was mijn spookje. En hij bleek ook vriendelijk te zijn, dus het paste gewoon bij hem...' Ze grijnsde, en zijn maag maakte een vreemde buiteling.

'Klinkt logisch,' zei hij, terwijl hij de kat opnieuw vervloekte omdat hij zo snel was opgedoken, waardoor hij geen enkel excuus meer had om bij Jeanie langs te gaan, vooral niet 's nachts en vooral niet om naast elkaar op haar vloer te liggen terwijl het maanlicht door het raam scheen. Die vervloekte kat.

Iemand achter hem schraapte zijn keel en verbrak het moment. Hij stond op en verontschuldigde zich terwijl hij plaatsmaakte voor meneer Prescott, de postbode.

'Ik moet gaan,' zei hij tegen Jeanie boven het gesis van het koffiezetapparaat uit.

'Ja, natuurlijk.' Haar wangen waren roze van het werk en een paar losse lokken krulden rond haar slapen. Ze zag er gelukkig uit, alsof ze hier in dit gezellige cafeetje thuishoorde en het heerlijk vond om te praten met de mensen die hij zijn hele leven al kende. Ze zag eruit alsof ze hier paste.

Hij wilde dat ze hier paste.

'Alstublieft, meneer Prescott. Nog een fijne dag,' zei ze, terwijl ze de oudere man zijn drankje gaf. Ze draaide zich weer om naar Logan en haar volgende woorden bliezen hem compleet van zijn sokken. 'Wie die Lucy ook was, het was dom van haar om te vertrekken.' Ze glimlachte lief naar hem en ging toen verder met de bestelling van de volgende klant, waarna Logan de zon in strompelde en zich afvroeg wat hij nu moest doen.

Jeanie verraste hem telkens weer.

Hoofdstuk twaalf

Hoera. Ze had het gepresteerd. Ze had een volkomen normaal gesprek met Logan gevoerd, zonder dat er wapens, spoken of tranen bij kwamen kijken. Eindelijk was het gelukt. Ze was goed op weg om de vriendelijke eigenaresse van het café te worden die ze voor ogen had, in plaats van een wrak dat bang was voor moordenaars en allerlei andere zaken.

Ze keek hem na voordat ze zich weer omdraaide naar de volgende klanten, een paar studenten uit een stadje verderop. Nu ze hen daar zo zag staan met hun tassen vol boeken en twijfelachtige piercings voelde ze plotseling de behoefte om haar vroegere kamergenote, Emily, een bericht te sturen. Nog iemand die ze door de jaren heen had verwaarloosd.

Ze voelde jeuk aan de plek op haar neus waar ze niet langer een piercing had vanaf het moment dat ze begon te solliciteren voor 'echte banen' en vroeg zich af of Emily de hare nog had.

'Jeanie, kom nog even gezellig bij ons zitten!' riep Kaori. 'We waren nog niet uitgepraat.'

Jeanie onderdrukte een glimlach en herinnerde zich Hazels waarschuwing. Waarschijnlijk zouden ze hierna om haar bloedgroep vragen.

De rij bij de bar was verdwenen en Crystal kon het sowieso wel aan, dus liep Jeanie terug naar de tafel van de leesclub. Het kleine oppervlak stond vol met lege mokken en beduimelde paperbacks met halfnaakte mannen op de omslagen.

‘Kan ik nog iets anders voor jullie halen?’

‘Nee, hoor.’ Nancy wuifde het aanbod weg. ‘We kletsen gewoon nog wat voordat Kaori weer op kantoor moet zijn en Isabel Jane van school moet ophalen.’

Mateo zat vrolijk te gorgelen op Isabels schoot, kauwend op een zandkoekje. Jacob kietelde zijn mollige buikje. De kleine jongen giechelde en toonde een tandeloze glimlach. Isabel keek op haar horloge. ‘Ik heb nog wel even tijd,’ zei ze met een veelbetekenende glimlach.

‘Ik ook. Mijn volgende les begint pas om drie uur,’ zei Jacob, terwijl hij Mateo een nieuw koekje gaf, aangezien de vorige op de grond was beland.

‘Linda en ik zijn vandaag zo vrij als vogels, nietwaar, lieverd?’

‘Dat is iedere dag zo sinds we met pensioen zijn.’

‘Zet maar een stoel bij, Jeanie.’ Nancy gebaarde naar de dichtstbijzijnde stoel. Jeanie had het gevoel dat ze eigenlijk niet anders kon dan erbij komen zitten. Ze wilde niet onbeleefd zijn; het waren tenslotte betalende klanten. En eigenlijk vond ze het ook gewoon leuk en wilde ze graag bij hun gezellige clubje horen.

‘Wat hebben jullie afgelopen week gelezen?’ vroeg Jeanie terwijl ze plaatsnam. Ze nam een van de boeken van de tafel op. Een zeer indrukwekkende mannentorso vulde de voorkant met de titel *Verzengende liefde*. De auteur was Veronica Penrose en Jeanie betwijfelde ten zeerste of dat een echte naam was, maar hij klonk wel goed.

‘Het is een ijshockeyromance tussen mannen,’ vertelde Jacob, die duidelijk enthousiast was over de keuze van deze week. ‘Van vijanden naar geliefden, de perfecte verhaallijn. Een echte aanrader.’

‘Ik heb niet zoveel met ijshockey,’ zei Jeanie terwijl ze langzaam door het boek bladerde.

Kaori’s lach galmde door de kleine ruimte. ‘Niemand leest de stukken die over de sport gaan, schat.’

Jeanies blik bleef hangen bij verschillende interessante passages, die bevestigden dat dit boek helemaal niet over ijshockey ging. 'Juist. Ik snap het al. Ziet er goed uit,' zei ze terwijl haar wangen rood werden bij het lezen van een aantal regels. Wellicht had Jeanie haar hele leven de verkeerde boeken gelezen.

'Ik vond het geweldig dat ze zich zo kwetsbaar opstelden tegenover elkaar,' zei Isabel met een zucht.

'Ja, en wat was het ontzettend sexy,' voegde Nancy eraan toe. 'Wat ze in de auto deden met de...'

'Oké, Nancy. Laten we Jeanie niet afschrikken.' Kaori onderbrak haar voordat Nancy precies kon uitleggen wat de rivaliserende ijshockeyspelers met elkaar in de auto gedaan hadden, wat ergens jammer was, want ze hadden Jeanie wel nieuwsgierig gemaakt. 'We hebben Jeanie gevraagd om bij ons te komen zitten omdat we nog niet echt kennisgemaakt hebben.'

Jeanie verschoof op haar stoel terwijl alle ogen weer op haar gericht werden. 'Ik denk dat jullie alles al weten wat er te weten valt. Ik ben opgegroeid in het westen van de staat New York, ben deze kant op gekomen om te studeren en heb de afgelopen tien jaar in Boston gewoond.' Jeanie haalde haar schouders op en de waarheid ervan drong opnieuw tot haar door. Dat was echt alles wat ze over haar moesten weten. Ze had ervoor gekozen om te studeren in Boston om te ontsnappen aan het kleine stadje waarin ze was opgegroeid, en toch was haar leven uiteindelijk beperkt geworden, gevuld met haar drukke werkzame leven en geen andere zaken.

'Wacht er nog een speciaal iemand op je in Boston?' vroeg Nancy.

'Nee.'

'En je bent van plan te blijven? In de stad?' vroeg Isabel, terwijl ze de koekkruimels van Mateo's gezicht veegde. 'Ik bedoel, ben je echt van plan het café te blijven runnen?'

'Eh... ja. Ja, natuurlijk. Het café blijven runnen is zeker wat ik van plan ben.' Een ander plan was er niet. Ze had geen noodplan of manier om te ontsnappen, ze kon niet zomaar terug naar de stad vluchten en weer aan de slag gaan als officemanager. Nu ze hier was, moest dit gewoon een succes worden. Het was precies zoals ze het aan Barb Sanders, de makelaar, had uitgelegd toen die weer gebeld had. Jeanie was nu de eigenaresse van het Pumpkin Spice Café en ze was niet van plan het te verkopen.

Nu moest ze zichzelf, Barb Sanders en de leesclub er alleen nog maar van overtuigen dat dat waar was.

'O, we zijn blij om dat te horen,' zei Kaori met een bemoedigende glimlach.

'Zie je, ik zei toch dat ze anders was,' zei Linda, terwijl ze Nancy een duwtje in de rug gaf met haar schouder. 'Ze zijn bang dat je Logan in de steek laat, net als Lucy,' zei ze, zich naar Jeanie toe buigend alsof ze op het punt stond haar deelgenoot te maken van een geheim. 'Die arme Logan. Ze verscheen plotseling in de stad en veroverde zijn hart binnen de kortste keren. Zoals ik al zei, het enige goede aan haar was dat hij door haar vaker in de stad kwam. Ik zie hem nog steeds graag, ook al is hij nu volwassen. Ik heb het gevoel dat ik het aan zijn moeder verplicht ben om in de gaten te houden of het goed met hem gaat. In ieder geval herinner ik me de blik op zijn gezicht nog steeds toen Lucy nee zei bij het aanzoek onder de kerstboom… Au! Wie schopte mij?' Linda strekte haar hand uit om over haar scheenbeen te wrijven. Jeanie zweeg geschokt.

Logan had die Lucy ten huwelijk gevraagd. En ze had nee gezegd? Wat was ze voor vrouw en wat mankeerde haar?

'Zo is het wel genoeg, schat,' zei Nancy liefjes, ook al wist Jeanie zeker dat de trap uit haar richting kwam. 'Lucy paste hier helemaal niet. Ze was gewoon niet de juiste vrouw voor Logan.'

Lucy paste hier helemaal niet. Jeanie keek de tafel rond. Paste zij hier wel? Misschien moest ze net als Jacob gescheurde spijkerbroeken dragen. Of meer glinsterende sieraden, zoals Isabel. Zelfs de kleine Mateo had een ketting van barnsteenkralen om zijn hals. Dikke sjaals die eruitzagen alsof ze door een oma waren gebreid leken ook een onmisbaar onderdeel van de look van Dream Harbor. En Jeanie had geen enkel paar vingerloze handschoenen. Ze zouden die dingen moeten uitdelen bij het WELKOM IN DREAM HARBOR-bord aan de rand van de stad.

In plaats daarvan had Jeanie alleen haar zakelijke garderobe. Ze had nog geen tijd gehad om iets anders te kopen. In haar pantalon, trui en ballerina's, met haar haar in een lage knot, was ze eerder gekleed voor een zakelijke vergadering dan voor het runnen van een koffietentje in dit stadje. Kaori zag er net zo uit als zij, maar zij moest vanmiddag op kantoor werken – als advocaat misschien? Of als accountant? Jeanie kon het zich niet meer herinneren, maar ze wist wel dat Kaori elke ochtend een grote mok Franse koffie met sojamelk dronk.

Als ze hier echt een nieuwe Jeanie wilde zijn, moest ze zich misschien ook kleden als...

'Jij en Logan hadden het erg gezellig met elkaar aan de bar,' zei Jacob, waardoor ze plotseling niet meer aan haar garderobe dacht, maar in plaats daarvan bijna weer begon te dagdromen. 'Hij zag eruit alsof hij er zo overheen wilde springen en...'

'Jacob,' snauwde Kaori. 'Je maakt Jeanie aan het blozen. Let maar niet op hem, lieverd. Van dit soort boeken krijgt hij allerlei gekke ideeën.'

'Als gelijke kansen en gelijkwaardigheid in relaties gekke ideeën zijn, dan wil ik niet gezond zijn!'

Kaori wuifde zijn opmerking weg. 'Jaja, laten we Jeanie niet meteen traumatiseren tijdens haar eerste deelname.' Jeanie was niet echt getraumatiseerd, maar vooral geschokt omdat Jacob haar gedachten had gelezen, maar ze was niet van plan die informatie te delen.

'Mijn eerste deelname? Telt dit mee?' Kijk mij eens, dacht Jeanie, ik maak vrienden en heb hobby's! Alleen op dit moment werden er al jáਰen aan haar leven toegevoegd.

'Natuurlijk! En je mag altijd met ons meedoen. Geef Jacob je nummer maar, dan stuurt hij je een bericht met het boek van de week. Nu moet ik echt gaan.' Kaori pakte haar tas en stopte haar boek erin. 'Ik zie jullie allemaal later weer.'

'Ik moet ook gaan. Ik wil dit monster nog een dutje laten doen voordat zijn zus thuiskomt,' zei Isabel, terwijl ze Mateo's stapel half opgegeten koekjes verzamelde.

En daarmee eindigde Jeanies eerste onofficiële deelname aan de leesclub van Dream Harbor in een wirwar van groeten en beloften om snel weer af te spreken.

Jacob bleef achter om Jeanies nummer te noteren. 'Bedankt, leuk dat ik mee mag doen,' zei ze terwijl hij typte.

'Iedereen mag meedoen,' zei hij met een glimlach. 'En...' Hij boog zich samenzweerderig voorover. '...ik weet dat iedereen in de stad vreemd beschermend is jegens Logan, maar geloof me, ik heb het aanzoek gezien en het was vreselijk. De hele stad was er getuige van.' Hij kromp ineen toen hij eraan terugdacht.

'We zijn gewoon bevriend,' zei Jeanie zwakjes. De gedachte dat iemand Logans hart had gebroken terwijl iedereen erbij was, maakte haar duizelig en een beetje misselijk. Zou ze even moeten gaan zitten?

'Nou, als het meer zou zijn dan dat, zou ik het je niet kwalijk nemen, want die man is knapper dan goed voor hem is.... Maar zorg er wel voor dat het serieus is.' Jacob haalde zijn schouders op. 'Lucy kon meteen terugvluchten naar Boston toen ze hem had gedumpt, maar als jij echt van plan bent te blijven... zou het op zijn zachtst gezegd ongemakkelijk zijn.'

'Juist. Ik snap het.'

Jacob glimlachte en slingerde zijn tas over één schouder. 'Goed. Nou, tot later!'

'Doei.'

Jeanie plofte uitgeput in de dichtstbijzijnde stoel zodra Jacob de deur uit was. Voor de tweede keer sinds ze hier was, was ze gewaarschuwd om uit de buurt van Logan te blijven. De mensen in Dream Harbor namen hun taak om hun stadsgenoten te beschermen wel heel serieus. Ze wreef met haar vingers over haar slapen en voelde een zware hoofdpijn opkomen.

Als ze iets met Logan zou krijgen, zou de hele stad toekijken. En wat zou er gebeuren als het uiteindelijk stuk zou lopen? Dat was namelijk onvermijdelijk. Die gedachte legde veel te veel druk op haar. Dat gevoel kon ze niet gebruiken. Juist om dat te vermijden had ze haar oude leven achter zich gelaten.

Ze haalde diep adem, eerst in en toen langzaam uit, zoals ze had geleerd met de meditatieapp die ze kort na Marvins dood had gedownload. Geen probleem. Van nu af aan zou ze Logan gewoon vermijden. Alleen nog beleefde klanten- en koffiepraatjes. Niet flirten. Niet in zijn hemelsblauwe ogen staren. En zeker niet diep inademen wanneer hij weer zo lekker rook.

Ze waren vrienden. Kennissen, eigenlijk. En dat was gewoon prima.

Jeanie was hier om zich op zichzelf te concentreren, niet om het onderwerp te worden van de plaatselijke roddels, en ze bleef dat in zichzelf herhalen totdat het bleef hangen. Het was sowieso dom geweest om Logan aan haar plan toe te voegen. Ze was hierheen gekomen om kennis te maken met de nieuwe Jeanie, niet vanwege een man, toch?

Inderdaad.

Pas toen ze weer achter de bar ging staan, zag ze het boek dat Jacob voor haar had achtergelaten. *De boer en het melkmeisje*. Op de post-it die hij erop had geplakt, was geschreven: *Om je te helpen eroverheen te komen.*

Terwijl Jeanie naar de ruige man op het omslag staarde, wiens losgeknoopte flanellen overhemd wapperde in de wind, wist ze dat het nooit zo goed zou kunnen zijn als in het echt.

Hoofdstuk dertien

'Wacht, ik snap het even niet. Waarom zou je voor het runnen van het café van tante Dot een ander mens moeten worden?'

Jeanie liet zich kreunend op haar bed vallen, veerde op uit de kussens en zag dat het gezicht van haar broer haar vanaf haar telefoon aanstaarde.

'Omdat, Ben, ik hier niet alleen voor het café ben gekomen. Ik ben hier om... om...'

Jeanie rolde zich op haar rug en draaide haar telefoon en fronsende broer mee. Het was moeilijk uit te leggen als Ben haar zo aankeek, maar ze had zo haar redenen.

'Ik kwam hier voor een nieuwe start. Een leven dat rustiger is en meer bijzonder... of zoiets.'

Hij snoof. 'Je zoekt naar iets wat niet bestaat.'

'Mijn oude leven kan ik niet meer aan, Bennett! Wil je dat ik net als Marvin eindig?'

'Hé, allereerst was Marvin minstens dertig jaar ouder dan jij. Ten tweede at die man bijna alleen maar bacon. En ten derde had hij geloof ik niet alleen een vrouw, maar ook twee minnaressen. Dat levert een boel onnodige stress op, Jeanie. Dat is bij jou niet het geval.'

'Ik zorgde ervoor dat zijn leven op rolletjes liep!' Jeanie probeerde het beeld van Marvins levenloze ogen die haar aanstaarden uit haar geheugen te wissen. 'En dat werk kan ik niet meer doen.'

'Doe dat dan ook niet. Ik vind het cool dat je nu eigenaresse bent van een klein bedrijf, maar het feit dat je naar een klein stadje bent verhuisd, betekent niet dat je ineens een heel ander persoon moet zijn.'

Jeanie zuchtte. Haar broer zag alles soms zo zwart-wit. 'Doe je ogen dicht,' zei ze. Tijd voor een andere tactiek.

'Waarom?'

'Doe het nu maar gewoon.' Ze had echt vrienden nodig náást haar jongere broer. Ze wachtte tot Ben zijn ogen had gesloten voordat ze verder praatte. 'Oké, stel je nu het café voor, herinner je het je nog? Het ziet er nog precies hetzelfde uit. Oude houten vloeren, veel kunst aan de muren, grote keramische mokken van de kunstacademie.'

'Ja, ik zie het voor me.'

'En stel je nu tante Dot eens voor.'

Er verscheen een kleine glimlach op Bens gezicht. Ze hadden altijd van hun excentrieke tante gehouden, die heel anders was geweest dan hun eigen rechtlijnige moeder, met haar lange rokken en grote kleurrijke oorbellen; ze had altijd zo interessant, zo levendig geleken. Ze was perfect op haar plaats in haar café en leefde volgens haar eigen voorwaarden.

'Oké, en stel je nu mij eens voor.'

Jeanie droeg nog steeds haar werkkleding van die dag. Een grijze trui boven een grijze broek. Ze kon echt niet minder lijken op de vrouw die ze probeerde te worden.

Ben opende zijn ogen. 'Je ziet er goed uit, Jeanie. Je hoeft geen hippie te zijn om een koffietentje te runnen.'

'Ik wil helemaal geen hippie zijn.' Ik probeer gewoon zo compleet mogelijk afscheid te nemen van mijn oude zelf, mijn oude leven, dacht ze. 'Ik wil er gewoon bij horen hier.'

'Pesten de plaatselijke bewoners je, Jean Marie? Want dan kom ik naar je toe en…'

'En wat dan?' vroeg ze lachend. 'Vlieg je hierheen om de inwoners van de stad in elkaar te timmeren?'

Bens frons werd dieper. 'Als dat nodig is.'

'Nou, ik waardeer je instelling, maar eigenlijk is iedereen tot nu toe heel aardig.' Haar gedachten dwaalden onmiddellijk af naar Logans diepblauwe ogen en de manier waarop hij dichter naar haar toe had geleund als ze aan het praten was. Dat had ze geweldig gevonden.

'Nou, dan zit het toch wel goed? De mensen vinden je aardig. Norman helpt je om je weg te vinden. En ik heb net gelezen dat het hebben van een huisdier de bloeddruk verlaagt. Nog even en je bent onsterfelijk.'

Jeanie keek naar Casper, die op haar buik was gaan liggen. Waarschijnlijk had hij wel een aantal kalmerende eigenschappen, zoals de zachte vibratie van het spinnen die ze nu door haar lichaam voelde gaan. Maar dat was niet echt het punt. Haar angst om te vergeten om te leven was nog groter dan die om dood te gaan.

Ergens gedurende haar leven was ze vergeten te bedenken wie ze nu echt was of wat ze wilde bereiken als ze ouder was. Ze had echt uitgekeken naar haar toekomst toen ze afstudeerde, nog met haar neuspiercing, maar de daaropvolgende zeven jaar had ze elke tienurige werkdag haar ziel laten stelen.

En nu was ze hier, volwassen, maar zonder enig idee wie ze was, nu niemand meer elke seconde van haar tijd opeiste. Nu ze Marvins leven niet meer hoefde te regelen, wist Jeanie niet wat ze met zichzelf aan moest.

Of wie ze eigenlijk wilde zijn.

Een nieuwe garderobe leek echter een goede start.

'Volgens mij mag Norman me helemaal niet,' zei ze, de enige opmerking van Ben eruit pikkend waar ze op wilde reageren.

'Waarom zou hij je niet mogen?'

'Ik weet het niet, maar hij lijkt zich altijd aan me te ergeren of zoiets. Blijkbaar moet ik dit weekend met een kraampje op de boerenmarkt staan, maar hij heeft er geen woord over gezegd.'

'Een boerenmarkt? Dat is schattig.'

'Hou je mond. Het maakt deel uit van mijn nieuwe imago.'

'Ik hield van je oude imago.'

Nu was het Jeanies beurt om te fronsen. 'Nu niet sentimenteel gaan doen, Bennett.'

Hij stak zijn tong uit en zag er weer precies zo uit als toen hij zeven jaar was geweest. Jeanie kon niet anders dan lachen. 'Volgens mij is er niets mis mee om de gespannen maar opgewekte, enigszins paranoïde eigenaresse van het café te zijn, die een sexy boer bijna onthoofdde,' zei hij.

'Dat had ik je nooit moeten vertellen.'

'Eerlijk gezegd ben ik trots op je. Een vrouw alleen moet zichzelf kunnen verdedigen.'

'Ja, dat heb je al vaker gezegd, dus voor een deel ben jij er waarschijnlijk schuldig aan dat ik verschrikkelijk overdreven reageerde op een gewone bezorging. Ik heb ook nooit gezegd dat hij sexy was.'

Ben lachte. 'Doe net alsof je de nieuwe Jeanie bent, ik vind het best, maar ik ken je. Zodra je hem ter sprake brengt, word je meteen knalrood.'

Jeanie rolde met haar ogen. Als ze met haar broer praatte, waande ze zich soms weer in haar kindertijd. Gezellig en nostalgisch, maar een serieus gesprek viel eigenlijk niet te voeren.

'Nou, hij is hier erg populair, dus waarschijnlijk zou ik de halve stad achter me aan krijgen als ik hem zou kwetsen.'

Ben trok een nieuwsgierige wenkbrauw op. 'Populair, zeg je? Vertel eens.'

Jeanie haalde haar schouders op, waardoor haar haar ruiste langs de stapel kussens. 'Het is gewoon een heel hechte gemeenschap. Ze zijn allemaal samen opgegroeid en zo. Ik denk dat als je hier geboren bent, je niet weg mag.'

Ben lachte.

'Hoe dan ook, ik moet uit de buurt blijven van die sexy boer. Ik zit niet te wachten op boze mensen met hooivorken voor mijn deur omdat ik zijn hart heb gebroken tijdens het boerenbal of zoiets.'

'Oké, nu ben ik echt de draad kwijt. Waar heb je het in hemelsnaam over, en hebben ze echt nog een boerenbal?'

Jeanie zuchtte. Alle gesprekken uit het café van vandaag gingen tegelijkertijd door haar hoofd, vergezeld van de herinnering aan Logans geschokte gezicht toen ze hem had gezegd dat zij Lucy een dwaas vond. Geschokt en hoopvol.

'Er is geen boerenbal. Tenminste, voor zover ik weet niet.' Al zou het haar helemaal niet verbazen als dat wel zo was. 'Het doet er niet toe. Logan, de boer dus, is verboden terrein. Dat zou veel te ingewikkeld worden.'

'Juist, en je zou juist rustiger gaan leven,' zei Ben met een sarcastische grijns. Maar Jeanie liet zich daardoor niet van de wijs brengen.

'Precies. Hier spreekt de luchthartige Jeanie. Dat ben ik voortaan.'

'Nou, ik moet ophangen. Sommige mensen hebben nog steeds een stressvolle baan waar ze rekening mee moeten houden.' Haar broer werkte in de IT, en eigenlijk snapte ze nog steeds niet echt wat hij deed. Als mensen ernaar vroegen, zei ze alleen maar 'iets met computers'.

'Oké, veel succes. Ik ga breien of zoiets. Of misschien wandelen? Wandelen kan ook heel leuk zijn.'

'Ga maar niet wandelen. Je hebt een vreselijk richtingsgevoel.'

'Misschien heeft de nieuwe Jeanie juist wel een geweldig richtingsgevoel.'

'Daar geloof ik niets van. Wees maar voorzichtig. Ik hou van je.'

'Ik ook van jou. Doei.'

Bens gezicht verdween van het scherm en toen was ze weer alleen met haar spookkat en haar boek over sexy boeren. Ze staarde slechts een minuut naar het omslag, zogenaamd om haar opties af te wegen, voordat ze het opensloeg.

Lezen was sowieso veiliger dan wandelen.

Hoofdstuk veertien

'Weet je zeker dat je niet wilt dat ik vandaag hier blijf vanwege de gasten?'

Dat leverde Logan een geïrriteerde blik van zijn opa op. 'Absoluut.'

De oudere man schoof nog een kist appels in de laadbak van de pick-up. Logan, een man van weinig woorden, kon doorgaans de rustige aard van zijn opa wel waarderen, maar op dit moment zocht hij naar een excuus om niet naar de boerenmarkt te hoeven en daar mogelijk Jeanie tegen te komen. Niet sinds hij wist dat hij zichzelf niet meer kon vertrouwen in haar nabijheid.

Haar woorden van woensdag stonden in zijn geheugen gegrift. *Wie die Lucy ook was, het was dom van haar om te vertrekken.* Wat had ze daarmee bedoeld? Dat ze niet van plan was om te vertrekken? Misschien waren Logans zorgen ongegrond. En als dat zo was, betekende het dat hij geen reden had om niet meer met Jeanie te flirten.

Misschien konden ze het voorlopig stilhouden. Het was niet nodig om de roddelaars uit het stadje het meteen te laten weten. Maar wat zou Jeanie ervan vinden om stiekem te doen? Plotseling had hij helder een beeld van hem en Jeanie voor ogen; in een donker hoekje, haar been over zijn heup, zijn stem in haar oor die haar aanspoorde stil te zijn.

'Ga je de hele ochtend daar staan dagdromen, of ga je me nog helpen met het inladen van de pick-up?' De gekwetste stem van zijn opa doorbrak zijn uiterst ongepaste gedachten op de zondagochtend.

Hij schraapte zijn keel. 'Yep. Sorry.' Hij pakte nog een kist, blij met de afleiding. Zo was het hem sinds woensdag al vergaan, zijn gedachten werden helemaal in beslag genomen door een vrouw die hij nauwelijks kende. Die ervaring kwam hem veel te bekend voor. In de dagen nadat hij dat eerste weekend met Lucy had doorgebracht, had hij bijna zijn duim gebroken met een hamer, drie keer zoveel kunstmest besteld als ze nodig hadden en het hek open laten staan, waardoor ze tijdelijk beide Bobs kwijt waren geweest. Nana was buiten zichzelf geweest van bezorgdheid.

Logan liet zich van zijn stuk brengen door vrouwen. Daarom kon hij vandaag niet naar de boerenmarkt gaan. Het PS Café had altijd een kraampje met hete cider en pumpkin-spiced lattes, vlak naast Annies gebakskraampje. Hij was er niet klaar voor om Jeanie weer te zien. Dat kon pas wanneer hij zichzelf weer in de hand had.

'Het zou vandaag best eens druk kunnen zijn. Het einde van het seizoen is in zicht.' Logan leunde tegen de zijkant van de truck en veegde het zweet van zijn voorhoofd. De zon scheen fel en het was vandaag ongebruikelijk warm. Er hing een zilte geur in de lucht die vanuit de haven binnendreef, en het voelde meer als augustus dan als oktober. Het weer was net zo onrustig als zijn binnenste.

Zijn opa fronste zijn borstelige grijze wenkbrauwen, die als twee harige rupsen onder de rand van zijn oude Red Sox-pet kronkelden. 'Wat is er toch met je?'

Logan zuchtte en streek met een hand over zijn gezicht. 'Helemaal niets. Ik wil je gewoon niet met alle drukte opzadelen.'

'Je oma en ik redden het wel. En de jonkies die je hebt ingehuurd om het appels plukken in goede banen te leiden, kunnen er ieder moment zijn.'

Hij had natuurlijk gelijk. Er was genoeg personeel om zijn grootouders te helpen, maar meestal stond zijn oma op de boerenmarkt. Behalve dit weekend, omdat ze had besloten dat ze 'zolang ze kon, wilde genieten van alle herfstachtige opwinding op de boerderij'.

Zo had ze het gezegd. Hij kon hier echt geen ruzie met haar over maken.

Zijn opa nam hem nog steeds op, dus zette hij weer een andere kist in de pick-up om de blik van de oude man te ontwijken.

'Je kunt de stad niet voor altijd vermijden.'

'Dat doe ik niet.'

Opa bromde. 'Ik hou niet zo van drukte.' Dat was een understatement. Zijn opa vermeed de drukte van de stad bijna net zoveel als hij. 'Maar het idee dat je je hier verstopt, alleen maar vanwege wat er is gebeurd, bevalt me niet.'

Logan maakte een geluid dat griezelig veel leek op het gebrom van zijn opa, en besefte toen dat ze allebei precies hetzelfde stonden: de armen over elkaar geslagen, leunend tegen de laadbak van de pick-up. Oké, hij leek behoorlijk op die ouwe.

'Ik verstop me niet.'

'Je verstopte je ook nadat je moeder was overleden.'

'Toen was ik vijf. En ik was mijn moeder net verloren. Dan mag je je verstoppen.'

'Tot op zekere hoogte.' Opa knikte. 'Maar uiteindelijk moesten we je toch gaan pushen. Je ervan overtuigen dat je weer met je vrienden moest gaan spelen. Het brak bijna mijn hart toen we je moesten dwingen weer naar school te gaan.'

Logan slikte moeizaam.

'Ik moest bij de deur je handjes van mijn benen losmaken. Dat was vreselijk. Ik heb tegen je oma gezegd dat we je gewoon hier bij ons moesten houden.'

Opa zette zijn hoed af en streek met een hand over zijn dunner wordende haar. Logan wist niet dat hij had geprobeerd hem thuis te houden, maar hij herinnerde zich wel dat hij een maand lang elke dag moest huilen op school. Mevrouw Pine – Nancy, zoals hij haar nu moest noemen – had hem tijdens het verhaaltje op haar schoot laten zitten. Hij kreeg dan een speciale knuffelolifant die ze op haar bureau bewaarde voor emotionele noodgevallen. De dag dat Annie verklaarde dat ze beste vrienden waren, was waarschijnlijk de dag waarop hij stopte met huilen.

Maar dit was anders.

Nu probeerde hij gewoon zijn gevoelens op een rijtje te krijgen voordat hij een enorme fout beging. Zoals de vorige keer. In het bijzijn van iedereen uit deze vervloekte stad.

'Dit is anders.'

Zijn opa keek uiteindelijk weg en knikte even. 'Oké. Als jij het zegt. Zorg er alleen voor dat die vrouw je er niet van weerhoudt het nog eens te proberen.'

Die vrouw. Opa had geweigerd Lucy's naam uit te spreken sinds ze was vertrokken, en hoe belachelijk het ook was, Logan waardeerde deze blijk van solidariteit.

'Ik zal ervoor zorgen,' verzekerde hij hem, ook al wist hij dat dit precies het probleem was. Hij was het beu dat iedereen in het stadje zich bemoeide met zijn leven, hoe goedbedoeld ook. Misschien wilde hij deze keer gewoon gekwetst worden zonder dat er iemand toekeek. 'Ik moet gaan.'

Zijn opa gromde instemmend en maakte zich los van de pick-up. 'Geef alles wat je niet verkoopt maar aan Annie. Ik wil best nog wat van die taarten.'

Logan glimlachte. Opa was een beruchte zoetekauw en hij ruilde appels voor taarten sinds Annie de bakkerij geopend had.

'Zal ik doen.' Hij stapte in de pick-up en zwaaide naar zijn opa voordat hij vertrok, terwijl hij zich verwarder voelde dan ooit over hoe hij het met Jeanie aan moest pakken.

Helaas maakte het feit dat hij een glimp van Jeanie opving toen hij het stadsplein op reed waar de markt werd gehouden, de zaken niet echt duidelijker. Ze lachte met Annie terwijl ze worstelden om de tent boven haar verkooptafel op te zetten. De wind kreeg grip op het zeil en zorgde ervoor dat de vrouwen het niet makkelijk hadden.

Haar haar zat vandaag los en wapperde in de wind rond haar gezicht terwijl ze lachte.

Een paar donkere wolken dreven voor de zon en wierpen schaduwen over het plein. De zonnige dag nam snel een wending, maar het weer weerhield mensen er meestal niet van om naar de markt te komen. Als je in New England wachtte op een perfecte dag, zou je nooit iets doen. Het weer kon in de loop van een paar uur van zomer naar herfst omslaan, wat op dit moment leek te gebeuren.

Logan sprong uit zijn pick-up en liep naar de plek waar Jeanie momenteel op het doek van haar partytent stond, met een zegevierende blik op haar gezicht.

'Zo waait het tenminste niet weg,' zei ze grijnzend. Ze had Logan nog niet opgemerkt. Vandaag zag ze er anders uit, de werkkleding waarin hij haar gewoonlijk zag, was vervangen door een spijkerbroek en een kleurrijk vest. Ze zag er comfortabel uit.

Hij besloot het niet als een teken te beschouwen dat ze zich hier thuis begon te voelen. Een vrouw mocht best andere kleding dragen zonder daarmee een statement te hoeven maken.

'Misschien werkt het beter tegen de regen als het boven je hoofd zit.'

Jeanie draaide zich geschrokken om. 'Logan!' Haar wangen kleurden roze. 'Hoi.'

'Hoi.'

Hij hield haar blik vast en de emoties tussen hen knetterden. Hij had het zich niet verbeeld. Elke keer dat hij haar zag, voelde hij het. Het beheerste hem helemaal. Het was er, spannend en echt, net als de storm boven hun hoofden.

'Hallo, ik ben er ook nog!' Annie verbrak het moment en zwaaide met een hand voor zijn gezicht. 'Je beste vriendin sinds het begin der tijden. Hoi.' Ze grijnsde toen hij zich omdraaide en haar aankeek, alsof ze precies wist hoe hij over Jeanie dacht. Dan zou ze dus ook precies weten hoe hij zich voelde als dit op niets uit zou lopen. Zijn nek begon te prikken bij de gedachte.

‘Hé, Annie. Heb je hulp nodig?’ Hij gebaarde naar de mislukte kraam.

Annie zette haar handen in haar zij en staarde naar de stof onder Jeanies voeten. ‘Ik vraag me af of het de moeite waard is om het op te zetten.’ Ze keek naar de lucht. ‘Denk je dat Pete het door zal laten gaan?’

‘Ik weet het niet. Misschien doet hij nu eerst een dutje om te kijken of er iets gebeurt.’

Annie gaf hem een tik op de arm. ‘Doe niet zo gemeen.’

‘Die man neemt beslissingen op basis van dromen, Annie. Doe niet alsof dat normaal is.’

Annie haalde haar schouders op. ‘Meestal komen ze wel uit, Logan. Ik bedoel, denk aan jou, Jeanie en de geest. Probleem opgelost.’ Ze grijnsde weer.

‘Ja. Probleem opgelost.’ Hij liep naar de zijkant van het kraampje en hielp Jeanie die recht te trekken. Het hele ding was eigenlijk gewoon een partytent met een metalen frame en een blauw vinyldak. Het werd een ‘easy-up’ genoemd, wat op dat moment misleidend leek, maar het was het standaard kraampje voor de boerenmarkt. Pete had in het verleden een deel van het stadsbudget uitgegeven aan een hele verzameling.

Eerlijk gezegd was Logan bang dat het zeildoek ieder moment weg kon waaien. ‘Heb je iets om dit mee te verzwaren?’ vroeg hij, terwijl hij zich meteen nuttig maakte zodat hij niet naar de veelbetekenende blikken van Annie of de stralende glimlach van Jeanie hoefde te kijken. Vanbinnen begon het te kolken, alsof een warme luchtstroom in aanraking kwam met koude lucht die van het water opsteeg. Hij was onrustig.

‘Deze kunnen we gebruiken.’ Jeanie hield de kleine zandzakken op die bij de kraampjes werden geleverd om aan elke hoek te bevestigen. Als het niet te erg zou gaan spoken, zou het stand moeten houden. Annies kraampje stond al opgesteld en leek stevig genoeg om haar taarten en muffins tegen de elementen te beschermen.

'Dat zou voldoende moeten zijn.' Hij pakte de zandzakken en liep om de tent heen, waarbij hij elke paal nog eens goed vastzette. Annie en Jeanie praatten als oude vriendinnen terwijl hij werkte. Het geluid deed hem goed, het klonk warm en vredig, in schril contrast met het weer en de storm in zijn binnenste.

'Laten we dit hier neerzetten, en dit zijn de kleine bordjes voor bij de drankjes,' zei Jeanie terwijl ze haar verkooptafel indeelde. Was het raar dat zijn hart klopte van trots toen hij zag dat ze enkele van zijn kalebassen gebruikte om de kraam te versieren? Ja, dat was beslist raar.

'Het ziet er perfect uit! Echt leuk. De mensen zullen niet bij je kraam weg te slaan zijn,' zei Annie. 'O, dit is George. Hij werkt bij de bakkerij. Zijn taarten zijn fantastisch.'

'Leuk je te ontmoeten...'

De rest van Jeanies woorden werd meegenomen door de volgende windvlaag. Toen gebeurde alles tegelijk.

Jeanies easy-up vloog zo de lucht in.

Annie gilde, net toen de wolken zich openden en een stortvloed van koude regen over hen uitgegoten werd.

Logan was doorweekt. Jeanie was doorweekt. Annies taarten stonden op het punt om doorweekt te raken.

George kwam in actie. 'We moeten snel opruimen!' Hij begon de taarten in plastic bakken te doen, terwijl Annie verwoed muffins in tupperwarebakjes zette.

Jeanie stond te kijken hoe haar tent wegwaaide, haar perfecte kraampje was volkomen vernield door de stortbui. Ze keek naar Logan terwijl de regen over haar gezicht stroomde en haar haar tegen haar hoofd plakte.

De uitdrukking op haar gezicht zat tussen lachen en huilen in, en hij zorgde ervoor dat de tranen niet wonnen.

'Laten we gaan.' Hij pakte haar hand en ze renden achter haar tent aan. De wind duwde hen in de rug terwijl ze door de snel gevormde plassen spetterden. Waar kwam deze verdraaide storm vandaan, en wat voor nut had een helderziende burgemeester als hij niet eens het weer kon voorspellen?

Logan stond op het punt om Jeanie naar het gemeentehuis te slepen om Pete te laten beseffen dat hij iedereen in gevaar had gebracht met deze boerenmarkt, toen Jeanies gegiechel boven het geluid van de storm uit kwam.

Hij keek haar aan en zijn adem stokte. Ze straalde, alsof de zon door de wolken gebroken was. 'Wat doen we eigenlijk?' vroeg ze, ook een beetje buiten adem.

'We gaan die vervloekte tent pakken,' zei hij tegen haar, waardoor ze nog harder moest lachen.

'Oké, maar langzamer!' Ze grijnsde naar hem terwijl hij zijn tempo aanpaste. 'Je bent snel als je achter een tent aan zit.'

'Het is een gevaar voor de algemene veiligheid.' Hij probeerde serieus te klinken, maar hij voelde dat zijn mondhoeken omhoog begonnen te krullen, net als die van haar. Haar vingers waren nog steeds verstrengeld met de zijne en samen renden ze door de regen. In zijn hart was hij al bezig deze herinnering op te slaan voor later, om er steeds weer aan terug te kunnen denken als hij niet kon slapen. Hij was onrustig, maar gelukkig.

Ze paste hier. Ze paste bij hem. Zijn hart sloeg een slag over bij die gedachte.

Haar glimlach werd breder en ze wreef de regen uit haar ogen. Die ogen, donker als koffie.

Hij wilde haar gezicht in zijn handen nemen en zijn mond op de hare drukken, maar een donderslag boven hun hoofden haalde hem uit zijn gedachten.

'Kom!' riep ze en ze trok hem weer mee, door Main Street. Gelukkig was de straat afgesloten voor verkeer vanwege de markt, dus kwamen ze maar een paar andere mensen tegen, die op zoek waren naar een schuilplaats vanwege het weer.

'Daar is hij!' Jeanies triomfantelijke kreet maakte al snel plaats voor een verbijsterde zucht die door Logans hart sneed. De tent zat vast in een boom. De grote metalen poten waren gebogen als die van een gigantische spin en het blauwe zeildoek was gescheurd. 'Verdorie.' Haar gezicht betrok bij het zien van de puinhoop.

'Ik krijg hem er wel uit.' Logan trok aan een van de metalen poten, vastbesloten om de stomme tent uit de takken te krijgen, alsof deze tent de enige reden was dat Jeanie hier bij hem was. Hij vocht met het ding alsof dat het enige was wat haar ervan weerhield weg te gaan, alsof haar mislukking op de boerenmarkt ervoor zou zorgen dat ze huilend terug naar Boston zou keren.

Zou het?

'Hé.' Ze trok aan zijn arm. 'Het lijkt me nogal hopeloos.'

'Ik krijg hem wel te pakken,' gromde hij terwijl hij nog wat harder trok, totdat een tak knapte en de scheur in het doek nog groter werd.

'Hé.' Ze verstevigde haar greep op zijn arm totdat hij zich naar haar toe draaide. Ze lachte. 'Laten we ergens gaan schuilen.'

Hij knipperde met zijn ogen. Ze was er nog steeds en glimlachte naar hem door de regen die maar bleef stromen. Haar hand lag nog steeds op zijn arm, terwijl ze hem stevig vasthield. Hij slikte moeizaam.

'Oké.' Hij knikte. Het was het enige wat hij over zijn lippen kreeg, maar het was genoeg. Het was vele malen beter dan alle andere woorden die in zijn hoofd rondzweefden. Bijvoorbeeld dat hij Jeanie overal zou volgen en wat hij allemaal met haar wilde doen als ze op de plaats van bestemming aankwamen.

In plaats daarvan liet hij zich gewoon door haar naar het café trekken.

Hoofdstuk vijftien

Ze slopen via de achterdeur naar binnen en gingen de trap aan de achterzijde op, als tieners die onopgemerkt langs hun ouders moesten zien te komen. Maar in werkelijkheid was er op Norman en een paar klanten die in het café wachtten tot de storm was gaan liggen na niemand in het café. Jeanie voelde de opluchting in Logans lichaam toen ze de voordeur links had laten liggen, alsof hij ook niet betrapt wilde worden; alsof ze geen van beiden bereid waren om hand in hand door het café te lopen.

Het geheimhouden werkte ook voor haar beter.

Zo lag er veel minder druk op.

Ze duwde de deur van haar appartement open en trok Logan naar binnen. 'We hebben het gehaald,' zei ze, nog steeds wat hortend en stotend ademhalend.

'Inderdaad.' Logans mond krulde omhoog bij de hoeken.

Ze wist niet of ze het over de storm hadden, over de mensen, of over hun eigen redenen om uit elkaars buurt te blijven. Maar wat het ook was, ze hadden haar huis bereikt. Samen. Alleen, zonder dat iemand toekeek.

Ze stonden allebei druipnat op haar hardhouten vloer. Ze zou echt wat handdoeken voor hen moeten halen en ze moest echt ophouden in Logans blauwe ogen te staren, maar de regen striemde tegen de ramen en haar borst ging nog steeds op en neer van het rennen, en Logan was zo vreselijk vastbesloten geweest om die tent voor haar te redden dat er iets groots en onstuitbaars in haar opwelde. Ze kon er niets aan doen. Ze wilde er niets aan doen.

Ze greep Logan bij zijn kletsnatte overhemd en trok hem dichter tegen zich aan, genietend van de verbaasde zucht die zijn lippen verliet.

Dit was het dan wel.

Nu stond ze tegen deze lieve, chagrijnige man aan gedrukt en wilde ze zoveel meer, maar ze durfde er niet voor te gaan. Dit maakte geen deel uit van het plan. Of wel? Was dit de nieuwe Jeanie? Klampte die zich aan mannen vast in haar hal? Vroeger had Jeanie zich nooit zo gedragen. De mannen met wie ze uitging waren… prima geweest. Gewoon prima, heel aardige mannen, die fatsoenlijk kusten en in al het andere ook fatsoenlijk waren. Maar ze had ook nooit de behoefte gehad om zich aan hen vast te klampen. Ze had nooit gewild dat ze lang zouden blijven, en het boeide haar niet als het misliep.

Maar dit, dit was anders.

Dit was nieuw.

Logans ruwe handpalm op haar wang bracht haar gedachten tot stilstand. Haar adem stokte. Hij bracht haar gezicht naar het zijne, teder maar dwingend, en zijn vingers groeven in haar haar.

Een zacht gejammer, een diepe kreun, een donderslag.

Toen drukte hij zijn lippen op de hare, warm en zacht en dringend, alsof hij zich voorgenomen had niet te snel te gaan, maar zich niet meer kon beheersen toen ze elkaar eenmaal raakten, alsof hij zichzelf er niet helemaal van kon weerhouden haar steviger tegen zich aan te trekken en hun kus te verdiepen.

Jeanie sloeg haar armen om zijn nek, drukte haar lichaam tegen het zijne, en zijn gekreun nestelde zich in haar hart, ruw en lieflijk tegelijk. Ze zou in zijn liefkozingen kunnen verdwalen. Ze zou hier voor altijd kunnen blijven.

Zijn mond bewoog langs haar nek en het geluid van haar gekreun zou beschamend zijn geweest als het niet zoveel had geleken op dat van hem. Zijn lippen, tong en tanden trokken een vurig pad over haar vochtige huid.

Hij draaide hen om, zodat ze met haar rug tegen de deur stond. Hij bewoog tegen haar aan en drukte haar tegen het hout.

Fuck, dacht Jeanie. Hij voelt zo solide, zo stevig, en hij is hier zo verdraaid goed in. Al Jeanies redenen om uit de buurt van Logan te blijven waren door de storm weggeblazen, maar ongeveer drie seconden voordat ze haar natte kleren uit begon te trekken en alle stappen tussen kennissen en minnaars over zou slaan, werd de hemel in tweeën gespleten en ging het licht flikkerend uit.

Shit.

'Logan,' bracht ze uit, terwijl hij de gevoelige huid van haar hals likte.

'Hmm.' Zijn stem trilde tegen haar lichaam. Zijn handen zochten zich een weg onder haar natte shirt en voelden gloeiend heet op haar koele huid.

'Wacht.' Ze legde een hand op zijn borst en Logan liet haar plotseling los, waarna zijn handen slap langs zijn lichaam vielen.

'Sorry. Ik...'

'Nee, excuseer je niet. Dat was... Ik bedoel, ik wilde het. Ik moet gewoon...'

Logan haalde een hand door zijn haar, waardoor een spoor van regendruppels door de lucht vloog. 'Je hoeft het niet uit te leggen. Het was te snel.' Zijn stem klonk nog steeds ruw, omfloerst door verlangen. 'Ik ga wel.'

'Wacht,' zei ze weer terwijl ze hem tegen zich aan trok. 'Dat is het niet. De stroom is net uitgevallen en ik heb het gevoel dat ik Norman moet gaan helpen.'

Hij knipperde met zijn ogen. 'O.'

Jeanie glimlachte en wachtte tot zijn mondhoeken ook omhoogkrulden. 'Dat was echt fijn.'

'O?' Zijn glimlach werd breder. 'Ja. Echt heel fijn.'

Logan drukte zich tegen haar aan en ze voelde hoe ontzettend fijn hij het vond. Ze strekte haar hand uit en drukte nog een zachte kus tegen zijn lippen, terwijl ze het kriebelen van zijn baard tegen haar kin voelde.

'Volgens mij moeten we dit binnenkort nog eens doen.' Wauw, de nieuwe Jeanie was brutaal. Misschien kwam het door al dat boerengedoe waarover ze had gelezen; de manier waarop dat melkmeisje voor haar eigen pleziertjes ging. Of misschien kwam het door de manier waarop Logan haar vasthield. Stevig, dicht tegen hem aan, evenwichtig. Ze vond het fijn om zich veilig te voelen bij iemand terwijl elk ander deel van haar leven voelde alsof het uiteengereten was en verstrooid door de wind. Ze vond het fijn om tegen iemand aan te leunen terwijl ze uitvond hoe de puzzelstukjes in elkaar pasten, terwijl ze zichzelf weer vond.

'Denk je?' Ze zag een flits van een aarzeling in zijn blauwe ogen.

'We hoeven geen aankondigingen naar de leesclub te sturen of zoiets,' zei ze. 'We kunnen het gewoon voor ons houden.'

Ze voelde hoe hij zich beetje bij beetje ontspande terwijl hij haar aanbod overwoog. Wat bood ze hem eigenlijk aan? Geheime afspraakjes om met elkaar te vrijen. Of was het meer dan dat? Ze wist het niet zeker, maar nadat ze over Lucy gehoord had, zou Jeanie het hem niet kwalijk nemen als hij niet op zoek was naar een nieuw publiek spektakel. Dat begreep ze wel.

De nieuwe Jeanie was blijkbaar erg begripvol. De nieuwe Jeanie wilde Logan ook heel graag nog eens kussen en was zeker bereid een compromis te sluiten.

'En wat zou dit dan zijn?' vroeg hij terwijl hij op haar neerkeek.

Ze haalde haar schouders op. 'Ik denk dat we daar gaandeweg wel achter komen.' Makkelijk, luchthartig, relaxed. De nieuwe Jeanie kon gaandeweg dingen uitzoeken. Nu Logan haar stevig vasthield, kon ze van alles bedenken.

Logan keek nog steeds sceptisch en de frons tussen zijn wenkbrauwen werd dieper terwijl ze sprak.

'Of we kunnen gewoon vrienden zijn,' gooide ze eruit. 'Wat jij wilt.'

Zijn ogen werden weer donker, hongerig, alsof zíj was wat hij wilde. Het was nieuw, dit gevoel van verlangen, van nemen wat ze wilde, van zich gewild voelen. Ze vond het leuk.

'We komen er wel uit,' zei hij, terwijl hij nog een kus op haar lippen drukte voordat hij zich terugtrok. 'Maar alleen wij.' Hij haalde opnieuw een hand door zijn haar. 'Ik wil niet dat andere mensen erbij betrokken zijn. Zelfs Annie niet. Want als iemand erachter komt...'

'Natuurlijk. Maak je daar maar geen zorgen over.' Ze deed net of ze haar mond op slot deed en gooide de denkbeeldige sleutel weg. 'Van mij hoort niemand iets. Dit zijn alleen onze zaken.'

'Bedankt.'

Ze spraken niet over Lucy, maar Jeanie wist dat hij haar daarvoor bedankte, omdat ze hem de ruimte bood die hij nodig had, en ze werd overspoeld door een golf beschermingsdrang. Ze wilde hem geven wat hij echt nodig had, niet wat iedereen dácht dat hij nodig had. Bovendien was ze blij dat het wat van de druk wegnam. Het laatste wat ze wilde was dat de hele stad hen zou gadeslaan terwijl ze elkaar beter leerden kennen.

Het op een na laatste wat ze wilde was Logans armen verlaten, maar helaas riep de plicht van een kleine ondernemer. Norman had al een hekel aan haar, hem alleen laten tijdens een stroomstoring zou waarschijnlijk niet in haar voordeel werken. 'Ik moet naar beneden.'

'Juist, natuurlijk.' Logan trok zich terug en liet zijn handen over haar heupen glijden voordat hij haar losliet. Zijn haar was donker door de regen en hing over zijn voorhoofd. Het T-shirt onder zijn flanellen overhemd plakte strak tegen zijn lichaam. Misschien zou Norman zich toch wel redden?

'Ik pak een ladder uit mijn pick-up en haal die tent uit de boom zodra de storm is gaan liggen.'

Jeanie schraapte haar keel. 'Oké, bedankt,' zei ze, in plaats van: 'Weet je wat, vergeet Norman, vergeet de tent, vergeet alles behalve jij en ik en dat flanellen overhemd op mijn slaapkamervloer.'

Zo brutaal was de nieuwe Jeanie nu ook weer niet.

Logan knikte en was de deur al uit voordat Jeanie van gedachten kon veranderen.

'Daar ben je eindelijk!' Normans ontevreden stem kwam vanachter de bar zodra Jeanies voet de laatste trede raakte. Ze ging het café in en zijn afkeurende frons zorgde ervoor dat haar wangen begonnen te gloeien. Was ze al betrapt? Waren de kussen van Logan op de een of andere manier zichtbaar op haar huid? Het voelde wel zo.

Jij bent hier de baas, Jeanie, sprak ze zichzelf streng toe. Niet hij.

Ze rechtte haar schouders. 'Ik werd overvallen door de regen op de boerenmarkt. Ik moest me gewoon omkleden.' Weer voelde ze in gedachten de warme druk van Logans vingers op haar buik en de huid werd warm onder haar droge trui.

Norman kneep zijn ogen tot spleetjes. 'Nou, ik was hier al die tijd alleen, met al deze mensen en zonder stroom.' Hij snoof verontwaardigd.

Jeanie keek om zich heen naar de schaarse, natte en relatief kalme menigte en rolde bijna met haar ogen. 'Zo te zien doe je het prima. Bedankt voor je hulp.'

Norman had niet veel op haar compliment te zeggen, dus in plaats daarvan zei hij: 'We moeten de koelkast dichthouden totdat de stroom weer terugkomt, anders moeten we alle bederfelijke waar straks weggooien.'

'Duidelijk.' Jeanie stak haar duim in de lucht terwijl ze haar schort van de haak bij de kassa pakte. 'Goede tip. We zullen ook de tafel en de rest van de spullen moeten ophalen als de storm is gaan liggen. Ik ben er eigenlijk zowat vandaan gevlucht en heb alles achtergelaten.'

Nog een ontevreden frons.

'Nog iets, Norman?' vroeg Jeanie opgewekt, omdat ze zijn chagrijnigheid bij voorkeur met positiviteit bestreed. Bij Marvin had dat ook altijd gewerkt. Jeanie was verrast toen ze een steek van verdriet in haar hart voelde bij de gedachte aan haar voormalige baas. Of het nu in goede of in slechte tijden was, ze hadden elkaar lang gekend, en plotseling leek het onmogelijk dat ze hem nooit meer zou zien.

Toen gebeurde er iets vreemds met Normans gezicht. Was dat een lichte blos die over zijn wangen kroop? Was er onzekerheid in zijn ogen, verlegenheid?

'Heb je nog wat van je tante gehoord?' vroeg hij, terwijl hij ijverig de bar poetste en Jeanies blik ontweek.

Ze leunde met haar heup tegen de bar. Dit was boeiend. Misschien had Hazel gelijk over Norman. Misschien had hij inderdaad een oogje op haar tante. Misschien miste hij haar. Door die gedachte vond ze hem meteen een stuk sympathieker. Die arme oude man.

Jeanie bestudeerde hem terwijl hij poetste. Hij zag er zeker niet slecht uit. Ze hield haar hoofd schuin. Hij was misschien zelfs wel leuk te noemen, de overhemden met warme vesten die hij elke dag droeg pasten goed bij hem. Zijn bril met donker montuur was heel gedistingeerd en hij had nog steeds een volle bos haar, grijzend bij de slapen. Tante Dot zou het zeker slechter kunnen treffen.

'Ik heb haar gisteren gesproken, om precies te zijn.'

Als Jeanie niet naar hem had zitten staren en zich hem had proberen voor te stellen met haar tante aan zijn arm, had ze de kleine verandering in zijn lichaamstaal gemist. De manier waarop hij pauzeerde bij het schoonmaken van de bar, de manier waarop hij een beetje naar haar toe leunde, alsof hij dichter bij haar woorden over tante Dot wilde komen.

Dit was echt heel boeiend.

'Ze vroeg hoe het ging, dus ik heb haar een beetje bijgepraat. Ik heb gezegd dat jij me heel erg hebt geholpen.'

Toen deed Norman iets heel ongewoons. Hij glimlachte. Het was de eerste glimlach die Jeanie van de man had gezien sinds ze hier was, en ze stond perplex.

'Ze heeft het uitstekend naar haar zin in St. Thomas, waar ze vooral snorkelt en windsurft. Gisteren is ze zelfs gaan ziplinen.' Van het ene op het andere moment verdween de glimlach van Normans gezicht. Aha! Nog een bewijs dat hij haar tante miste. Dat hij zo chagrijnig tegen Jeanie deed, lag helemaal niet aan haar. Hij miste Dot gewoon. Het was bijna lief.

'Ze had je beter moeten opleiden voordat ze vertrok,' zei Norman met een laatste veeg over de bar voordat hij naar achteren liep, iets mompelend over pauze nemen.

Oké, misschien was Norman toch niet zo lief.

Jeanie leunde met haar ellebogen op de bar en keek naar de regen. Een dapper stel besloot het café te verlaten en naar hun auto te rennen, en Jeanie keek toe hoe ze zich naar buiten haastten. Zij bleef achter met een oudere man, die met een enorme koptelefoon op en de zondagskrant op zijn schoot voor het raam zat, en met een groepje middelbare scholieren die het restant van hun koffie dronken terwijl ze wachtten tot het droog werd. Ideaal gezelschap voor een regenachtige middag.

Het was fijn geweest om met haar tante te praten. Jeanie vond het leuk om Dot te vertellen hoe het ging en het was een genot om het gebruinde gezicht van haar tante op het scherm te zien, met haar bungelende oorbellen van zeeschelpen. Maar nu ze eraan terugdacht, had Dot zich een beetje vreemd gedragen toen Jeanie het over Norman had gehad. Ze had kort gereageerd op Jeanies opmerking dat hij haar zo had geholpen en begon toen snel over haar laatste snorkelavontuur.

Jeanie haalde haar leesboek onder de kassa vandaan en streek over de halfnaakte boer op de kaft. Misschien bracht dit boek haar op vreemde ideeën, maar plotseling was ze ervan overtuigd dat er iets gaande was tussen haar tante en Norman.

Ze ging naar het volgende hoofdstuk in de hoop dat de boer het melkmeisje eindelijk de liefde zou verklaren. Ze had geen tijd om zich zorgen te maken over Norman en Dot.

Ze had haar eigen geheime relatie om over na te denken.

Hoofdstuk zestien

Het was de eerste pubquiz in Sullivan's Pub ooit en Noah had erop gestaan dat ze allemaal zouden komen. Om precies te zijn had hij gezegd: 'Kom op, man. Ik heb jouw enorme brein nodig om me te helpen winnen!' Waarop Logan had gezegd dat zijn hersenen niet enorm waren en dat ze zeker niet zouden winnen, maar hij was toch gegaan.

Het probleem was dat hij Noah graag mocht. Vooral omdat Noah hier niet was opgegroeid en zich niets aantrok van het feit dat Logan niet met een vader was opgegroeid en zijn moeder verloren had. Het debacle onder de kerstboom had hij helemaal gemist en daardoor behandelde hij Logan als een gewone jongen. Bovendien praatte hij zoveel dat Logan nauwelijks iets hoefde te zeggen als ze uitgingen, iets wat hem prima beviel.

Hij nam nog een slok van zijn bier en keek naar de menigte. De opkomst was behoorlijk groot, maar dat verraste hem niet. In dit stadje waren de mensen altijd blij als er iets te doen was. Of het nu een festival, een club, een bijeenkomst of een cursus was; zij waren erbij.

Noah had een hoge tafel voor hen geregeld, met drie krukken, één voor elk teamlid. Hij had ook Jacob van de leesclub voor hun team geronseld, maar hij was nog niet aangekomen.

'Hé, daar is Hazel met de nieuwe eigenaresse van het café. Hoe heet ze ook alweer? Jenny? June?'

'Jeanie,' zei Logan, terwijl hij zichzelf dwong zijn hoofd rustig om te draaien in plaats van als een razende om een blik op Jeanie te kunnen werpen.

'Jeanie, o ja,' zei Noah, maar zijn blik was op Hazel gericht, die nerveus haar bril steviger op haar neus duwde en wegkeek.

Logan had geen tijd om na te denken over het feit dat zijn vriend naar zijn beste vriendin staarde. Steeds weer zag hij voor zich wat er de afgelopen dagen gebeurd was. Hij had Jeanie elke ochtend maar kort gezien, midden in de ochtenddrukte, als hij koffie kwam halen. Hij was er zeker van dat hij zich ongemakkelijker had gedragen dan ooit, door steeds het gebruikelijke te bestellen en ondertussen wanhopig zijn best te doen om zijn gevoelens voor haar niet aan de hele stad kenbaar te maken.

Hoe stond hij gewoonlijk? Wat deed hij meestal met zijn handen? Praatte hij altijd zo luid? Het waren inspannende ochtenden geweest, maar Jeanies stralende glimlach en donkere ogen waren het waard. En nu was ze slechts een paar tafels verderop en stond hij als verlamd.

Wat moest hij nu? Het zou raar zijn als hij er niet heen ging, toch? Waarom had hij gedacht dat dit, wat het ook was, in het geheim gemakkelijker zou zijn dan in het openbaar?

Hij had thuis moeten blijven, bij zijn kippen.

Dit was de reden dat hij hier niet aan deed. Dit was de reden waarom hij niet naar een pubquiz ging of in het geheim met vrouwen uitging (uitgaan? Of stiekem kusjes stelen?). Hij was een grote, norse, onhandige kerel die beter met dieren kon omgaan dan met vrouwen. Als Lucy die noodlottige avond niet naar hem toe was gekomen aan de bar, zou hij nooit het lef hebben gehad om met haar te praten.

Hij nam nog een slok bier en liet de bittere vloeistof Lucy's naam uit zijn gedachten wegspoelen. Hij had Nana toch dat datingprofiel moeten laten aanmaken. Op dit moment zou hij ook rustig kunnen daten met iemand uit Colorado, uit Zuid-Afrika of voor zijn part van de maan. Iedere andere vrouw dan de nieuwe eigenaresse van het café, die volop in de belangstelling stond.

Hij wilde niet in het middelpunt van de belangstelling staan. Toch leek het alsof hij niet bij haar uit de buurt kon blijven.

'We moeten ze even gedag gaan zeggen,' zei Noah, terwijl hij Logan een klap op zijn rug gaf en hem ruw uit zijn gedachten over daten met vrouwen van de maan haalde.

'Eh... Misschien kan ik beter deze tafel bezet houden.'

'Maak je daar geen zorgen over.' Noah grijnsde en sloeg op een gelamineerde kaart met een grote vier erop, die midden op de tafel lag. 'Deze is nu voor ons gereserveerd. Team vier gaat ervoor! We moeten waarschijnlijk een pakkendere naam verzinnen, maar laten we hen eerst even begroeten.'

Noah was al van zijn kruk gesprongen en keek Logan smekend aan. Durfde zijn spraakzame vriend niet in zijn eentje op Hazel af te stappen? Dat was boeiend.

Logan nam nog een slok bier om zich moed in te drinken en volgde Noah naar Jeanies tafel.

'Hallo, dames.'

'Hé Noah, je kent Jeanie nog wel,' zei Hazel, zo nonchalant mogelijk, maar Logan zag dat ze heen en weer schoof op haar stoel.

'Zijn jullie er klaar voor om te verliezen?' vroeg Jeanie grijnzend. Haar ogen schitterden in de schemerige kamer.

'Zo, jij durft, Jeanie,' zei Noah lachend. 'Dat vind ik wel leuk. Maar wíj gaan winnen.'

'We zullen zien,' zei ze, terwijl ze haar armen over elkaar sloeg.

Ze liet haar blik naar Logan dwalen.

'Hoi,' zei hij, hoewel hij de groet nauwelijks over zijn lippen kreeg.

'Hoi.' Haar blik gleed net lang genoeg naar zijn mond om een warm gevoel in zijn binnenste op te roepen. Ze had haar gebruikelijke trui verruild voor een nauw tanktopje. In de warme, drukke bar veroorzaakte de aanblik van al die blote huid kortsluiting in zijn hersenen. Hij kon niet meer helder denken en herinnerde zich alleen nog hoe zacht ze had gevoeld toen hij zijn hand onder haar trui had gestoken.

'Eh, hallo, allemaal.' Annies stem sneed door de spanning terwijl ze haar tas van de bakkerij met een klap op tafel zette. 'Vreemd sfeertje hier. Wat is er aan de hand?'

Jeanie verbrak hun oogcontact. 'Er is niets aan de hand. We vermaken ons geweldig! Ik kijk ernaar uit om deze gasten eens goed in hun hemd te zetten.'

Noah lachte. 'Jij bent echt wat van plan, hè? Oké, nieuwe eigenaresse van het café. Ik mag jou wel.'

Ze straalde bij het compliment en Logan wilde Noah het liefst een klap in zijn gezicht geven omdat hij haar aan het lachen maakte. Hij schudde die irrationele gedachte echter snel van zich af.

'We moeten terug. Volgens mij gaat het zo beginnen,' zei Logan.

'Veel succes.' Noah wierp Hazel nog een glimlach toe en Logan zag de onzekere blik op haar gezicht. Daar zou hij haar later zeker mee plagen. Vooral na haar opmerkingen van laatst.

Jacob wachtte hen op aan de tafel. 'Wie wil er een muffin?' vroeg hij op zangerige toon. 'Ze zijn van Annies cursus en volgens mij zijn ze goed gelukt.' Met een zwierig gebaar zette hij een misvormde muffin voor Logan neer. 'Ta-da!'

'Eh... Horen ze er zo ingezakt uit te zien?' vroeg Noah, en Logan verslikte zich bijna in zijn bier.

'Misschien moet ik nog wat meer oefenen.' Jacob fronste zijn wenkbrauwen.

'Ik denk niet dat muffins goed bij bier passen,' voegde Logan eraan toe. Jacobs gezicht betrok. 'Maar ik neem er eentje mee naar huis voor morgenochtend.'

'Geweldig! Laat me nog even weten hoe hij smaakte. Misschien hadden ze toch wat langer in de oven gemoeten.'

'Oké, genoeg gekletst,' zei Noah, kijkend naar Amber, die vandaag achter de bar stond en blijkbaar de leider was van de pubquiz. Ze liep naar de microfoon die voor de bar stond opgesteld. 'We gaan beginnen.'

Logan kreunde boven zijn bier. Nu zouden ze het meemaken.

Het was geen verrassing dat ze verloren.

Dik zelfs. Ze maakten niet eens een kans. Hazel bleek over veel triviale kennis te beschikken, wat Logan echt niet had moeten verbazen, aangezien ze de hele dag tussen de boeken zat. Haar team won, en Nancy, Linda en Tammy kwamen op de tweede plaats.

Noah at de rest van Jacobs muffins op om zichzelf te troosten. Blijkbaar waren ze toch niet zo slecht gelukt.

Muffins, de quiz of zelfs het feit dat Annie – dronken van de margarita's of de overwinning – de pubquiz in een dansfeest had veranderd; het deed Logan allemaal niets. Hij kon alleen maar denken aan Jeanies blozende wangen, haar lichaam in dat strakke tanktopje en haar haar dat los om haar schouders viel, terwijl ze haar hoofd achterover hield en lachte om iets wat Hazel zei.

Af en toe ving haar blik de zijne en werd haar glimlach breder. Hij volgde elke beweging die ze maakte en zijn lichaam tintelde ervan, dus toen ze haar spullen begon te verzamelen om te vertrekken, liep hij zonder nadenken ook naar de deur.

Hij duwde hem open en ze tuimelden allebei de frisse nachtlucht in.

'Zal ik je even thuisbrengen?' Hij gromde de woorden bijna in haar oor. Over het trottoir waaiden ritselend een paar bladeren.

Ze lachte een beetje en haar stem klonk hees toen ze sprak. 'Graag, het is zo ver,' zei ze plagend. Ze rook zoet, naar Franse vanille en een vleugje wodka. Hij wilde zijn gezicht in haar nek begraven en dronken van haar worden.

Hij pakte haar hand en sleepte haar bijna het steegje tussen de bar en het café in. Het was donker en hij kon haar nauwelijks onderscheiden, maar hij voelde haar en hoorde haar verbaasde kreetje toen hij haar gezicht in zijn handen nam.

'Ik heb de hele week gedacht aan hoe het zou zijn om je te kussen,' bracht hij raspend uit.

Hij kon nog net zien hoe ze haar lippen tuitte voordat ze die zacht en vol vertrouwen op de zijne drukte. 'Ik ook,' mompelde ze tussen de kussen door. 'Het is het enige waar ik nog aan kan denken.'

'Verdorie,' kreunde hij terwijl hij zijn handen langs haar zij liet glijden en de stof van haar tanktopje vastgreep. Het vest dat ze aan had getrokken om zich te wapenen tegen de herfstkou hing aan de voorkant open en hij liet zijn handen naar binnen glippen, over haar slanke middel, langs de onderkant van haar borsten. 'Wat een leuk shirtje.'

Jeanie giechelde en verborg haar gezicht in zijn hals. 'Vind je deze simpele witte tanktop leuk?'

'Erg leuk,' bracht hij kreunend uit, toen haar adem over zijn huid streek. 'Het is de mooiste simpele witte tanktop ter wereld.'

Haar adem stokte toen hij haar in zijn armen nam, haar lichaam tegen het zijne drukte. Toen zaten haar handen in zijn haar, lag haar mond weer op de zijne en was hij helemaal van de wereld. Door de sensatie, door haar smaak, door het gevoel haar in zijn armen te hebben. Hij vergat al zijn twijfels en dacht alleen nog maar aan Jeanie.

Hij pakte haar bij haar achterste en trok haar nog dichter tegen zich aan. Ze sloeg haar benen om zijn middel en verdiepte de kus. Wat was ze perfect, zacht en warm. Ze was net zo opgewonden als hij en kuste hem vurig, alsof hem voelen belangrijker was dan wat dan ook.

'Ik wilde dit al doen sinds ik je ontmoette,' bracht ze hijgend uit. 'Toen je daar met die zware kisten in je armen stond en je onderarmen er zo sexy en gespierd uitzagen, zat ik me af te vragen of je mij zou kunnen dragen.' Ze sprak de woorden uit tegen zijn lippen, zijn hals en zijn oorschelp, tussen het kussen door.

'Sexy en gespierd?' Zijn stem klonk gespannen, hees en diep.

'Ja, je weet wel. Dat gedoe met je onderarmen.'

Hij had geen idee waar ze het over had, maar het feit dat Jeanie hier vanaf het begin over had gefantaseerd, maakte hem meer opgewonden dan wat dan ook. Hij drukte haar met haar rug tegen de muur en ze kreunde tegen zijn lippen.

'Elke keer als je deze heerlijke dijen zo om me heen wilt slaan, zal ik je graag dragen,' bracht hij ademloos uit.

Ze lachte en het vrolijke geluid ervan vulde het donkere steegje. Plotseling werd alles weer helder.

Het donkere steegje. De bakstenen muur waar hij haar tegenaan geduwd had.

Mijn hemel, hij betastte haar in een donker steegje. Waar was hij in vredesnaam mee bezig?

Hij trok zich terug en zette haar zachtjes op de grond. 'Sorry... doe ik je pijn? Dit is... We moeten...'

Jeanie knipperde met haar ogen. Het verlangen stond nog steeds op haar mooie gezicht geschreven, zelfs in de duisternis was de glans daarvan zichtbaar. 'Naar mijn appartement gaan?'

Logans hart sloeg een slag over.

Naar haar appartement. Haar appartement, waar dat tanktopje op de grond kon belanden, en hij behalve dat prachtige stuk huid waar hij in de bar naar had gekeken nog veel meer kon zien, en haar overal kon kussen.

Haar appartement, waar ze morgenochtend samen wakker zouden worden en hij door de achterdeur weg zou moeten sluipen alsof hij zich voor haar schaamde. Dat was beslist niet het geval, maar zo zou het lijken.

Hoe gelukkig ze ook leek in haar appartement, hij was er nog steeds niet van overtuigd dat ze er lang zou blijven, en dan zou hij weer een gebroken man zijn.

Naar haar appartement. De woorden waren beladen, het hele idee om iets met Jeanie te krijgen was nog steeds een te groot risico voor hem. Of niet?

De plotselinge klap van achter de gebouwen voorkwam dat hij moest besluiten zijn hersenen of minder nuttige delen van zijn lichaam te volgen.

'Wat was dat?' Jeanies ogen werden groot in het donker en ze verstevigde haar greep op zijn armen.

Logan schraapte zijn keel en probeerde Jeanies lichaam te vergeten. 'Waarschijnlijk gewoon wasberen. Ik ga kijken.'

'Ik ga met je mee.' Ze pakte zijn hand en liet hem vooroplopen, alsof ze bang was voor wat ze zouden aantreffen.

Ze sloegen de hoek om en zagen dat de vuilnisbakken omgegooid waren, netjes opgebonden vuilniszakken lagen nu verspreid door de steeg. Logan pakte zijn telefoon en richtte de zaklamp op de puinhoop. Geen wasbeer te zien.

'Hij moet ervandoor zijn gegaan.' Hij haalde zijn schouders op.

'Ik weet het niet...'

'Wat weet je niet?'

Jeanie liep om hem heen en inspecteerde de vuilniszakken. 'Dit is de derde nacht op rij dat dit gebeurt.'

'Oké, hardnekkige wasberen.'

Ze schudde haar hoofd. 'Maar de zakken worden nooit opengescheurd. Als ze eten willen hebben, scheuren ze die zakken toch open? Waarom zouden ze gewoon die bakken omgooien en dan weer weggaan?'

Logan pakte een bak en zette hem weer overeind. 'Vreemd. Misschien kinderen uit de buurt. Kattenkwaad in aanloop naar Halloween of zoiets.'

'Het is pas de negentiende. Een beetje vroeg voor dat soort grappen, vind je niet?'

Hij gooide de vuilniszakken weer in de bakken en deed de deksels dicht. 'Misschien is er nog een geest.'

Jeanie glimlachte lichtjes naar hem, maar de bezorgde rimpel bleef zichtbaar tussen haar wenkbrauwen.

'Je denkt toch niet dat Mac dit doet, hè?' fluisterde ze, alsof de man haar door de bakstenen muur van de pub en het lawaai van de menigte binnen zou kunnen horen.

'Waarom zou Mac in hemelsnaam je vuilnisbakken omkiepen?'

'Annie dacht...'

'Stop maar. Alle informatie over Mac van Annie is onbetrouwbaar. Die twee hebben al jaren een vreemde verhouding.'

'Ze dacht gewoon dat hij me probeerde af te schrikken. Zo zou hij het café kunnen kopen en uitbreiden. Het klonk best wel logisch.' Ze zag er klein uit onder het gele licht van de achterdeur, verslagen.

'Ik weet niet wat hier aan de hand is, maar ik ben er vrij zeker van dat dit niet door Mac komt. Zoiets zou hij niet doen.'

Ze haalde haar schouders op. 'Misschien niet. Ik heb nog steeds het gevoel dat...' Ze drukte de gedachte weg en toverde weer een glimlach op haar gezicht. 'Het doet er ook niet toe.'

'Wat voor gevoel heb je? Wat is er aan de hand?' *Laat me het voor je oplossen.* Die gevaarlijke, verleidelijke woorden gingen door hem heen. Die woorden hadden hem eerder zo in de problemen gebracht. *Laat me het voor je oplossen. Laat me je overtuigen om te blijven. Laat me ons allebei voor de gek houden door te denken dat je hier thuishoort.*

'Nee, het is niets.' Haar glimlach was breder en minder echt. 'Het zijn inderdaad vast wasberen.'

'Oké.' Hij rechtte zijn rug. Het moment was voorbij, het moment waarop hij Jeanie tegen een bakstenen muur had geduwd, diep naar haar verlangend, en nu wist hij niet wat hem te doen stond.

'Ik kan waarschijnlijk maar beter gaan slapen,' zei Jeanie na nog een gespannen moment. 'Morgen moet ik weer vroeg op.'

'Ja, ik begrijp het.'

Ze bewoog zich in zijn richting en kuste hem op zijn wang. 'Bedankt dat je wilde kijken waar het geluid vandaan kwam.'

'Gaat het wel goed met je?' vroeg hij. Hij wilde haar nog een keer aanraken, maar wist niet of dat wel verstandig zou zijn. 'Misschien moet agent Dee vanavond nog eens hier patrouilleren om een oogje in het zeil te houden.'

'Niet nodig.' Ze wuifde zijn idee weg. 'Het zit wel goed. Maak je geen zorgen over mij en een paar gekke wasberen of tieners of wat dan ook. Het is niets.' Met ieder woord dat ze zei, wist hij alleen maar zekerder dat het helemaal niet goed met haar ging, maar wat kon hij anders doen? Eisen dat ze hem de nacht hier zou laten doorbrengen? Was dat niet precies wat hij probeerde te vermijden?

'Bel als je me nodig hebt, oké?' Zijn stem klonk norser dan hij wilde, hij hoorde zijn frustratie over zichzelf erin doorklinken.

Haar blik bleef op de zijne gericht en de diepte van haar donkerbruine ogen hield hem gevangen. 'Oké.'

'Ik meen het, Jeanie. Als je vreemde geluiden hoort, of wat dan ook, bel me dan.'

Ze knikte en haar onechte glimlach werd langzaam oprecht. 'Zal ik doen. Beloofd.'

'Oké. Goed dan.'

'Bedankt, Logan.'

'Welterusten, Jeanie.'

Hoofdstuk zeventien

Holy shit, die man kon goed kussen.

Jeanie leunde in het donker met haar rug tegen de deur en probeerde op adem te komen, maar haar ademhaling wilde niet meewerken, want het enige waar ze aan kon denken was Logans mond op de hare, zijn handen die over haar lichaam gingen en zijn stevige lijf tussen haar benen.

Hemel, had ze nu gezegd dat ze al in zijn armen had willen springen op de dag dat ze hem ontmoette? Ze had zich daarvoor kunnen schamen, maar toen herinnerde ze zich de manier waarop zijn gekreun door haar heen had gevibreerd toen ze dat zei. Misschien was het niet zo erg dat ze dat had gezegd.

Maar degene die die vervloekte vuilnisbakken had omgegooid, had het hele moment verpest. Het waren niet alleen de vuilnisbakken. Ze had het niet tegen Logan willen zeggen, maar iemand had ook haar nieuwe chrysanten bij de deur weggehaald. Elke nacht gebeurde het verdorie weer. Haar bloemen, haar afval, ze had gisteren zelfs haar post overal op het trottoir gevonden. Wasberen lazen je post niet. Daar was ze vrij zeker van.

Misschien waren het inderdaad kinderen die kattenkwaad uithaalden? Maar de tieners uit de buurt waren dol op haar pumpkin-spiced lattes! Waarom zouden ze dan juist bij haar kattenkwaad uithalen? Dat sloeg nergens op.

Ze was vastbesloten om niet steeds weer als een hoopje ellende over te komen in Logans gezelschap, dus had ze haar theorieën over iemand die van haar af wilde achterwege gelaten. Nou ja, redelijk achterwege gelaten. Hij stond beslist sceptisch tegenover Annies theorie over Mac, maar voor Jeanie begon het steeds logischer te klinken. Wie zou haar anders weg willen hebben?

Casper kwam de trap af trippelen om haar te begroeten. Dat was haar eerste spook. Misschien had Logan gelijk. Misschien was er hiervoor ook een rationele verklaring. Maar ze was vastbesloten Logan erbuiten te laten. Als ze… nou ja, in donkere steegjes gingen zoenen, wilde ze dat hij haar in het best mogelijke licht zou zien. Ook al was dat licht de zwakke gloed van een straatlantaarn.

Vanavond had ze het voor haar gevoel goed gedaan.

Ze was uitgegaan met vrienden. Voor het eerst in lange tijd had ze ontzettend veel plezier gehad. Het was leuk geweest.

Vrijen met Logan was gewoon de kers op de taart. De nieuwe Jeanie was dol op kersen.

Jeanie schrok wakker.

Het geluid van brekend glas had de nacht verscheurd.

Wat was dat in hemelsnaam?

In eerste instantie had ze zich onder de dekens willen verstoppen, maar toen herinnerde ze zich dat ze een bedrijf had waar ze verantwoordelijk voor was en een kat die ze moest beschermen. Ze tuurde vanonder haar dekens naar buiten en zag dat Casper haar met grote ogen in het donker aanstaarde.

'Wat was dat?' fluisterde ze, maar blijkbaar wist de kat het ook niet. Die vervloekte kat. Ze stapte uit bed en kroop naar het raam dat uitkeek op de achterkant van het café. Daar stond een donkere figuur met een honkbalknuppel.

Lieve hemel. Nu zou ze het beleven. Mensen dachten altijd dat de grote steden gevaarlijk waren, maar de ergste seriemoordenaars woonden in kleine stadjes!

Jeanie beet op haar onderlip om te voorkomen dat er allerlei gekke woorden uit haar mond zouden tuimelen. Waarom? Ze wist het niet. Blijkbaar wilde ze evenwichtig overkomen tegenover haar kat. Dat was echt iets rationeels.

Ze keek naar de figuur. Het was vast een man. De meeste seriemoordenaars waren nu eenmaal een man. Jeanie zag dat hij om zich heen keek en dat zijn bewegingen een beetje gejaagd waren, maar ook een beetje houterig, alsof hij in de war was en niet echt wist wat hij nu moest doen. Misschien was het zijn eerste keer als seriemoordenaar... In dat geval was hij dus alleen een moordenaar. Zij zou zijn eerste slachtoffer zijn. Wat een eer.

Oké, denk na, Jeanie, sprak ze zichzelf toe. Doe iets!

Ze rende terug naar haar bed en zocht tussen de lakens naar haar telefoon, terwijl ze zichzelf vervloekte vanwege haar vreselijke gewoonte om elke avond voor het slapengaan naar oude afleveringen van *Schitt's Creek* te kijken. Altijd weer viel ze in slaap met haar telefoon in haar hand, zodat die uiteindelijk ergens tussen de dekens terechtkwam. Een paar keer was ze wakker geworden doordat de telefoon pal op haar gezicht was gevallen.

Aha! Daar was hij. En nu?

Ze zou het alarmnummer moeten bellen, toch? Dat moest je doen als je in levensgevaar was. Maar was ze dat echt? Ze wilde geen ophef veroorzaken als er niets aan de hand was. De hele stad wist al dat ze Logan bijna had onthoofd en ze wilde geen olie op het vuur van de roddels gooien.

Ze kroop terug naar het raam. Hij was weg.

Ze drukte haar voorhoofd tegen het koele glas en tuurde het steegje in, eerst naar links en vervolgens naar rechts. Niets. Misschien was het gewoon een toevallige voorbijganger geweest.

Ze hield haar telefoon nog steeds in haar bezwete handpalm geklemd en Logans woorden galmden in haar oren. Ze zou hem een bericht kunnen sturen.

Het was al twee uur 's nachts geweest. Wat moest ze zeggen? 'Hé, sorry dat ik je wakker heb gemaakt, maar er liep misschien iemand door het steegje'? Nee, nee, nee. Dat was niet de Jeanie voor wie ze tegenwoordig doorging.

De relaxte Jeanie zou hier een volkomen redelijke verklaring voor weten. Een gezagsgetrouwe burger van Dream Harbor nam gewoon een kortere weg naar huis via haar steegje, op de terugweg van zijn respectabele, gezagsgetrouwe werk – waarschijnlijk als verpleger op de eerste hulp of iets anders moedigs en nobels.

Ze gooide haar telefoon weer op haar bed om te voorkomen dat ze overhaast zou handelen. Ze zou de sexy boer niet voor niets wakker maken.

Niemand probeerde haar te vermoorden.

Helaas wilde haar bonzende hart dat niet geloven. Dat was vastbesloten haar de rest van de nacht wakker te houden.

In Californië was het pas halftwaalf in de avond. Ze viste haar telefoon weer tussen het beddengoed vandaan en kroop onder de dekens.

Toen appte ze Ben.

Hé, ben je nog wakker?

Haar broer reageerde vrijwel onmiddellijk. Ze zag hem voor zich, comfortabel in zijn eigen bed; zijn kingsize matras, half bedekt door zijn roedel reddingshonden. Hij had er drie, volgens Jeanie veel te veel, maar Ben beweerde dat je nooit te veel honden kon hebben.

Ik wil echt geen 'Ben je nog wakker?'-appjes van mijn zus ontvangen.

Jeanie lachte hardop, waardoor de kat opnieuw schrok. Casper sprong met een diepe zucht uit bed. Ze dacht in ieder geval dat hij zuchtte. Bij katten was dat onmogelijk te zeggen.

Hou op. Ik werd bijna vermoord.
Alweer? Waarom overkomt jou dat altijd?
Weet ik niet.
Wat gebeurde er deze keer?
Ik hoorde brekend glas en toen zag ik misschien, heel misschien, iemand rondhangen in het steegje.
Fuck, heb je de politie gebeld?

Jeanie liet haar vingers een moment boven de toetsen zweven terwijl ze nadacht. Ze zou kunnen liegen, maar dan zou ze zich daar onvermijdelijk schuldig over voelen en het op het meest ongelegen moment bekennen, zoals tijdens het thanksgivingdiner.

Eh, nee.
WAAROM NIET?
Ik wilde niet hysterisch overkomen.
Verdorie, Jeanie. Doe niet zo gek. Je doet niet hysterisch. Soms ben je een lastpak, maar verder ben je helemaal oké.
Er is niks gebeurd! En die persoon is nu weg. Ik wil de gemeente niet op kosten jagen.
En dat gebroken glas dan?
Ik check het morgenochtend. Het was vast niets.

Het was beslist niets. Maar ze was ook zeker niet van plan om midden in de nacht in haar eentje naar beneden te gaan om te kijken. Het zou niet twee keer op rij een sexy man zijn, zoveel geluk had ze nu ook weer niet.

Dus je appte me alleen maar om ook mij de stuipen op het lijf te jagen?
Ja, eigenlijk wel. Ik kan echt niet meteen slapen.
Hoe gaat het met de sexy boer?

HOU JE KOP.
Hé, als jij me wakker houdt, mag ik irritant zijn. Dus...
Het gaat goed met hem. Hij is erg aardig.
'Erg aardig'?! Wauw, hou je een beetje in.
Oké, goed dan, als je het echt wilt weten. Hij kust geweldig en zijn buik heeft van die ribbels en zijn onderarmen zijn supersexy...
Oké, oké! Dat is wel genoeg! Ik geef me over. Die ribbels noem je ook wel buikspieren.
Geen idee, ik heb ze niet.
Lol.
Hoe is het in LA? Ga je naar mama met Thanksgiving?
Dit jaar waarschijnlijk niet. Misschien met Kerstmis.
O nee! Je moet komen! Mama laat me met de kleine neefjes aan de kindertafel zitten als jij er niet bent!
Hahaha, hoezo dan?
Ik weet het niet. Zonder jou deelt ze me in bij de jongere generatie of zoiets.
Nou, veel succes dan.

Jeanie kon nu echt nog niet slapen. En als Ben haar naar Logan mocht vragen, wilde ze ook wat details over het leven van haar broertje.

Hoe gaat het met dat meisje waar je mee omging?
Daar wil ik het niet over hebben.
Maar ik heb jou wel verteld over de sexy boer!
Heb er spijt van dat ik naar hem gevraagd heb.
Bennnneeeettttt... vertel het!
Ze hield niet van honden.
Dus je hebt haar gedumpt?
Iemand die niet van honden houdt, kan echt niet.

Ben...
Ik ga slapen.
Prima.

Dat tipje van de sluier was eigenlijk meer informatie over zijn liefdesleven dan hij gewoonlijk prijsgaf. Het enige wat ze echt wist, was dat hij wel datete, maar dat het nooit blijvertjes waren geweest, niet de moeite om te vermelden of om mee naar huis te nemen en de familie te ontmoeten. Nog niet, in ieder geval.

Ben je nog steeds in gevaar?
Nee, alles is oké. Ga slapen. Ik ga gewoon seizoen 4 nog een keer kijken.
Schitt's Creek?
Uiteraard.
Team David en Patrick.
Precies. Slaap lekker, broertje.
Slaap lekker, Jeanie. Laat je niet vermoorden. Xo.

Vervolgens opende Jeanie Netflix op haar telefoon en drukte op PLAY. Vannacht zou ze echt niet meer slapen.

Sterker nog, ze was om vijf uur nog steeds wakker toen ze weer een app binnenkreeg, maar deze was niet van haar broer.

Ik wilde even vragen of alles goed gaat.

Logan vroeg of alles goed ging. Wauw, wat was die man attent.

Goedemorgen! Het gaat uitstekend. Zie ik je vanochtend voor het gebruikelijke?
Ja. Tot straks!

Jeanies vinger zweefde boven de kussende, knipogende emoji. Nee, dat ging te ver. Ze moest weten wanneer ze moest stoppen. Dit was voor nu genoeg. Precies goed, eigenlijk. Zo bleef het leuk en informeel tussen haar en Logan. Het was niet nodig om hun contact te intens te maken, het was niet nodig om meer van Logan te vragen dan hij wilde geven.

Hoofdstuk achttien

Voor de tweede avond op rij was Logan tegen zijn wil in de stad. Het was Nana's beurt geweest om naar de inwonersbijeenkomst te gaan, maar ze had een spier verrekt tijdens een van de lesjes aquarobics voor senioren waar ze altijd naartoe ging en had Logan in haar plaats gestuurd. Hopelijk kon hij gewoon de bijdrage van de boerderij aan het herfstfestival bevestigen en weggaan. Tenslotte had hij dit ook per e-mail kunnen afhandelen als de burgemeester er niet op had aangedrongen om het elk jaar persoonlijk te doen. Maar zo ging het nu eenmaal niet in Dream Harbor.

'Orde in de zaal,' riep Pete vanaf het podium. 'Grapje, mensen,' voegde hij er grinnikend aan toe. 'Maar als iedereen plaats zou kunnen nemen, zou dat geweldig zijn.'

Het publiek luisterde maar half. Iedereen was opgewonden over het herfstfestival. Het was het op een na grootste evenement van Dream Harbor, na het aansteken van de kerstboom, een evenement waar Logan niet aan wilde denken.

Logan zat op zijn gebruikelijke stoel achterin. Zijn schouders en armen deden pijn omdat hij de hele dag met pompoenen had gesjouwd. Hij had ze van de ene kant van de schuur naar de andere moeten verplaatsten omdat Nana had besloten dat ze er mooier uitzagen als er wat zonnestralen op vielen. Het was een lange dag geweest. Na een lange nacht waarin hij nauwelijks had geslapen. Hij had Jeanie niet uit zijn hoofd kunnen krijgen, na wat ze in dat steegje hadden gedaan. En alles waar hij verder nog naar verlangde.

Misschien had hij haar nog een keer moeten kussen? Misschien had hij moeten blijven?

Maar het moment van betovering was verbroken en toen wist hij niet wat hij moest doen. Vóór Lucy had Logan niet vaak afspraakjes gehad met vrouwen. Het was niet verrassend dat zijn onvermogen tot smalltalk niet hielp om iemand te ontmoeten. Daarom had hij gedacht dat Lucy anders was. In ieder geval in het begin. Ze leek geen problemen te hebben met zijn rustige karakter. Tot dat veranderde.

Tot ze uiteindelijk hem en zijn leven te bekrompen vond.

Het deed des te meer pijn omdat hij dacht iemand te hebben gevonden die hem begreep. Het maakte maar weer duidelijk hoeveel hij wist over vrouwen. Dus toen Jeanie zich gisteravond terug had getrokken, wist hij wel beter dan nog een poging te wagen.

Hij strekte zijn armen voor zich uit, vouwde zijn handen en liet zijn vingers knakken. Toen keek hij eens goed hoe zijn onderarmen eruitzagen met opgestroopte mouwen, waarna hij aan Jeanie dacht, aan hoe zij zou kijken naar zijn onderarmen in opgestroopte mouwen, en zijn wangen begonnen te gloeien.

Al snel volgden er massa's andere gedachten, waaronder de smaak van haar mond (zoet en prikkelend), het gevoel van haar dijen om hem heen (sterk en warm) en de herinnering aan haar lichaam tegen het zijne (perfectie). Hij liet zijn handen in zijn schoot vallen en dacht snel aan aquarobics voor senioren voordat hij zichzelf in verlegenheid zou brengen.

Die goede oude Logan, die stadsevenementen verpest met rampzalige huwelijksaanzoeken en ongepaste erecties.

Hij zuchtte en streek met zijn hand over zijn baard. Hij hoopte met heel zijn hart dat Pete deze bijeenkomst kort zou houden. Maar tot nu toe had de burgemeester de aanwezigen nog niet eens stil kunnen krijgen, dus Logan koesterde weinig hoop.

'Kijk eens wie we daar hebben. Nou nou, twee bijeenkomsten achtereen aanwezig!'

Annie verscheen van achter hem en gaf hem een kus op zijn wang. Hazel volgde haar en plofte naast hem neer. En omdat ze nu blijkbaar allemaal met elkaar bevriend waren, en omdat het universum hem wilde martelen, stormde Jeanie achter haar aan.

'Zijn we te laat?' fluisterde ze, terwijl ze plaatsnam aan zijn andere kant.

'Maakt niet uit. Het is nog niet begonnen,' zei hij, haar blik ontwijkend. Hoe moest hij in vredesnaam naast haar zitten en doen alsof alles volkomen normaal was terwijl hij haar alleen maar nog een keer wilde kussen?

Misschien was een geheime relatie zelfs nog stressvoller dan een openbare relatie.

'Wat doe jij hier eigenlijk?' vroeg Annie, terwijl ze haar kilometerslange sjaal afdeed. 'Is het niet Nana's beurt?'

'Ze heeft een spier verrekt.'

Annie fronste. 'Is ze wel in orde?'

'Prima. Alleen wat pijn.'

'Dus worden we weer eens verblijd met jouw gezelschap,' kirde ze en ze landde op de stoel voor hem.

'Blijkbaar.'

'Nou, ik ben blij dat je er bent,' zei Jeanie, en toen maakte Logan een tactische fout. Hij keek naar haar. Hij keek haar aan en zij glimlachte naar hem. Haar ogen waren warm chocoladebruin, een langzame blos kroop over haar wangen en hij kon zijn ogen niet van haar afhouden.

Hij kon in ieder geval zijn ogen niet van haar afhouden totdat Annie met haar vingers voor zijn gezicht knipte.

'Alles goed met jullie?' vroeg ze met een opgetrokken wenkbrauw.

'Geweldig,' zei Jeanie, terwijl hij blafte: 'Ja.'

'Heeft Jeanie je over de inbraak bij haar verteld?' vroeg Hazel.

‘Inbraak?’

‘Het was eigenlijk geen inbraak. Het was eerder iets breken en dan snel wegrennen,’ zei Jeanie, in een poging hem gerust te stellen met haar glimlach, maar het enige wat Logan hoorde was dat er iets ergs was gebeurd.

Er was Jeanie iets overkomen, en dat kon hij eenvoudigweg niet toestaan. ‘Nou, wat is er in hemelsnaam gebeurd?’ Hij klonk alsof hij boos was op iedereen in de zaal, terwijl hij eigenlijk alleen maar boos op zichzelf was omdat hij er niet voor haar was geweest.

‘Ho, ho. Rustig maar, Hulk.’ Annies stem klonk plagerig, maar Logan was niet in de stemming voor grapjes. Jeanie had gisteravond geweten dat er iets niet klopte en hij had het als iets onschuldigs afgedaan. Hij had geprobeerd haar ervan te overtuigen dat het zo’n stomme wasbeer was, terwijl ze echt in gevaar was geweest.

‘Iemand heeft midden in de nacht een raam stukgeslagen. Het stelt niets voor.’ Jeanie maakte een wegwerpgebaar, wat Logan vreselijk vond. Waarom kwam ze niet met haar moordtheorieën? Waarom wilde ze niet nog eens de wacht houden? Waarom kwam ze niet met ingewikkelde ideeën over wat er was gebeurd? Waarom liet ze hem het in vredesnaam niet eens repareren?

‘Waarom heb je mij niet gebeld?’ gromde hij.

‘Ik... Nou ja...’

‘Waarom zou ze jou bellen?’ vroeg Hazel. Haar ogen zagen er rond en onschuldig uit achter haar bril, maar haar veelbetekenende glimlach verraadde haar. ‘Ze had mij evengoed kunnen bellen.’

Logan fronste zijn wenkbrauwen. ‘Wat zou jij gedaan hebben?’

‘Hetzelfde als wat jíj gedaan zou hebben! Ik zou de politie gebeld hebben.’

Inderdaad. Waarom had Jeanie de politie niet gebeld?

Hij had geen tijd om het te vragen omdat het scherpe fluitsignaal van locoburgemeester Mindy de lawaaierige menigte tot stilte maande.

'Laten we beginnen,' zei ze, op net zo'n serieuze toon als tijdens schoolbijeenkomsten.

Logan kon niet stilzitten. Hoe sneller ze begonnen, hoe eerder ze klaar zouden zijn, maar hij moest nog zoveel vragen aan Jeanie.

'Waarom heb je me er niets over verteld?' fluisterde hij, zo dichtbij dat hij met zijn neus door haar haar zou kunnen strijken. Ze rook vandaag naar donker gebrande koffie.

'Ik wilde je niet lastigvallen,' fluisterde ze terug. 'Hazel laat het erger klinken dan het was. Het viel best mee.'

'Ja, maar gisteravond probeerde je me te vertellen...'

'Logan.' Hij hoorde zijn naam genoemd worden, te luid in de stilte, en meteen waande hij zich weer in de klas. Hij dacht aan al die keren dat hij in de problemen was gekomen, maar nooit omdat hij met zijn buurman praatte. Meestal staarde hij gewoon uit het raam. 'Jij en Jeanie hebben het er vast over hoe graag jullie in de jury voor de kostuumwedstrijd willen zitten, want dat is waar we het nu over hebben.' Petes opgewekte toon verdoezelde de slinkse opzet in zijn woorden.

'Ik... Wij... Dat is niet...'

'Dat klinkt leuk.' Jeanie, die lieve onschuldige Jeanie, wist niet wat ze zei. De kostuumwedstrijd was helemaal niet leuk. Het was een moordende competitie vol diehard halloweenfans en niemand was ooit tevreden over de afloop. Logan had de hevigste ruzies over de uitslag zien uitbreken. Meestal zorgde hij dat hij de kostuumwedstrijd niet van dichtbij hoefde mee te maken. Hij leverde de pompoenen vroeg bij de decoratietafels af en liet zich dan verleiden tot het uitproberen van allerlei herfstige biertjes met Noah (die waren altijd weerzinwekkend, maar alles was beter dan een vechtende Pino en Luke Skywalker uit elkaar halen).

'Geweldig!' Burgemeester Kelly straalde, en Logan had het gevoel dat hij langzaam verschrompelde. Dit zou uitlopen op een ramp. 'Oké, volgende kwestie, appels zoeken: gewoon leuk of een bron van problemen? Laten we dit bespreken.'

Jeanie stootte hem aan met haar schouder. 'Het wordt leuk, toch?' herhaalde ze fluisterend.

Hij knikte omdat hij het niet kon verdragen haar te vertellen dat het ongetwijfeld niet leuk zou zijn, en omdat hij eerlijk gezegd doodsbang was dat Pete hem op zou dragen om het springkussen met zijn mond op te blazen als hij nog een woord tegen haar zei.

In plaats daarvan ging hij rechtop zitten en probeerde aandacht te schenken aan de waanzinnig lange vergaderagenda en niet te denken aan de warmte van Jeanies arm tegen de zijne of aan de manier waarop ze knikte op alles wat Pete zei om te laten merken dat ze oplette, of aan het feit dat ze ongeveer halverwege de vergadering haar notitieboekje tevoorschijn haalde en aantekeningen begon te maken, vergezeld van kleine pompoentjes in de kantlijn.

Hoe moest een man zich concentreren op de voor- en nadelen van een wedstrijd waarbij je zoveel taart moest eten als je kon als de vrouw naast hem zo ongelooflijk schattig was?

Dat was niet te doen.

Tegen de tijd dat de bijeenkomst voorbij was, zat Logan bijna te trillen van ongeduld. Hij moest met Jeanie praten zonder het volgende onderwerp op de agenda te worden. Gelukkig snelde Annie weg om Mac lastig te vallen omdat hij op haar plek had geparkeerd of zoiets, en Hazel ging met haar mee, om haar bij te staan of gewoon om er zeker van te zijn dat Annie hem geen klap zou geven. Logan wist niet zeker wat de echte reden was, maar het kon hem niet schelen of er een vechtpartij uitbrak, als hij dan maar allang weg was met Jeanie.

'Wil je een lift naar huis?' vroeg hij terwijl Jeanie haar jas aantrok.

'Dat lijkt me geweldig.'

Ze liepen naar de deur en waren bijna buiten toen Kaori en Jacob plotseling als gestoorde, met boeken zwaaiende ninja's uit de schaduw opdoken.

'Jeanie, daar ben je!' Kaori begroette haar met een dikke knuffel, alsof ze zojuist herenigd was met een lang verloren familielid.

'Hoi!' Jeanie grijnsde naar de vrouw. 'Ik heb je vanmiddag nog gezien bij je koffiepauze,' zei ze lachend.

'Dat is alweer uren geleden,' zei Kaori met een handgebaar. Jacob rolde met zijn ogen en duwde een boek in Jeanies handen.

'Deze gaan we volgende week lezen. Het is behoorlijk expliciet, dus ik hoop dat we je geen trauma bezorgen.'

Jeanie lachte. 'Volgens mij kan ik het wel aan.'

Logan staarde naar zijn voeten en deed zijn uiterste best om niet na te denken over wat Jeanie aankon. Hij voelde dat Jacob naar hem keek.

'Wat vond je van dat andere boek dat ik je heb gegeven, Jeanie?' vroeg Jacob. Zijn toon impliceerde dat dit een onderonsje was waar Logan niets van wilde weten.

'Leuk. Het was... erg inspirerend.'

Jacob lachte kakelend. 'Mooi.' Zijn blik schoot van Jeanie naar Logan. 'Volgt het echte leven de boodschap van de kunst?' Hij trok een perfect verzorgde wenkbrauw op.

Jeanie bloosde tot aan haar haarlijn.

'Waar hebben jullie het over?' vroeg Kaori, maar Logan was er vrij zeker van dat hij het niet wilde weten.

'Nergens over,' zei Jacob op zangerige toon, terwijl hij Kaori's hand pakte. 'Laten we wat gaan drinken voordat je in een pompoen verandert.'

'Tot bij de volgende bijeenkomst!' riep Kaori zwaaiend terwijl Jacob haar meetroonde.

Logan schraapte zijn keel en Jeanie wipte van haar ene been op haar andere, terwijl ze ongemakkelijk naar hem glimlachte. 'Dat ging gewoon... over boeken.'

'Natuurlijk.'

'Oké, laten we gaan.'

Hij volgde Jeanie door de grote dubbele deuren van de vergaderruimte naar de foyer van het gemeentehuis. Het was hier tochtig, de oude piepende radiatoren deden hun uiterste best, maar legden het jammerlijk af tegen de oktoberwind, die door de deur naar binnen wervelde terwijl mensen naar buiten liepen.

Op weg naar buiten werden ze tegengehouden door minstens vijf andere kleine groepjes buren, die allemaal Jeanie wilden laten weten hoe geweldig ze het deed met het café. Tegen de tijd dat ze het trottoir bereikten, grijnsde ze van oor tot oor door alle complimenten.

De stilte was aangenaam terwijl ze naar zijn pick-up liepen. Jeanie neuriede zachtjes een deuntje terwijl ze naar nog een aantal buren zwaaide.

'Bedankt voor het thuisbrengen,' zei ze terwijl ze in de auto stapte. 'Het is een stuk kouder dan op de heenweg.'

'Natuurlijk, je mag altijd meerijden.'

'Volgens mij moet ik een auto kopen. In Boston had ik die helemaal niet nodig,' zei ze, glimlachend naar hem vanaf de passagiersstoel.

'Mis je het?' Hij had de vraag eruit geflapt voordat hij erover na had gedacht.

'Wat? Het openbaar vervoer? Een beetje.'

'Nee, Boston. Ik bedoel, het is hier heel anders.'

Jeanie haalde haar schouders op. 'Ik vind het leuk hier.'

Zo simpel. Dat ene zinnetje. Maar wat wilde hij het graag geloven. Ze zag eruit alsof ze hier thuishoorde, vooral vanavond. Inmiddels kende ze al meer mensen in dit stadje dan hij. Hij *wílde* dat ze hier thuishoorde.

Hij wilde dat haar 'Ik vind het hier leuk' betekende: 'Ik vind jou leuk, en die vieze, oude boerderij van je en je gekke grootouders. Ik vind je leuk en ik blijf hier.' Hij wilde dat haar 'Ik vind het hier leuk' een soort garantie zou zijn die niemand hem natuurlijk echt kon geven.

Misschien had Lucy hem meer van zijn stuk gebracht dan hij wilde toegeven. Het zou ook kunnen dat zijn opa gelijk had, maar Logan zou dat nooit toegeven.

Hij schudde zijn hoofd. 'Mooi. Dat is mooi.' Hij sloeg zijn arm over de rugleuning van Jeanies stoel, reed achteruit het parkeervak uit en manoeuvreerde langzaam over het parkeerterrein. Hoewel het al behoorlijk koud was, stonden er nog steeds veel mensen in groepjes met elkaar te praten.

Het was maar een korte rit, want het stadhuis lag slechts ongeveer anderhalve kilometer verderop in Main Street. De motor van de auto had nog niet eens de tijd gehad om op te warmen en het ventilatiesysteem blies nog steeds koele lucht in zijn gezicht. Hij stopte voor het café, onder de gele gloed van een straatlantaarn. Er stond een fris, koud windje, waardoor de kleurrijke bladeren van de bomen dwarrelden. De zon was al uren geleden ondergegaan, waardoor het later leek dan het was.

'Nogmaals bedankt voor het thuisbrengen.'

'Waarom heb je me niets verteld over het gebroken raam?' vroeg hij opnieuw. Hij nam het haar nog steeds een beetje kwalijk dat ze hem gisteravond niet had gebeld toen het gebeurde.

'Ik zei toch al dat het niets voorstelde?'

'Jeanie.'

Ze zuchtte. 'Ik wilde gewoon... Ik wilde dit niet al te ingewikkeld maken.'

'Dit?'

'Dit.' Ze maakte een handgebaar dat hen beiden omvatte. 'Wij. Ik wilde niet dat je het gevoel kreeg... hoe zeg je dat... dat je verantwoordelijk bent voor mij of zoiets.'

'Maar ik wil...' Zeg in hemelsnaam niet dat je graag verantwoordelijk voor haar wilt zijn, zei Logan tegen zichzelf. 'Ik wil je helpen.'

Ze bestudeerde hem aandachtig met haar bruine ogen. Haar lippen draaiden opzij terwijl ze nadacht. 'Oké, ik beloof je het te laten weten als ik hulp nodig heb. Zullen we dat afspreken?'

'Beloofd?' gromde hij.

'Ja. Als ik iets nodig heb, laat ik het je weten.'

Dat vond hij helemaal niet leuk, maar hij had waarschijnlijk geen keus. 'Ik denk dat je misschien gelijk had.'

'Wat bedoel je?'

'Iemand maakt het je hier moeilijk.'

Jeanies ogen werden groot toen hij dat zei. 'Denk je?'

'Het begint erop te lijken.'

Jeanie opende haar mond en klapte die vervolgens weer dicht. Wat hield ze in vredesnaam voor hem achter?

'Wat is er?' vroeg hij nors.

'Niets.'

'Jeanie.'

Ze snoof. 'Er is echt niets! Ik beloof dat ik het je zal vertellen als er ontwikkelingen in de Zaak zijn.'

'De Zaak?'

'Ja,' zei ze met een glimlach. 'Het Pumpkin Spice Mysterie.'

'Oké, Nancy Drew.'

Ze grijnsde. 'Logan?'

'Ja?'

'Ga je me kussen?' Ze leunde dichterbij terwijl ze het vroeg en plotseling gaf Logan niets meer om kapotte ramen.

'Wil je dat ik je kus, Jeanie?' Zijn stem klonk laag en Jeanies ogen waren halfdicht.

'Het zou kunnen helpen.'

Hij zag hoe haar lippen zich tot een plagerige glimlach vormden voordat hij zich naar voren boog en met zijn mond langs de hare streek. Ze zuchtte, greep zijn overhemd vast en trok hem naar zich toe.

Zij hoorde hier ook thuis, tegen hem aan, haar lippen op de zijne, haar oppervlakkige adem tegen zijn huid.

Hij verdiepte de kus en Jeanie beantwoordde die, haar tong ontmoette de zijne. Ze had zijn overhemd nog steeds stevig vast en trok aan hem alsof ze niet dichtbij genoeg kon komen. Ze droegen te veel lagen kleding en de pick-up was te krap. Hij kreunde van frustratie terwijl zijn handen over lagen jas en trui gleden. Het was alsof ze in ruimtepakken met elkaar probeerden te vrijen.

'Wacht even.' Jeanie trok zich terug, rukte haar jas uit en wierp die op de achterbank. Haar trui volgde, waardoor ze alleen nog het T-shirt met lange mouwen aanhad dat ze eronder droeg. Ze was niet echt naakt, maar hij kon nu tenminste haar vormen zien en zijn handen over haar rondingen laten gaan, en dat deed hij dan ook, terwijl Jeanie zijn overhemd losknoopte.

Toen ze dat eenmaal had geopend, verscheen er een frons op haar gezicht bij het zien van het shirt dat hij eronder droeg.

'Verdorie.'

Logan lachte. Dit was absurd. Waarschijnlijk konden ze beter gewoon even afkoelen...

Zijn gedachten stokten terwijl Jeanies handen onder zijn shirt gleden en over de blote huid van zijn buik streken.

'Dat is beter,' mompelde ze tegen zijn hals terwijl ze de ruwe stoppels onder zijn baard kuste.

Hij pakte haar bij de heupen en trok haar op zich, zodat ze schrijlings op hem op de bestuurdersstoel zat.

'Nog beter.'

Jeanie grijnsde en hij kuste haar opnieuw. Hij kon geen genoeg krijgen van haar mond, die altijd geplooid was tot een glimlach, altijd plagerig. Zo zacht en gewillig.

Logan had op de middelbare school maar één vriendin gehad en hun relatie duurde minder dan drie maanden, maar dit moment, nu hij Jeanie kuste in zijn pick-up, nog steeds volledig gekleed maar wensend dat hij dat niet was, bracht de herinnering aan die martelende maanden meteen terug. Ze hadden elkaar vastgepakt, tastend en grijpgraag. Zonder enige finesse, maar met pure wellust. Net als toen had hij nu de vage gedachte in zijn achterhoofd dat ze niet verder moesten gaan, maar de redenen daarvoor verdwenen met elke beweging van haar tong tegen de zijne.

Jeanies handen waren overal, haar vingers grepen hem bij zijn schouders en gleden vervolgens omhoog naar zijn haar. Hun monden waren net zo wanhopig, en toen Jeanie op zijn schoot heen en weer bewoog, dacht hij zeker dat hij erin zou blijven.

Een verstikte kreun ontsnapte hem, en ze maakte de beweging opnieuw. 'Jeanie,' bracht hij uit, terwijl zijn handen haar heupen stevig omklemden.

Hij was net bezig met een ingewikkelde manoeuvre waarbij ze allebei hun broek zouden kunnen uittrekken toen Jeanie met haar achterste de claxon raakte.

Het schelle geluid verscheurde de stilte van de avond.

Jeanie verstijfde met opengesperde ogen en een snelle, zware ademhaling. 'Oeps,' fluisterde ze.

Ze keken om zich heen, ontwaakt uit de betovering. Ineens herinnerden ze zich weer dat ze zich midden in Main Street bevonden terwijl ze hadden gezoend alsof ze zeventien waren.

Paste dit bij zijn plan om roddels te vermijden? Waar was hij in vredesnaam mee bezig?

'We moeten waarschijnlijk...'

'Ja, sorry. Natuurlijk.' Jeanie ging van zijn schoot en liet zich achterover op de passagiersstoel vallen. 'Ik geloof dat we ons een beetje hebben laten meeslepen.'

'Ik geloof het ook.' Hij haalde een hand door zijn haar in een poging zijn ademhaling onder controle te krijgen. Jeanie bloosde hevig en haar lippen waren rood en zacht.

Niet naar haar lippen kijken, dacht Logan.

'Nogmaals bedankt voor het thuisbrengen,' zei ze met een klein lachje, terwijl ze haar kleren op de achterbank bijeenzocht.

'Geen probleem.'

Ze opende de deur en de koude oktoberlucht koelde zijn gloeiende huid af. 'Bel me als je iets nodig hebt,' bracht hij haar in herinnering.

Ze knikte toegeeflijk en sloot de deur, waardoor hij alleen achterbleef. Hij wist nu helemaal niet meer waar hij aan toe was.

Maar in gedachten ging hij al na wanneer hij haar weer zou kunnen zien.

Hoofdstuk negentien

'Kan ik een kopje thee voor je halen terwijl je wacht, lieverd?'

'Dat zou lekker zijn, graag.'

Logans oma, of Estelle, zoals Jeanie haar moest noemen, haastte zich weer naar binnen om thee te zetten. Jeanie zat op de trap van de veranda van de boerderij met uitgestrekte landerijen die Logan zijn thuis noemde. Het was er prachtig. Oud en beslist een beetje spookachtig, maar mooi. Voor haar voeten was een klein groepje van de grappigste kippen die ze ooit had gezien op de grond aan het pikken. Ze hadden een plukje veren boven op hun kop, waardoor ze eruitzagen alsof ze een enorm kapsel hadden. Ook bij hun poten hadden ze van die plukjes, waardoor Jeanie ze net kleine met bont gevoerde laarsjes vond. Alleen al door ernaar te kijken moest ze glimlachen.

Deze hele plek bracht een glimlach op haar gezicht. Tot ze zich herinnerde dat ze niet was uitgenodigd.

Ze was gewoon in haar nieuwe huurauto gestapt en hiernaartoe gereden.

En hoe langer ze hier zat, hoe overtuigder ze ervan raakte dat het misschien een vergissing was geweest. Misschien zou Logan het helemaal niet leuk vinden als ze ineens bij hem thuis opdook. Maar de 'Zaak' was behoorlijk geëscaleerd en ze moest echt even weg uit het café. Bovendien was ze nieuwsgierig en wilde ze heel graag zien waar hij woonde en werkte.

Maar misschien was dit gewoon te snel?

Na het gezoen van een paar dagen geleden had Jeanie voortdurend aan hem gedacht, en niet alleen doordat ze nog steeds gevoelige wangen had door zijn baard. Het kwam meer doordat hij zo boos was geweest over het kapotte raam. Misschien had hij haar wel écht willen helpen om alles op te lossen.

Misschien was ze niet te intens.

Toen had ze besloten hierheen te komen en daarmee had ze waarschijnlijk de hele zaak verpest. Logan wilde wat ze hadden stilhouden, en nu viel ze hem thuis lastig. Het zou haar eerlijk gezegd niet verbazen als Kaori of Nancy uit de bosbessenstruiken zou springen en haar zou vragen waarom ze hier was.

Niet dat ze niet dol was op haar nieuwe leesclubvrienden. Maar Logan had gelijk: die mensen wisten alles van iedereen.

De deur van de oude boerderij sloeg dicht.

'Alsjeblieft. Fijn als iemand anders je af en toe een drankje serveert, toch?' Estelle leunde tegen een van de pijlers van de grote veranda.

'Ja, heerlijk. Heel erg bedankt, maar ik bedacht net dat ik waarschijnlijk beter kan gaan.'

'Gaan? Maar Logan kan elk moment terug zijn.'

'Dat geeft niet. Ik wil hem niet tot last zijn. Ik spreek hem nog wel.'

Estelle trok een sneeuwwitte wenkbrauw op, niet overtuigd. 'Ik ben niet zoals de rest in dit gekke stadje,' zei ze. 'Als er iets speelt tussen jou en mijn kleinzoon, hoef ik daar niets van te weten.'

'Ik... Wij...'

'Precies. Je hoeft er niet over te praten.' Estelle veegde haar handen af aan haar schort met ruches die ze over haar felkleurige sweatshirt en neonroze legging had aangetrokken. 'Maar ik denk wel dat je moet blijven. Logan is sinds zijn kinderjaren al best verlegen. Ik ben altijd blij als hij bevriend raakt met iemand.'

Jeanie glimlachte naar de oudere vrouw. Ze kon die aardige oma niet in de steek laten door er nu vandoor te gaan. Bovendien deed de gedachte aan een verlegen kleine Logan iets geks met haar binnenste. Ze concentreerde zich op de kippen.

'Hebben ze namen?'

'Ongetwijfeld. Die jongen geeft alle dieren namen, maar ik kan het niet bijhouden.'

Dat iemand de grote, stevige Logan met zijn baard 'die jongen' noemde, deed haar bijna hardop lachen. 'Heeft hij altijd van dieren gehouden?'

'Jazeker. Hij nam allerlei soorten beestjes mee naar huis. Vogels met gebroken vleugels, jonge eekhoorntjes zonder moeder – je hebt geen psychologiediploma nodig om dat te begrijpen. Hoe dan ook, ik moest ergens een grens trekken toen hij een vleermuis het huis binnenbracht, denkend dat het beestje gewond was. Het rotbeest was echter helemaal in orde, alleen een beetje onderkoeld. Toen hij het eenmaal lekker warm kreeg hierbinnen, schoot het beestje uit de schoenendoos en begon door het huis te vliegen, schreeuwend als een, nou ja, als een vleermuis.'

Jeanie lachte en bedekte haar gezicht met haar handen. 'Een vleermuis! Wat eng!'

Estelle knikte. 'Henry slaagde erin het beest weg te jagen, maar vanaf dat moment werden alle dieren die hij redde naar de schuur verwezen.'

'Klinkt logisch.'

Het geluid van banden van een pick-up op grind maakte een einde aan het gesprek.

'Daar zul je hem hebben. Ik laat jullie alleen.' Estelle knipoogde naar haar alsof ze geen seconde geloofde dat Jeanie hier alleen maar was om te kletsen. Lekker dan. Zelfs Logans oma begreep dat ze haar best deed een boer te verleiden.

Jeanie wist niet of ze moest opstaan en Logan tegemoet moest lopen of dat ze hier moest blijven zitten, al voelde dat een beetje ongemakkelijk.

Ze ging voor de ongemakkelijke optie.

Terwijl ze zat te wachten, sprong er een kleine donzige kip op haar schoot, waardoor ze zich meteen wat beter voelde. Ze klopte op zijn pluizige kop en hij maakte een vrolijk koerend geluidje. Ondertussen stapte Logan uit de pick-up. Hij merkte haar helemaal niet op. Ze zag hem de alpaca gedag zeggen. Estelle had in ieder geval gezegd dat het een alpaca was. Logan krabde het dier tussen de oren en Jeanie wist zeker dat de alpaca glimlachte. De rest van de weg liep hij over het onverharde pad naar de boerderij, met zijn blik op zijn laarzen gericht tot hij bijna bij haar was.

Tegen die tijd voelde ze zich belachelijk omdat ze hem niet eerder had geroepen, maar ze had inmiddels twee kippen op haar schoot en ze was er vrij zeker van dat de kip die de treden op was geklommen een manier zocht om op haar hoofd te gaan zitten.

Zijn blik ontmoette de hare en zijn ogen werden groot van verbazing. Hij keek naar haar en de boerderij, het hele belachelijke tafereel, Jeanie in haar nieuwe, gescheurde spijkerbroek, haar haar nog vastgebonden van het werk, terwijl een hele reeks kippen om haar heen liep te kakelen. Misschien was er zelfs een bezig haar thee op te drinken. Zou dat kwaad kunnen? O nee. Ze wilde niet een van Logans kippen vermoorden. Jeanie probeerde het dier weg te jagen.

'Nee, nee. Dat is niets voor jou, kleine kip. Je wilt toch niet ziek worden?' De kip hield zijn kop schuin en staarde haar met kraaloogjes aan. 'Hop.' Ze maakte een gebaar met haar hand en de kip sprong op haar arm alsof die een zitstok was. Nou, dat kon er ook nog wel bij. Ze zette de kip op haar schoot bij de rest. Maar goed dat dit absurd kleine kippen waren, anders zou er echt geen plaats meer zijn.

Ze keek weer op; Logan staarde haar nog steeds aan.

Hij had niets gezegd. Hij stond gewoon doodstil naar haar te kijken.

Een van zijn mondhoeken ging omhoog.

Ze grijnsde terug. 'Volgens mij vinden je kippen me aardig. Het zijn toch wel kippen? Ze zien er zo raar uit.'

'Het zijn zijdehoenders,' zei hij, terwijl hij naar haar toe liep, met een licht geschokte blik op zijn gezicht.

'O... dat klinkt chic,' zei ze plagend.

Hij streek met een vinger over een van de pluizige kopjes op haar schoot. 'Ze zijn zeker chic.'

'Hebben ze namen?'

Logans wangen werden rood en hij haalde een hand door zijn haar. 'Eh... ja.'

Jeanie wachtte. 'Nou?'

Hij zuchtte. 'Taylor, Rihanna en Lizzo.' Hij wees naar de drie kippen op haar schoot. 'Dat daar zijn Lady Gaga en Britney. En dit is Selena, die op je hoofd probeert te klimmen.'

'Wat?!' Haar schaterlach deed de kippen schrikken en ze vlogen beledigd op. Jeanie klapte dubbel van het lachen. 'Heb je je kippen naar popsterren vernoemd?' bracht ze uit.

Logan haalde zijn schouders op. 'Het past bij het thema.'

'Lieve hemel, welk thema?'

Hij slaakte een diepe zucht, maar zijn mondhoeken krulden steeds verder op. Jeanie wilde erin bijten. 'Nou, de geiten heten Marley en Dylan.'

'Van Bob Marley en Bob Dylan?'

'Ja.'

'En de alpaca?' vroeg ze, niet in staat de vrolijke ondertoon in haar stem te verbergen.

Logan trok een grimas. 'Harry Styles.'

'Harry Styles?' Jeanie slaakte een kreet van vreugde. 'Geweldig.'

Hij probeerde zijn glimlach niet langer te verbijten en grijnsde nu naar haar. 'Ik kan dus niet meer van het thema afwijken.'

'O, zeker niet.'

'Nee, beslist niet.' Logan lachte. 'Alles oké?'

'O ja. Alles is in orde. Sorry dat ik zomaar kom aanzetten.' Ze stond op om weg te gaan, maar Logan legde een hand op haar arm. Hij kneep zachtjes.

'Je hoeft je niet te verontschuldigen. Is er iets aan de hand?'

'Nou, ik wilde je even informeren over de Zaak.'

'Aha. De Zaak. Kom maar mee. Dan kun je me er alles over vertellen.'

Hij leidde haar langs de zijkant van de boerderij, langs een prachtige tuin met laatbloeiende dahlia's, die met hun eigen tinten goud, rood en dieporanje wedijverden met de bomen. De rudbeckia's begonnen door hun lange stelen te buigen, maar Jeanie kon zich voorstellen hoe fier ze in de zomer moesten zijn geweest.

Jeanie ademde de volle geur van hooi en droge bladeren van de boerderij in. De geur van overrijpe appels en houtrook zweefde door de lucht. De hele omgeving rook naar Logan. Iemand zou de geur moeten bottelen. Eau de Sexy Boer. Ze onderdrukte een giechel en volgde Logan naar een deur aan de zijkant van de boerderij.

Hij liet haar binnen en Jeanie knipperde met haar ogen, zodat ze kon wennen aan het heldere daglicht. Ze stond in een net appartement. Logans nette appartement. Zijn perfect opgemaakte bed stond vlak naast haar. Haar mond werd droog.

'Wil je iets drinken?' vroeg hij, terwijl hij naar de keuken aan de andere kant liep.

'Een beetje water zou lekker zijn.'

Jeanie keek om zich heen terwijl hij een glas water voor haar inschonk, in een poging haar nieuwsgierigheid te bevredigen zonder al te opvallend te zijn. Naast de kitchenette stond een kleine tafel. Het bed nam het grootste deel van de ruimte in beslag, maar daar wilde ze zeker niet aan denken. Dan was er nog een deur waarvan ze aannam dat die naar een badkamer leidde. Aan beide kanten van het bed stond een nachtkastje, maar slechts één ervan lag vol boeken. Boven op de stapel lag een leesbril. Lieve hemel, droeg Logan een leesbril?! Deze man was echt onweerstaanbaar. Ze kon haar slipje net zo goed meteen uittrekken.

Logan schraapte zijn keel en Jeanies blik schoot in zijn richting.

'Het stelt niet veel voor,' zei hij op hetzelfde moment dat zij zei: 'Je woont hier leuk.'

De hoeken van zijn mooie mond gingen ietsje naar beneden. 'Mijn opa en ik hebben dit appartement ongeveer een jaar geleden aan de boerderij toegevoegd. Hij dacht dat hij en mijn oma er zouden gaan wonen als ik, eh... uiteindelijk naar het grote huis zou verhuizen. Maar ik heb weinig reden om de hele boerderij voor mezelf te willen.' Zijn wangen kleurden rood en hij had een diepe plooi in zijn voorhoofd.

Jeanie plofte op zijn bed neer en Logans ogen verwijdden zich. 'Nou, het bevalt me hier wel. Precies groot genoeg.' Ze glimlachte naar hem en hoopte dat dit alles overbracht wat ze wilde zeggen, hoewel ze het gevoel had dat de tijd er nog niet rijp voor was. Ze wilde vooral dat hij wist dat Lucy degene was die iets verloren had, zij was degene die de kans gemist had om van deze lieve man te houden en door hem bemind te worden. En Jeanie wilde ook dat hij wist dat het haar niets kon schelen, al woonde hij in een kelder.

Ze zat er tot over haar oren in.

Veel dieper dan ze had verwacht. Zo diep zelfs dat ze het nauwelijks nog kon verbergen.

Logan bleef naar haar staren terwijl ze op zijn bed zat. Zijn uitdrukking veranderde van triest in hongerig en veelbetekenend. Jeanie voelde dat het haar de adem benam.

'De Zaak dus,' flapte ze eruit, de betovering verbrekend.

'Yep.' Logan ging met een hand langs zijn baard en leunde tegen het aanrecht. 'Wat is er gebeurd?'

Jeanie zuchtte. Vooruit dan maar. Tijd om nog meer te zeuren tegen die man. Hij had er zelf om gevraagd...

Hoofdstuk twintig

Jeanie zat op zijn bed. Zijn hersenen verloren al hun functionaliteit door dat beeld.

Haar op zijn stoep zien zitten had bijna hetzelfde effect gehad. De manier waarop de late middagzon op haar gezicht had geschenen en haar in een gouden gloed zette. Maar het was haar uitdrukking die hem tot stilstand had gebracht, de brede glimlach, de vonk in haar ogen. Ze had er bizar uitgezien, bedolven onder zijn kippen, maar ze had de hele tijd gelachen en gekke woordjes tegen hen gepreveld. Ze was er goed mee omgegaan.

En nu was ze hier in zijn kamer, op zijn bed, ruikend naar zonneschijn en donker gebrande koffie. Hij wilde helemaal niet praten. Hij wilde zich door haar benen laten omklemmen en haar tegen zijn matras drukken. Hij wilde haar adem tegen zijn hals voelen. Hij wilde dat ze kreunend zijn naam zei.

'Logan?'

Shit.

'Eh... ja. Sorry. Wat zei je ook alweer?'

Ze had blozende wangen en haar lippen hadden de kleur van rijpe appels. Ze zag eruit alsof ze precies wist waar hij aan dacht, en alsof zij er ook over nadacht.

Toen schudde ze haar hoofd. Er tuimelden wat plukjes haar uit haar knotje. 'Ik denk dat de telefoontjes uit hetzelfde huis komen.'

Logan knipperde met zijn ogen. 'Waar heb je het over, Jeanie?'

'Het komt uit een horrorfilm. Maakt niet uit.' Ze gleed uit haar schoenen en trok haar benen op alsof ze elke dag op zijn bed zat. Alsof ze altijd hier zaten te praten na een lange dag.

'Ik denk dat degene die van me af probeert te komen ook in het café werkt.'

'Huh, echt waar?'

Ze knikte en stond op het punt om hem haar theorie uit te leggen. Logan moest een glimlach onderdrukken. Hij nam dit serieus, maar ze was zo fucking schattig als ze ergens opgewonden van raakte. En dat gebeurde nogal vaak. Hij hield daarvan.

Nee, hij vond dat leuk. Alleen maar leuk.

'Er zijn dus meer vreemde dingen gebeurd. Gisteren was de stekker van de koelkast uit het stopcontact gehaald. Bijna alle melk was bedorven! En gedurende één ochtend begaf de cappuccinomachine het steeds weer opnieuw, zelfs nadat we die hadden gerepareerd.'

'Oké. Dat is vreemd.'

Jeanie knikte en kwam op stoom. 'Dat bedoel ik! Ik dacht zelfs dat iemand een deel van de schilderijen van de muren had gestolen, totdat ik ze in een voorraadkast vond. Echt vreemd. Wie kan daar anders bij dan iemand die buiten openingstijden toegang heeft tot het café?'

Er nestelde zich een gevoel van onbehagen in Logans buik. Zelfs als Jeanie niet direct in gevaar verkeerde, was het onaanvaardbaar dat iemand het haar zo moeilijk maakte.

'Wie denk je dan dat het is?' vroeg hij.

Jeanie glimlachte naar hem, een beloning voor het feit dat hij haar serieus nam.

'Nou, er zijn behalve ik maar drie mensen die een sleutel hebben: Norman, Crystal en Joe.'

'Drie verdachten dus.'

Jeanie glimlachte nog breder. 'Ja, precies. Om te beginnen Norman.'

Norman. Logan dacht aan de oudere man. Hij had jarenlang samen met Dot in het café gewerkt. 'Waarom zou Norman problemen in het café veroorzaken? Hij is dol op die plek.'

'Dat dacht ik ook,' zei Jeanie. 'Hij heeft het altijd met Dot gerund. Waarom zou hij het bedrijf dat ze samen hebben opgebouwd om zeep willen helpen? Dat klinkt niet logisch, toch?'

Logan knikte.

'Oké, dan Crystal.' Jeanie verschoof en stopte een plukje haar achter haar oor. 'Volgens mij is ze verliefd op je.'

Logan verslikte zich in zijn water. 'Wat? Welnee.'

'Haar ogen beginnen helemaal te schitteren als je binnenkomt!'

'Echt niet.' Het bestond gewoon niet dat Crystal iets voor hem voelde. Crystal, een van de populairste meisjes van de middelbare school, en een lokale beroemdheid vanwege haar rol in een reeks matrasreclames. Dat kon echt niet waar zijn. Het laatste wat hij gehoord had, was dat Crystal een relatie had met een semiprofessionele footballspeler, hoewel ze weigerde te vertellen welke. Ze was absoluut niet in hem geïnteresseerd. 'En waarom zou dat ertoe doen?' vroeg hij.

'Misschien weet ze van ons af en is ze nu uit op wraak.' Jeanie struikelde bijna over haar woorden, alsof ze zich schaamde om ze uit te spreken, maar wel moest.

'Niemand weet van ons.' Terwijl hij het zei, dacht hij aan de avond dat ze met zijn tweeën in de pick-up bezig waren geweest, zomaar op straat. Iedereen had langs kunnen lopen en hen kunnen zien. Het was dus best mogelijk dat iemand het wist, maar hij dacht nog steeds niet dat het Crystal iets zou kunnen schelen. 'Ik denk niet dat dat het is. En Joe?'

Joe was jong, amper negentien, met een piercing door zijn lip en verschillende tatoeages in zijn hals. Wanneer je de drie verdachten naast elkaar zou zetten, had Joe het meeste weg van een crimineel. Maar Logan kende Joe. Hij wist dat die jongen zijn eigen oma naar aerobicsles bracht en Nana zelfs meerdere keren een lift had gegeven. Het was moeilijk om een jongen te beschuldigen die zo lief voor ouderen was.

Jeanie haalde haar schouders op, maar ze leek blij dat ze verder kon gaan na haar theorie over Crystal. 'Joe is een lieve jongen. Ik zie niet in waarom hij dit allemaal zou doen. Bovendien heeft hij de baan echt nodig. Dat slaat dus nergens op.'

Logan haalde opgelucht adem, blij dat Jeanie hetzelfde over Joe dacht als hij.

'Wat denk jij?' vroeg ze met een bezorgde frons tussen haar wenkbrauwen.

'Het is vreemd, maar misschien ging het allemaal per ongeluk? Misschien struikelde iemand per ongeluk over het snoer van de koelkast en schoot de stekker daardoor uit het stopcontact? Misschien is de cappuccinomachine wel gewoon temperamentvol?'

Jeanie tuitte haar lippen nadenkend. 'Ja, misschien, maar het voelt gewoon niet goed.' Ze haalde haar schouders op.

De laatste keer dat hij Jeanies zorgen uit haar hoofd had gepraat, was haar raam midden in de nacht kapotgeslagen. Dat mocht niet nog eens gebeuren.

'Misschien is het tijd om nog eens op wacht te gaan staan.'

Hij zag een sprankje opwinding in Jeanies blik. 'Denk je?'

'Ik kom wanneer je wilt, oké?'

'Bedankt.' Ze stond op en zijn hersenen maakten overuren om een reden te bedenken waarom ze zou moeten blijven. Blijf nog even, dacht hij, blijf voor altijd.

Het appartement was klein. Het zou hem drie stappen kosten om voor haar te gaan staan, zonder enig plan, behalve haar bij de heupen te grijpen en naar zich toe te trekken.

'Als iemand je echt het leven zuur maakt, dan vinden we diegene wel, oké?'

Ze hief haar gezicht naar hem op. 'Oké.'

Hij wilde nog meer zeggen, haar vragen of ze het hier naar haar zin had, of ze het leuk vond om het café te runnen. Of ze stiekem van plan was om terug te vluchten naar Boston zodra hij voor haar viel.

Ze beet op haar onderlip en hield zijn blik vast met haar diepbruine ogen.

Wie probeerde hij in hemelsnaam voor de gek te houden? Hij was de eerste keer dat hij haar in die egelpyjama zag al voor haar gevallen.

En nu was ze hier. Alleen een dwaas zou tijd verspillen.

Logans vingers grepen Jeanie vast bij haar heupen, waar ze een heerlijke druk uitoefenden. Haar handen rustten tegen zijn borst en ze streelde zijn schouders, ervan genietend hoe breed en stevig die waren.

Ze besefte dat dit de reden was waarom ze was gekomen.

Niet alleen om hem weer te voelen, al hoorde dat er zeker bij.

Nee, het kwam doordat Logan in de korte tijd dat ze hier was een steunpilaar voor haar was geworden. Zelfs als alles in het café even mis leek te lopen, of als ze niet zeker wist of ze hier thuishoorde, of als ze niet zeker wist hoe ze de Jeanie moest zijn die ze wilde zijn, gaf de aanwezigheid van Logan haar gewoon... een goed gevoel. Alsof de rest allemaal wel kwam, als ze hém maar had om aan het eind van de dag mee te praten. Om ideeën uit te wisselen. Om te horen dat alles goed zou komen.

Hij was geruststellend en gaf haar een veilig gevoel.

Maar hij was ook ontzettend sexy. Hij herinnerde haar daaraan door haar dichter tegen zich aan te trekken en zijn mond op de zachte huid achter haar oor te drukken. Hij gaf haar kleine kusjes op haar kaaklijn tot hij haar lippen vond.

'Wat een mond.' Zijn stem klonk zacht en grommend. Zijn handen gleden langs haar zij omhoog, langs de ronding van haar heupen, haar smalle middel en de aanzet van haar borsten. 'Wat een lichaam,' bracht hij kreunend uit.

Ze kuste hem, hoorde hem kreunen en genoot van de trilling die daardoor door haar heen stroomde.

Jeanie besefte al snel dat Logan niet van half werk hield, ook niet als het om kussen ging. Hij haastte zich niet. Hij nam de tijd. Hij was grondig. Jeanie was nog nooit op deze manier gekust. Het voelde alsof hij haar de hele dag kon kussen; alsof hij er nooit genoeg van zou krijgen. Alsof kussen niet slechts een middel was om een doel te bereiken.

Maar Jeanie wilde niet de hele avond kussen. Ze had andere plannen, voordat er op de deur werd geklopt, in ieder geval.

Het kloppen had net zo goed een geweersalvo kunnen zijn, gezien de snelheid waarmee Logan reageerde.

Hij liet haar zo snel los dat ze bijna een whiplash opliep. Hij deed een stap achteruit, en toen nog een stap, om zoveel mogelijk ruimte tussen hen te creëren. Boven zijn baard kleurden zijn wangen helderrood van schaamte. Zijn blauwe ogen waren groot van schuldgevoel of angst, of iets heel anders; het leek wel spijt.

Hij rukte zich van haar los alsof ze betrapt waren naast een lijk met het moordwapen nog in hun handen, terwijl ze luid boze plannen smeedden, zo luid dat iedereen hen kon horen.

Hij was van haar weggesprongen alsof hij zich aan haar gebrand had.

Hij had haar losgelaten alsof hij de gedachte niet kon verdragen dat iemand wist wat ze de afgelopen weken hadden uitgespookt.

Plotseling was deze geheime relatie een stuk minder leuk.

Ze zag hoe Logan een hand door zijn haar haalde terwijl hij naar de deur liep. Ze luisterde terwijl hij met de persoon aan de andere kant sprak. Het ging over een levering die eerder zou aankomen dan verwacht. Tegen de tijd dat hij de deur had gesloten en zich weer naar haar had omgedraaid, was het moment grondig verpest.

Plotseling klonken de waarschuwingen van haar nieuwe vrienden door haar hoofd. Waarschuwingen dat Logan helemaal voor een vrouw kon gaan, dat hij zijn hart had laten breken. Ze was zo vaak gewaarschuwd om voorzichtig met deze man om te gaan en hem niet te kwetsen. Maar voor het eerst sinds ze met dit geheime gedoe tussen hen begonnen waren, vroeg ze zich af wie háár zou beschermen als ze gekwetst zou worden.

Het had een goed idee geleken toen ze begonnen, een manier om wat plezier te maken, maar nu draaide het haar maag om. Het was een stuk minder leuk nu ze zag hoe dit af zou lopen. Nu haar duidelijk werd dat hij niet over zijn ex heen was. Nu ze besefte hoeveel ze van deze man zou kunnen houden, zoveel dat ze afhankelijk van hem zou worden. Ze wilde niet dat haar gevoelens voor Logan verstrikt raakten met haar gevoelens voor dit stadje.

Wat er ook met Logan gebeurde, Jeanie vond het hier leuk. Ze hield van haar nieuwe vrienden en haar nieuwe leesclub. Ze was bezig om te leren hoe ze een goede baas kon zijn. Ze had zelfs een kat! Ze kon haar plannen niet laten ontsporen door ingewikkelde gevoelens voor Logan.

'Ik moet gaan.'

De rimpel in Logans voorhoofd werd dieper. 'Jeanie, ik...'

'Nee, nee. Geen probleem.' Ze wuifde zijn verontschuldiging bij voorbaat al weg met een handgebaar. Ze wilde dit niet. Ze wilde gewoon naar huis om haar verwarde gedachten te analyseren, om zich over haar gekwetste gevoelens heen te zetten. 'Het is alleen dat ik, eh... nog een inventarislijst moet opmaken. En Casper moet eten. Je weet hoe huisdieren kunnen zijn.' Ze lachte geforceerd en probeerde naar de deur te lopen, maar Logan pakte haar hand en hield haar tegen.

'Sorry daarvoor. Het ging gewoon over werk, maar je weet hoe snel de roddels op gang komen in deze stad.'

'Ja, ik weet het. Geeft niet.' Door haar gemaakte glimlach deden haar wangen pijn.

'Jeanie.' Zijn stem klonk zacht en eiste dat ze hem zou vertellen wat er in haar hoofd omging.

'Het is prima, Logan. Dit was vanaf het begin de afspraak. We zouden het voor ons houden.'

Hij fronste en zijn uitdrukking werd donkerder. 'Je bent er niet blij mee.'

'Wie zegt dat?'

'Ik. Je glimlach is weer niet echt.'

'Wat bedoel je?'

'Dit bedoel ik. Zo glimlach je altijd als je mij ervan probeert te overtuigen dat het goed met je gaat, terwijl ik weet dat dat niet zo is. Waarom doe je dat?'

'Dat doe ik helemaal niet.' Hoe durfde hij te doen alsof hij haar zo goed kende! 'Ik begon net te denken dat dit misschien geen goed idee is.' Daar deinsde hij voor terug, en Jeanie voelde zich er bijna schuldig over, maar het feit dat ze tijdens een geweldige kus aan de kant werd gezet, had haar geraakt. 'We kennen elkaar nauwelijks, dit was erg leuk, en ik waardeer echt wat je voor me hebt gedaan sinds ik hierheen ben verhuisd, maar misschien moeten we gewoon rustig aan doen. In ieder geval voorlopig.'

'Rustig aan doen?'

'Ja.'

'Is dat wat je wilt?'

Jeanie slaakte een diepe, gefrustreerde zucht. 'Ik weet niet wat ik wil, oké? Dat is een beetje het probleem. En elke keer als ik denk dat ik weet wat ik wil, kijk je zo naar me en kus je me, en dan kan ik niet meer nadenken!'

'Wil je dat ik je niet meer kus?' Op een gegeven moment was hij dichterbij gekomen, maar hij had haar hand niet losgelaten. Hij had zijn vingers verstrengeld met die van haar.

'Nou, ik wil niet dat je me níét kust.'

'Jeanie.' Hij deed het wéér: haar naam op die strenge, sexy manier uitspreken, waardoor ze haar hart bij hem wilde uitstorten. Hij had ondervrager moeten worden.

'Ja?'

'Je bent momenteel behoorlijk verwarrend.'

'Ik weet het. Het spijt me.'

'Het geeft niet. Ik kan wel wachten tot je erachter bent wat je precies wilt.'

De steeds strakker wordende knoop in haar maag voelde weer wat losser. 'Oké.'

Hij knikte. 'Oké.'

'Logan?'

'Ja?'

'Wat is er met Lucy gebeurd?'

Nu was het Logans beurt om een diepe zucht te slaken. Hij streek met een hand over zijn baard en schuifelde ongemakkelijk heen en weer, alsof hij liever weg zou rennen dan dit gesprek te voeren, en even dacht Jeanie dat hij misschien helemaal niets zou zeggen.

'Ze was hier niet gelukkig,' zei hij ten slotte. 'Ze was niet gelukkig met mij.'

'Vervelend om dat te horen.'

Hij haalde zijn schouders op. 'We kenden elkaar al een tijdje voordat ik een aanzoek deed, maar ik dacht dat ik het wel kon oplossen. Ik dacht dat ik haar van gedachten kon doen veranderen over het leven hier, maar...' Hij aarzelde en haalde opnieuw zijn brede schouders op. '...dat was niet zo.'

'Het zegt niets over jou dat ze is weggegaan, weet je.'

Hij snoof.

'Ik meen het. Dat jullie geen goede match waren, betekent niet dat het jouw schuld was.' Ze hield zijn blik vast. Hij keek haar aandachtig aan, alsof hij wilde peilen of ze oprecht was, alsof hij haar wílde geloven. 'Bovendien was het duidelijk dwaas van haar om de kans op te geven om mede-eigenaar te worden van die grappige kippen.'

Een verbaasde lach ontsnapte hem. 'Zij zijn mijn sterkste troef.'

Jeanie glimlachte en stapte naar hem toe. Alsof er zwaartekracht in het spel was, werd ze door hem aangetrokken. Dat kwam vast omdat hij groter was dan zij. Dat was gewoon wetenschap, toch?

'Ik weet het niet,' zei ze. 'Er zijn nog wel wat andere dingen.'

'O ja?' Er verscheen een glimlach op zijn gezicht.

Voorzichtig, hoopvol.

'Nou, volgens mij heb je een veelbelovende toekomst als rechercheur, of misschien als slotenmaker.'

Zijn glimlach werd nog breder.

'Je bent best schattig.'

'O ja?' Er kroop een blos over zijn wangen.

'Ja. En helemaal niet slecht in kussen.' Ze ging tegen hem aan staan en drukte een tedere kus op zijn lippen. 'Maar nu ga ik echt.'

Haar emoties waren nog steeds veel te ingewikkeld om hier met deze grote man in deze kleine ruimte te blijven. Ze zou beslissingen nemen waar ze later spijt van zou kunnen krijgen.

'Ik vind je leuk, Jeanie,' zei hij met een lage en ruwe stem.

'Oké.' Het was oké. Het was een goede start. Maar Jeanie wist nog steeds niet waar ze stonden, door de vreemde, geheime situatie waarin ze zich bevonden. Ze wist niet of ze nog steeds bereid was om door het stadje te sluipen en te doen alsof ze niet samen waren terwijl ze dat in haar hart wel graag wilde zijn.

'Oké,' zei hij.

'Ik ga nu.'

Hij boog zijn hoofd en kuste haar nog een keer, waardoor ze haar hele plan om te vertrekken serieus moest heroverwegen, maar toen liet hij haar gaan.

Ze haastte zich zijn appartement uit, nog steeds niet wetend wie háár hart zou beschermen in deze puinhoop.

Hoofdstuk eenentwintig

Logan was het geitenhok aan het uitmesten toen Noah de oprit op reed. Technisch gesproken had hij landarbeiders voor dit soort werk, maar die waren allemaal druk bezig met het binnenhalen van de laatste appeloogst, samen met de pompoenen van het achterveld. Daarnaast strafte Logan zichzelf vanwege zijn onbehouwen gedrag ten opzichte van Jeanie. Hij had haar zowat weggeduwd toen zijn opa op de deur had geklopt. Hij had haar gekwetst, dat was pijnlijk duidelijk geweest. Natuurlijk had hij dat gedaan. Niemand wilde behandeld worden alsof je je voor hen schaamde.

Hoe prima Jeanie hun afspraak in het begin ook had gevonden, dat was nu niet meer het geval. En nu moest Logan beslissen of het de moeite waard was om dit openbaar te maken.

Was het de moeite waard om opnieuw te falen, waar iedereen bij was?

Was Jeanie het waard?

Dus nu schepte hij geitenpoep om zichzelf te straffen en zijn hoofd leeg te maken. Wie had meditatie nodig als er ook poep geschept kon worden?

Noah slenterde naar het hok en leunde met zijn onderarmen op het hek, terwijl de Bobs aan zijn hemdsmouwen knabbelden.

'Hé, ben jij niet de grote baas? Laat oma je nog steeds de dierenhokken uitmesten?'

'De dieren maken technisch gezien geen deel uit van de boerderij,' gromde Logan, terwijl hij wat vers hooi in het hok schepte.

'O ja. Ik was vergeten dat dit jouw schatjes zijn.' Noah krabde Marley tussen de oren en de oude geit blaatte vrolijk. Of chagrijnig. Het klonk meestal hetzelfde.

'Wat doe je hier?'

'Ik ben ook blij jou te zien, vriend,' zei Noah met een ontspannen grijns.

'Hé, het feit dat jouw seizoen voorbij is, betekent niet dat anderen ook tijd hebben om wortel te schieten.' Noah had de vissersboot van zijn familie geërfd, was een paar jaar geleden naar Dream Harbor verhuisd en organiseerde vistochten. Maar rond deze tijd van het jaar waren er maar weinig tochtjes. In de winter werkte hij meestal in de bar om de eindjes aan elkaar te knopen, maar Logan had het idee dat Noah een behoorlijk ontspannen leven leidde totdat de zomer weer aanbrak.

'Ik kwam kijken hoe het met je gaat.'

'Kijken hoe het met me gaat?'

'Ja, natuurlijk. Ik heb je niet meer gezien sinds de pubquiz, toen je opeens verdween voor de grote danswedstrijd begon, en sindsdien heb ik niets meer van je gehoord.'

'Ik had het druk.'

'Tuurlijk, met de oogst en zo. Maar je had best op mijn appjes mogen reageren. Ik begon bijna te denken dat je misschien dood was.'

'Ik ben er nog.' Hij was gewoon niet in de stemming geweest om met iemand te praten. Niet zolang hij voortdurend aan Jeanie dacht, en aan wat hij in vredesnaam met haar aan moest.

'Hoe gaat het met Jeanie?' vroeg Noah alsof hij Logans gedachten kon lezen. Geniepig ventje.

'Hoe moet ik dat weten?'

Noah schonk hem een veelbetekenende glimlach. 'Ik had het idee dat jullie vrienden waren geworden, dat is alles.'

Vrienden. Waarom voelde dat woord nu als een steek onder water? 'Ja, vrienden. Over vrienden gesproken, ik zag hoe je naar Hazel keek.'

De wangen van de roodharige begonnen zo te gloeien dat ze de kleur aannamen van zijn haar. 'Ik weet niet waar je het over hebt.'

Logan sloeg zijn armen over elkaar en leunde tegen het hek. 'Ze is niet zoals de meisjes met wie je normaal datet.'

'Wat houdt dat in?'

'Hazel is slim.'

Noah maakte een afkeurend geluid. 'Ik date alleen maar met slimme meiden.'

Logan trok een wenkbrauw op. 'Wat is het laatste boek dat je hebt gelezen?'

'Geen idee. Moet je per se een lezer zijn om met Hazel uit te mogen gaan?'

'Ze runt een boekwinkel. Lezen is haar leven. En ik wíst dat je met haar uit wilde.'

'Misschien kan ik haar op andere manieren plezier laten beleven.' Noah haalde suggestief zijn wenkbrauwen op en Logan kreeg plotseling de neiging om hem een klap in zijn veel te knappe gezicht te geven.

Hij kneep zijn ogen tot spleetjes en werd overrompeld door een heftige beschermingsdrang. 'Hazel houdt niet van dat soort plezier.'

'Meen je dat nou?'

'Blijf uit haar buurt, Noah. Je zult haar kwetsen.' Logan wist hoe Noah met vrouwen omging. Geen enkele relatie duurde bij hem langer dan een zomervakantie. Het idee dat de lieve, verlegen Hazel een relatie met Noah zou krijgen, zorgde ervoor dat er allerlei broederlijke instincten in hem oplaaiden. Niet dat Hazel zijn zus was, maar als je lang genoeg met iemand bevriend bent, begint het wel zo te voelen.

'Wie zegt dat zíj gekwetst zal worden en niet ik?' De zon deed Noahs koperkleurige haar glanzen. De sproeten op zijn wangen lieten hem er jonger uitzien, bijna onschuldig, maar toen bewoog hij zijn onderarm op de reling en begon de halfnaakte zeemeermin die hij daar had laten tatoeëren te dansen.

Logan snoof en gaf een schop tegen de kluiten aarde op de grond. Wat was hij in hemelsnaam aan het doen?

Ineens besefte hij hoe absurd dit gesprek was. Hij maakte zich zorgen over zijn beide vrienden en wilde niet dat ze ergens in verzeild zouden raken en vervolgens met de gevolgen geconfronteerd zouden worden. Zo werd hij al net zo'n bemoeial als de rest van deze stad. Hij zou perfect bij de leesclub passen.

Plotseling leek de bezorgdheid om hem en Lucy wat minder veroordelend. Alsof iedereen hem niet als een mislukkeling zag, maar alsof ze gewoon om hem gaven.

Misschien was hij het afgelopen jaar wel een stekelige kluizenaar geworden zonder enige andere reden dan zijn eigen beschadigde trots, en nu zou hij met Jeanie een enorm risico nemen omdat hij een vervloekte lafaard was.

Shit. Dit was lastig. Veel lastiger dan alleen maar boos zijn op iedereen, inclusief hemzelf.

Logan haalde zijn schouders op en wenste dat hij dit nieuwe inzicht meteen weer kon vergeten. 'Ja, sorry. Ga je gang maar.'

'Dus ik heb jouw zegen?' vroeg Noah met een ondeugende grijns.

'Die heb je niet nodig. Hazel is volwassen.'

Noah knikte en Logan zag de plannetjes al in zijn lichtbruine ogen schitteren. Maar Noahs plannen waren niet zijn zaken.

Hij legde zijn hark opzij en veegde het zweet van zijn voorhoofd. De late herfstkou was ingetreden, maar in de middagzon was het nog steeds zweten geblazen. Noah keek naar hem vanaf zijn plek bij het hek.

Logan wist niet of het aan het geduld van zijn vriend lag, of aan zijn nieuwe besef dat iedereen om hem heen misschien gewoon zorgzaam was, of dat hij het beu was om er steeds zelf maar over na te denken, maar hij voelde zich gedwongen om iets te doen wat hij nog nooit eerder had gedaan.

Hij wilde praten. Over zijn problemen. Met iemand anders. Hij haalde diep adem. Noah trok een wenkbrauw op. 'Ik denk dat ik het verpest heb met Jeanie.'

Een trage glimlach kroop over Noahs gezicht, alsof hij op dit moment had gewacht. 'Volgens mij kunnen we dit gesprek beter onder het genot van een biertje voeren.'

'Ik denk het ook,' gromde Logan, die er nu al spijt van had dat hij zijn grote stomme mond had geopend.

Noah volgde Logan de boerderij in, door de gang, naar de keuken van zijn oma. Hij pakte twee biertjes uit de koelkast en gaf er één aan Noah. Hij zocht in de keukenla naar een flesopener, maar Noah had de dop al op de rand van het aanrecht gezet.

'Laat Nana dat maar niet zien,' mompelde hij.

Noah grijnsde. 'Estelle is dol op mij.'

'Ze is nog doller op haar nieuwe aanrecht.'

Noah lachte en ging op een van de stoelen aan de keukentafel zitten. Logan bleef tegen het aanrecht leunen, te onrustig om te gaan zitten.

'Wat is er met Jeanie gebeurd?' vroeg Noah, terwijl hij een slok koud bier nam. Logan nam er ook één om zich wat moed in te drinken.

'We zijn, eh... Ik weet het eigenlijk niet, maar ik heb het verpest. Ik heb haar gekwetst.'

Noahs ogen werden groot van verrukking. 'O, zijn jullie daarom zo snel weggegaan bij de pubquiz? Zodat jullie...'

'Zo is het niet,' snauwde Logan, ook al was het eigenlijk wel zo. 'We hielden het stil, dat is alles. Ik wilde niet dat iedereen weer met zijn neus boven op mijn verhouding zou zitten.'

Noah knikte. Hij had het drama onder de kerstboom niet meegemaakt, maar Logan wist zeker dat hij er genoeg over gehoord had. Noah wist sowieso dat Lucy er de ene dag nog was geweest en dat ze de volgende dag vertrokken was. Toen hij Logan ernaar had gevraagd, had Logan gemompeld dat het niet had gewerkt, maar het zou hem niet verbaasd hebben als ze er een bijeenkomst over hadden georganiseerd met de hele stad.

'Deze stad heeft een gekke band met jou. Persoonlijk snap ik daar niets van.'

Logan lachte. 'Ja, nou. Ik had geen zin om zo in het oog te springen met Jeanie, maar volgens mij raakt ze erdoor van streek. Dat hele gedoe met het geheimhouden. Ik weet het niet.' Hij streek met een hand over zijn baard en voelde zich een volslagen idioot.

Noah fronste zijn voorhoofd alsof hij de puzzelstukjes in elkaar probeerde te leggen. 'Misschien moet je het gewoon openbaar maken.' Hij moest de geschokte blik op Logans gezicht hebben gezien, want hij vervolgde: 'Dat hoeft niet groots of zo. Je kunt gewoon met haar daten, zoals gewone mensen doen.'

Juist. Met elkaar daten als gewone mensen. Dat klonk niet zo slecht.

Maar zo gemakkelijk was het vast niet.

'Wat vond je van Lucy?' Logan flapte de vraag eruit voordat hij erover had nagedacht.

Noah bleef even nadenkend staan, met zijn fles aan zijn lippen. 'Ze was prachtig. Een leuke meid. Maar ik kreeg echt zo'n *Eat, Pray, Love*-idee bij haar.'

'Wat houdt dat in vredesnaam in?'

Noah haalde zijn schouders op. 'Alsof ze hierheen was gekomen om te ontsnappen aan het echte leven. Alsof ze dacht dat ze zichzelf hier weer zou vinden of zoiets.'

Hij dacht terug aan alles wat Jeanie verteld had over haar wens om hier opnieuw te beginnen, zodat het leven perfect zou zijn. Ze was op de vlucht voor haar oude leven, voor haar angsten, toch?

'En wat vind je van Jeanie?' vroeg Logan, in zijn hart bang voor het antwoord.

Noahs glimlach werd breder. 'Nou, ik mag haar al sinds ze ons inmaakte bij de pubquiz. Ze is leuk. Lijkt zich gemakkelijk aan te passen.'

Herinneringen aan Jeanie die met hem door de regen rende, aan Jeanies mond op de zijne, aan Jeanie die hem het ene moment over snacks ondervroeg en het volgende moment achter hem stond om een spook te vangen, gingen door zijn hoofd. Hij dacht aan haar gebabbel met iedereen op de bijeenkomsten, aan haar vriendschap met zijn beste vrienden. Had Lucy hier ooit op haar plaats geleken?

Zou hij ooit stoppen hen met elkaar te vergelijken? Hij nam nog een slok.

'Luister, man, als je bang bent dat Jeanie je in de steek laat… Dat zie ik niet snel gebeuren. En ik ben iemand die er een gewoonte van heeft gemaakt alleen met vrouwen te daten die hier een zomer doorbrengen, dus het is mijn deskundige mening.'

Noah dronk zijn biertje op. 'Hoe dan ook, dit was een goed gesprek. Dat zouden we vaker moeten doen.' Hij grijnsde naar Logan.

'Reken er maar niet op.'

Noah gaf hem een klap op zijn schouder. 'We zullen zien.'

Logan zuchtte en het gelach van zijn vriend weerklonk galmend door de gang toen hij naar buiten liep. 'Tot later,' riep Noah vanaf de voordeur.

'Tot later.'

Logan leunde tegen het aanrecht en dacht zo lang na over hun gesprek dat hij de zon langzaam zag ondergaan. De geluiden van de boerderij verstomden; het verre gezoem van de tractor, de stemmen van arbeiders die naar huis gingen, het geblaat van ontevreden geiten. Hij zou wat te eten moeten regelen, zodat Nana na haar les niet hoefde te koken. Zijn opa was waarschijnlijk nog op het veld en kwam altijd als laatste binnen. Hij hield van de rust na een lange dag.

Tegen de tijd dat Logan zich losmaakte van het aanrecht, was hij tot slechts één conclusie gekomen. Hij had geen idee waar hij mee bezig was, maar hij was er vrij zeker van dat Jeanie het waard was.

Hij hoopte maar dat hij het niet helemaal had verpest.

Hoofdstuk tweeëntwintig

Jeanie bladerde door de papieren die Barb Sanders, de makelaar, vanochtend persoonlijk had afgeleverd. Het was een lijst met prijzen waar andere gebouwen in de omgeving onlangs voor waren verkocht. Jeanie had haar bedankt en haar een grote hazelnootlatte met sojamelk geserveerd, terwijl ze volhield dat ze echt niet wilde verkopen.

Barb had haar helderwitte verkoopsterglimlach opgezet en tegen Jeanie gezegd dat ze er nog maar eens over na moest denken.

Dus nu zat Jeanie hier aan haar kleine keukentafel, die ook dienstdeed als bureau, in haar appartement boven het café in kwestie, en dacht erover na.

Als ze eerlijk was, dan moest ze toegeven dat het bedrag waarvoor ze dit gebouw, dus het café met de bovenwoning erbij, kon verkopen enorm was. Ze zou gemakkelijk haar laatste restje studieschuld kunnen afbetalen en ergens een schattig huisje voor zichzelf kunnen kopen. Stel je voor, dacht ze.

En ze stelde het zich zeker voor.

Maar was dat echt wat ze wilde? Ze wist het nog steeds niet. Bovendien had tante Dot haar het café toevertrouwd. Ze kon het toch niet zomaar verkopen? Dat kon ze niet maken. Hoewel ze het gevoel had dat haar tante het er helemaal mee eens zou zijn geweest als ze Dot had verteld dat ze wel móést verkopen, om haar geluk elders na te jagen. Dot was erg goed in het najagen van geluk. Dat was de reden waarom ze überhaupt bij dit café terecht was gekomen en waarom ze nu aan het klifduiken was in het Caribisch gebied.

Het was bijna een maand geleden dat Jeanie in Dream Harbor was aangekomen, één bundel zenuwen, op de vlucht voor haar doodsangst. Voelde ze zich nu anders? Was ze de rustige eigenaresse van het café geworden die ze wilde zijn?

Casper sprong op de tafel en liet zich op de stapel papieren vallen, alsof die een bedje was dat speciaal voor hem was opgemaakt.

'Ik zat daarnaar te kijken,' zei Jeanie tegen hem. Hij staarde haar met grote ronde ogen aan. Ze krabde hem tussen zijn oren en genoot van zijn tevreden gespin. 'Het geeft niet. Ik was toch niet van plan dit te verkopen.' En op de een of andere manier wist ze dat het waar was nu ze het hardop tegen haar kat zei.

Ze zou het niet verkopen. Dat wilde ze niet. Ze vond het leuk om het café te runnen. Ook al had ze nog altijd niet ontdekt wie het haar zo moeilijk maakte. En ook al was het runnen van haar eigen bedrijf net zo stressvol, zo niet nog stressvoller, dan het assisteren van Marvin. Nu werkte ze tenminste hard voor zichzelf. Voor haar droom. Voor haar leven. Ze was er nog niet klaar voor om dat op te geven.

Of ze er een heel nieuw mens door was geworden, wist ze eigenlijk niet. Maar ze wist wel dat ze deze maand meer vrienden had gemaakt dan in de afgelopen zeven jaar in haar oude leven. Ze was weer gaan lezen, ze had zich voorgenomen om vaker mee te doen met een gezellige quiz – en ze had zich zelfs aangemeld voor Annies beginnerscursus om te bakken. Ze had hier een leven opgebouwd.

En dan had ze het nog niet eens over haar zeer levendige, compleet verwarrende gevoelens voor de sexy boer. Ze had de hele week al geprobeerd die te ontrafelen, maar het was niet gelukt.

Haar telefoon begon te trillen op tafel en ze veegde over het scherm om de oproep van haar broer te beantwoorden.

'Heb je je pyjama al aan?' vroeg hij, terwijl zijn gezicht op het scherm verscheen. Ergens op de achtergrond huilde een hond.

'Ik heb een lange dag gehad.' Jeanie wierp een blik uit het raam. Het was al donker, ook al was het amper zes uur. De wind deed de bijna kale takken van de boom aan de voorkant tegen haar raam zwiepen. Het was het seizoen voor de winterslaap. Pyjama's pasten perfect bij deze tijd. Misschien had ze tot de lente moeten wachten om opnieuw te beginnen. De herfst was een vreemde tijd hiervoor. De herfst was vooral een goede tijd om te knuffelen en voor eten met veel jus.

'Heb je het mysterie al opgelost?'

Jeanie slaakte een diepe zucht en streek de haren die voor haar gezicht zaten achter haar oren. 'Nee. Het is erger geworden. Vanmorgen ontdekte ik dat de vaatwasser kapot was. De man die hem kwam repareren, zei dat iemand een paar draden aan de achterkant had doorgeknipt.'

'Shit, Jeanie. Heb je aangifte gedaan?'

'Ja.' Na het incident met het gebroken raam was Jeanie eindelijk naar het politiebureau gegaan, waar ze hen had geïnformeerd over wat er aan de hand was. Twee keer per avond kwam er een patrouillewagen langs het café, waardoor ze zich wat beter voelde, maar als de persoon die de schade aanrichtte voor haar werkte, hielp het niets.

'En wat zeggen je medewerkers erover?' Ben suste een hond aan zijn voeten die Jeanie niet kon zien maar wel kon horen janken om aandacht.

'Nou, Crystal begon meteen te huilen toen ik vroeg of ze wist wat er aan de hand was.'

'Hm.'

'Joe verzekerde me dat hij alle verdachte zaken zou rapporteren, en zei toen dat ik zo'n geweldige baas was en dat hij zo graag voor mij werkte.'

'Die legt het er nogal dik op,' mompelde Ben.

'Ik bén ook een goede baas.'

'Ongetwijfeld.'

'En Norman reageerde beledigd. Hij vroeg hoe hij dat nu zou kunnen weten. En toen kwam hij met de theorie dat een klant de schuldige zou zijn. Hoe zou dat überhaupt kunnen?'

'Dat slaat nergens op.'

'Ik weet het.'

'Misschien is het een geest.'

'Hou je mond, Ben.'

'En wat ga je eraan doen?'

Jeanie haalde haar schouders op. Ze wist niet wat ze eraan ging doen. Haar werknemers onder druk zetten? Beveiligingscamera's ophangen? Beide opties leken haar niets, maar ze moest iets doen. Als ze het café echt leuk vond, als ze haar nieuwe leven hier wilde behouden, dan zou ze een einde moeten maken aan deze vreemde zaken.

'Ik vind er wel iets op.'

Ben keek sceptisch, maar hij ging er niet over door. In plaats daarvan waarschuwde hij de hond die bleef zeuren. 'Geen snoepjes meer voor jou. Niet nadat je gisteren al dat afval hebt opgegeten.'

'Afval?'

Ben rolde met zijn ogen. 'Pudgy heeft gisteren de vuilnisbak omgegooid terwijl ik aan het werk was en heeft zich tegoed gedaan aan de inhoud.'

'Jakkes.' Casper leek met zijn ogen te rollen alsof hij wilde zeggen: *Honden, wat moet je ermee?*

'Toch gedraagt ze zich vandaag nog steeds alsof ze uitgehongerd is.'

'Nou, je had haar ook niet pafferig moeten noemen.'

Ben grijnsde. 'Hoe gaat het met de boer?'

'Zijn naam is Logan.'

'Nou?'

Jeanie voelde haar wangen kleuren onder de peilende blik van haar broer.

'Zo goed dus?' vroeg hij lachend.

'Ik weet het niet!' Jeanie verschoof op haar stoel en trok haar knieen op zodat ze haar telefoon daarop kon leggen. 'Ik dacht dat het goed ging. Het gíng goed. Maar er veranderde iets. Ik raakte een beetje in paniek.'

'Waarover raakte je dan in paniek?'

Goede vraag.

'Ik denk dat hij niet over zijn ex heen is.'

Ben trok een gezicht.

'Yep. Hij wil ook dat niemand iets weet van ons, en in eerste instantie vond ik dat wel prima, want dan stond er minder druk op, weet je? Maar nu weet ik het niet meer.'

'Wacht even, wil die klootzak dat niemand iets van jullie weet?'

'Zo is het niet. Het is gewoon een kleine stad, en iedereen bemoeit zich met andermans zaken en ik weet niet, het was mijn idee. Om het stil te houden.'

'Hm.' Bens ernstige frons deed haar bijna lachen. Bijna. 'Het klinkt alsof die man het gemakkelijker wil maken om het uit te maken en weg te rennen.'

De moed zonk Jeanie in de schoenen. 'Echt waar?'

'Kijk me niet zo aan, Jean Marie.'

'Hoe bedoel je?'

'Met die grote puppyogen. Ik weet niet wat die man wil, maar geef hem niet zijn zin door alles stil te houden, oké? Door hem mag je niet gaan denken dat je niet jezelf mag zijn.'

'Bedankt, Bennett.' Haar stem klonk zacht en haar keel zat dicht van de tranen. Die stomme broer van haar maakte haar helemaal emotioneel.

Ben aarzelde, keek naar de vuilnisvreter aan zijn voeten en keek haar toen weer aan. 'Hij heeft geluk dat hij met jou samen kan zijn, en meer zeg ik er niet over.'

'Oké.'

'Oké.'

'Ik hou van je.'

'Jakkes, hou je in, Jeanie.'

Ze grijnsde naar hem en slikte haar tranen in. Ben zuchtte. 'Oké, ik hou ook van jou.'

'Ik wist het!'

Ben lachte. 'Welterusten.'

'Welterusten.'

Jeanie beëindigde het gesprek en liet haar hoofd op haar knieën rusten. Had Ben gelijk? Probeerde Logan het gemakkelijker te maken om er straks een punt achter te zetten door hun relatie geheim te houden?

Ze begreep best hoe haar overdreven beschermende jongere broer daarbij kwam, maar toch klopte er iets niet. Het voelde niet als de Logan die zij kende. En als ze eerlijk tegen zichzelf was, moest ze toegeven dat het niet eens door de geheimhouding kwam dat Jeanie zich er niet meer lekker bij voelde. Het kwam door de reden voor de geheimhouding dat ze in zijn nette, kleine appartement ineens weer met beide benen op de grond had gestaan.

Logan had zijn hart gebroken waar de hele stad bij was, en hij was er duidelijk nog niet overheen. Nu moest Jeanie beslissen of ze wilde wachten tot hij er klaar voor was.

Hoofdstuk drieëntwintig

Het was vijf uur in de ochtend op de dag van het herfstfestival en Logan dronk in Nana's keuken zijn koffie op. 'En jij hebt alle pompoenen in de pick-up, toch? Zelfs de kleintjes die achter in de schuur stonden? De kinderen zijn vaak dol op die kleintjes.'

'Hebbes.'

Nana knikte en ging ondertussen het takenlijstje voor het herfstfestival af. 'Oké, jij levert de pompoenen, opa en ik brengen de laatste manden met appels mee voor bij de kraam. Een paar dagen geleden hebben we al een mand gedoneerd aan het gemeentehuis. Ze wilden liever gekaramelliseerde appels verkopen in plaats van de kinderen naar appels te laten duiken, wat mij een goed idee leek. Dat gespuug in het water van al die kinderen is walgelijk.'

Logan nam niet de moeite om meer aan het gesprek bij te dragen dan af en toe wat gegrom en een knikje. Nana was op dreef.

'Luis heeft de geiten bij zich voor de kinderboerderij. Burgemeester Kelly was zo blij dat je aan hebt geboden de Bobs dit jaar mee te nemen. De kinderen zijn dol op die geiten.'

Logan kon zich niet herinneren dat hij zoiets had aangeboden, maar de zaak was nu al in beweging gezet; er was geen houden meer aan.

Nana streek met haar handen over haar schort met appelmotief. 'Dan zijn we er denk ik wel. Het enige wat we nu nog hoeven te doen is genieten van het festival.'

'Ja, dan zijn we er.'

Nana bestudeerde hem met een scherpe blik. Haar ogen waren net zo helderblauw als de zijne. 'Ga je die aardige vrouw ophalen die hier laatst langskwam, Jeanie?'

Logan haalde zijn schouders op. Hij had al meer dan een week niets van Jeanie gehoord. Hij nam aan dat ze nog steeds boos op hem was, of misschien had ze gewoon besloten dat het de moeite niet waard was. Elke keer dat hij zijn telefoon pakte om haar te appen, wist hij niet wat hij moest zeggen. En nu moest hij de dag met haar doorbrengen om de kostuumwedstrijd te beoordelen.

'Dat was ik niet van plan.'

Nana fronste. 'Ik dacht dat jullie vandaag samenwerkten. Het lijkt me een aardig gebaar om haar een lift aan te bieden.'

Logan besloot er niet op te wijzen dat het stadsplein, waar het festival werd gehouden, op slechts een paar minuten lopen van het café lag en dat hij zeker wist dat Jeanie zichzelf wel kon redden. Nana had een strijdvaardig gezicht opgezet, zoals opa het noemde. Als ze zo keek, betekende dat dat ze niet zou terugdeinzen. Logan wierp een blik op de klok. Hij had geen tijd voor ruzie.

'Ik ga bij haar langs als ik de pompoenen heb afgezet.'

Hij moest de pompoenen al vroeg afleveren, zodat de festivalploeg de tafel voor het uithollen van de pompoenen kon opzetten voordat de menigte arriveerde. Mensen brachten de hele dag door op het festival, waar ze appelciderdonuts en Annies zelfgemaakte lekkernijen aten als ontbijt, en ze bleven tot het donker werd en het plein verlicht werd door honderden fonkelende lichtjes en een vreugdevuur in het park.

'Uitstekend. Nou, ik ga me klaarmaken!' Nana trok haar schort uit en haastte zich de kamer uit om zich om te kleden. Logan wist zeker dat ze een van haar vele truien met halloweenthema aan zou trekken, waarschijnlijk vergezeld van haar klassieke zwarte heksenhoed. Die droeg ze op elk herfstfestival, al zolang hij zich kon herinneren. Hij glimlachte.

Voordat er een schaduw had gelegen over alle evenementen in de stad, was Logan dol geweest op het herfstfestival. Vooral in zijn kinderjaren. Hij hielp zijn grootouders met het opzetten van hun stand en dan vertrok hij met Annie en een hele groep kinderen. Ze aten te veel snoep en donuts, half verkleed, maar gedurende de dag raakten ze altijd steeds meer van hun outfit kwijt. Hij vond het destijds geweldig om te zien hoe vroeg het donker werd, hoe hoog het vreugdevuur oplaaide en hoe heet de gloed van het vuur aanvoelde, hoe de hele avond tegelijkertijd knus en griezelig was. Hij voelde zich veilig bij zijn grootouders en zijn vrienden, maar was nog steeds beducht voor gevaar, dat net achter de gloed van het vuur op de loer zou kunnen liggen.

Logan was altijd een verlegen kind geweest, maar Annie zorgde ervoor dat hij bij de groep bleef horen en dat de andere kinderen met hem speelden. Zijn grootouders zorgden er altijd voor dat er van hem gehouden werd, zelfs toen zijn ouders er niet meer waren.

Zijn hele vervloekte leven was er voor hem gezorgd, van hem gehouden en werd hij beschermd. Maar op de een of andere manier was hij er een hekel aan gaan krijgen. Het idee dat zijn familie en vrienden wisten dat hij gefaald had, dat hij had geleden, had hem dwarsgezeten. Dat leek nu absurd. Vooral nu het betekende dat hij Jeanie moest verliezen.

Hij wilde zich niet langer verstoppen.

In Main Street waren de winkels gesloten. Iedereen was op het festival. Logan was er zeker van dat het café een kraam op zou zetten waar de hele dag koffie en warme cider verkocht zouden worden. Hij hoopte dat hij Jeanie niet al had gemist. Het was nog vroeg, de zon kwam nog maar net op en wierp een gouden gloed over de rij bijzondere winkeltjes. Logan tuurde door het raam aan de voorkant, maar het café was verlaten.

Shit. Misschien was ze al vroeg vertrokken om de kraam op te bouwen.

Het leek echter plotseling heel urgent om met haar te praten vóór het festival, dus liep Logan door het steegje, meteen weer denkend aan het moment dat Jeanie haar benen om hem heen had geslagen.

Hij liep naar de achterdeur en klopte aan in de hoop dat ze zich net boven aan het klaarmaken was.

Geen reactie.

Hij klopte opnieuw aan. Misschien moest hij haar een appje sturen?

'Jeanie?'

Of misschien kon hij gewoon als een of andere gek haar naam door het steegje schreeuwen. Goed idee, Logan.

Hij zag dat ze het kapotte raam had afgedekt met karton en zijn hartslag versnelde. Wat als er iets mis was? Wat als de boel was geëscaleerd en ze het hem niet had verteld? Zou iemand haar pijn hebben gedaan?

Hij klopte opnieuw, dit keer harder, en hij voelde zich steeds paniekeriger worden naarmate hij langer in dit vervloekte steegje stond en naar dat vervloekte kapotte raam staarde.

'Hij is open,' klonk een stemmetje aan de andere kant van de deur, en Logan verspilde geen tijd. Hij duwde de deur open en liep het café binnen, de ruimte afspeurend... Waarnaar? Iets bedreigends? Een koelkast waarvan de stekker uit het stopcontact was gehaald? Een indringer die het raam had gebroken? Een ontevreden medewerker? Een niet zo vriendelijk spookje?

Hij zag niets van dat alles. Hij zag iets wat duizend keer erger was.

Jeanie zat op de grond, met haar rug tegen een bakkerskist en haar knieën tegen haar borst. De tranen stroomden over haar wangen. Ze húílde.

Hij viel voor haar op zijn knieën.

'Wat is er? Ben je gewond?' Zijn woorden klonken nors en boos. Alsof hij boos op haar was omdat ze huilde.

Ze keek hem aan. Haar neus was roze geworden van het huilen en die vreselijke tranen stroomden nog steeds over haar gezicht. Ze schudde haar hoofd. 'Ik heb geen pijn,' zei ze snuivend.

'Nou, wat is er dan? Wat is er gebeurd?'

Ze liet haar hoofd op haar knieën zakken en liet het droevigste gekreun horen dat hij ooit had gehoord. Het brak zijn hart. Het sloeg de lucht uit zijn longen. Het raakte hem als een bom.

Waarom had hij haar een week in de steek gelaten? Waarom had hij Lucy de boel voor hem laten verpesten? Hij was dol op het herfstfestival. Hij hield van deze vervloekte stad.

En hij vond deze vrouw voor hem, in haar egelpyjamabroek en het versleten oude vest, echt geweldig.

'Jeanie,' zei hij op zelfverzekerde en ernstige toon. Hij moest weten wat er aan de hand was, zodat hij ervoor kon zorgen dat het nooit meer zou gebeuren. 'Kijk me aan.'

Ze zuchtte en hief haar hoofd op.

Hij kon het niet aan. Hij pakte haar voorzichtig bij haar kin en veegde haar tranen weg met zijn duimen. Jeanie sloot haar ogen bij zijn aanraking.

'Vertel me wat er gebeurd is. Alsjeblieft, Jeanie. Misschien kan ik helpen. Of misschien niet, maar... laat mij er alsjeblieft voor je zijn. Ik weet dat ik het laatst verpest heb.'

Ze opende haar ogen. 'Dat is het niet.'

'Oké.' Logan streelde haar gezicht en liet toen zijn hand weer zakken. Hij ging op zijn hurken voor haar zitten.

Jeanie veegde haar wangen droog met de rug van haar hand en blies wat plukjes haar uit haar gezicht. 'Het is eigenlijk stom.'

'Ik weet zeker dat dat niet waar is.'

Ze schonk hem een waterige glimlach. 'Alles gaat gewoon mis vandaag, dat is het. Het is de dag van het herfstfestival, ik weet dat het heel belangrijk is, en ik wilde gewoon dat alles goed zou gaan.' Ze haalde diep adem. 'Ik doe mijn best, weet je? Om dit tot een succes te maken.’ Ze gebaarde naar het café om haar heen, en misschien ook naar hem, alsof hij deel uitmaakte van alles wat haar leven op dit moment moeilijker maakte, en dat vond hij vreselijk.

‘Je maakt er een succes van. Je runt het café geweldig, Jeanie.’

Ze haalde haar schouders op. ‘Vandaag is een ramp.’

‘Vertel me erover. Wat is er gebeurd?’

‘Crystal en ik zouden de eerste helft van de dag in de kraam op het festival staan, totdat ik de wedstrijd zou moeten jureren, dan zou Joe het overnemen. Maar Crystals kind heeft gisteravond overgegeven, dus ze heeft zich ziek gemeld en Joe kan hier pas rond de middag zijn. En ik kan Norman helemaal niet te pakken krijgen, echt heel raar.’ Ze zuchtte opnieuw, maar ze huilde tenminste niet meer. ‘Volgens mij haten ze me.’

‘Niemand kan jou haten.’

Ze trok plagerig een wenkbrauw op, met een geamuseerde glimlach om haar lippen. ‘Ik weet zeker dat dat niet waar is.’

‘Ik zal je zo helpen bij het opzetten van je kraam.’

‘Echt waar?’

‘Zeker. Als ik maar wel gratis koffie krijg.’

Ze lachte. ‘Dat moeten we nog maar even zien.’

‘Zodra dit festival voorbij is, gaan we eens en voor altijd uitzoeken wat hier allemaal aan de hand is. Oké?’

Ze snoof opnieuw, maar haar glimlach werd steeds breder. ‘Oké, dank je wel.’

Hij had het daarbij kunnen laten, maar hij voelde zich nog steeds rot over hoe hij zich had gedragen. ‘Sorry voor laatst.’

‘Daar hoef je je niet voor te verontschuldigen. Dat was de afspraak. Het was mijn idee zelfs.’

‘Ik ging er niet goed mee om.’ Hij leunde naar haar toe. ‘Ik moet me niet langer door mijn verleden laten achtervolgen. Dat heb ik me voorgenomen.’

Jeanie knikte even en boog zich naar hem toe. Hij nam haar gezicht weer in zijn handen. 'Het gaat echt niet meer om haar. Het is mijn eigen stomme trots die gekwetst is. Ik wil dit niet verpesten, Jeanie.'

'We kunnen het rustig aan doen,' zei ze, en hij opende zijn mond om te protesteren, maar ze vervolgde met een plagerige glimlach: 'Misschien gooi je me dan de volgende keer niet door de kamer.'

Logan lachte. 'Sorry daarvoor.'

'Het is al goed.' Het kwam als een briesje tegen zijn lippen, vlak voordat Jeanie ze met die van haar bedekte. De knoop die al een week in zijn onderbuik zat, werd langzaam ontward bij elke beweging van Jeanies tong tegen de zijne en bij elke knabbel van haar tanden op zijn onderlip.

Logan verloor de tijd uit het oog, verloor alles uit het oog totdat Jeanie zich terugtrok en haar voorhoofd tegen het zijne legde.

'Ze verwachten je op het festival,' zei ze, terwijl haar donkere ogen glinsterden van opwinding.

Ze moesten gaan, maar de volgende keer dat ze alleen waren, zou Logan hun moment samen niet laten verstoren. Op een gegeven moment kon je niet nóg meer onafgemaakte zoensessies aan zonder gek te worden.

Hoofdstuk vierentwintig

Echte New Englanders houden van drie dingen: de Red Sox, donuts en de herfst. Jeanie wist dat natuurlijk. De afgelopen tien jaar had zij dat ook zo ervaren. Maar het herfstfestival van Dream Harbor bracht de liefde voor de herfst naar een heel nieuw niveau.

Het stadsplein en de omliggende straten waren afgesloten voor verkeer om ruimte te maken voor de vele tenten, kraampjes en activiteiten. Er waren pompoenversieringen, gekaramelliseerde appels en ciderdonuts (waar Jeanie geen genoeg van kon krijgen, ook al had ze er al drie op). Annie verkocht taarten en koekjes, en alles was gemaakt met appels, pompoenen of kaneel. In diverse stands werden allerlei soorten hekserijwaren verkocht: kristallen, spreukenboeken en zeer authentiek ogende heksenbezems. Kinderen stonden in de rij om hun gezicht te laten schminken, voor dieren van ballonnen of om op het enorme springkussen op het gazon te springen.

Het was waanzinnig.

Een waanzinnig feest dat naar appeltaart rook.

Jeanie kon het niet laten om van oor tot oor te grijnzen terwijl ze cider en pumpkin-spiced lattes verkocht aan de schijnbaar eindeloze rij klanten. De dag was koud begonnen, met rijp op het gras, maar de late herfstzon had alles tegen de middag aanzienlijk opgewarmd. Jeanie had zelfs haar gigantische sjaal afgedaan en haar vingerloze handschoenen opzijgegooid.

Logan was de hele ochtend niet van haar zijde geweken en af en toe had hij zijn arm langs de hare laten strijken of traag en heimelijk naar haar geglimlacht. Het was niet bepaald een bekendmaking van zijn bedoelingen ten overstaan van de hele stad, maar dat hoefde ook niet. Het feit dat hij er voor haar was, was genoeg. Meer dan genoeg. Het deed allerlei aangename, rare dingen met haar maag, waardoor het de hele ochtend voelde alsof er een gloed van geluk over haar heen hing. Het liefst wilde ze zich oprollen in dat gevoel, zoals Casper deed wanneer hij een lekker plekje in de zon gevonden had.

'Gezellig herfstfestival!' Isabel stapte naar de tafel met een griezelig geloofwaardige baby Yoda tegen haar borst.

'Hallo, Isabel! Hoi, Mateo!'

Mateo alias Yoda kirde vrolijk terug.

'Geniet je van je eerste festival, Jeanie?' vroeg ze, behendig van haar koffie nippend terwijl ze de hete kop buiten Mateo's bereik hield. 'Hoi, Logan.'

'Hoi, Isabel.'

'Zeker. Dit is echt geweldig. En wat zit je haar mooi.' Jeanie gebaarde naar Isabels Prinses Leia-knotjes.

'O, bedankt. Het is een echt thema dit jaar. Ergens lopen ook een Mandalorian en een kleine stormtrooper rond, maar mama heeft koffie nodig om deze dag te overleven. Ik werd vanochtend om vier uur wakker gemaakt door de stormtrooper die volledig gekostumeerd over mijn bed leunde.'

'Ieks,' zei Jeanie met een grijns.

Isabel glimlachte terug en haar blik gleed van Jeanie naar Logan. Jeanie voelde dat haar wangen begonnen te gloeien. Isabel wist het. Op de een of andere manier wist ze, dankzij haar geheime, romantische moederinstinct, precies wat er speelde tussen Jeanie en Logan. Dat was gek, want Jeanie wist zelf niet eens precies wat ze hadden.

Eigenlijk verwachtte ze half en half dat Logan afstand tussen hen zou creëren, dat hij elders kopjes zou gaan opstapelen, of dat hij de volgende klant zou bedienen, maar in plaats daarvan schoof hij dichter naar haar toe. Zijn brede schouder raakte opnieuw de hare, terwijl de rug van zijn hand langs haar vingers streek.

Het voelde als een liefdesverklaring. Isabel glimlachte nog breder.

Het was een liefdesverklaring.

Rustig, zeker en stabiel, net als Logan zelf. Hij verstrengelde zijn vingers met de hare en Jeanies hart klopte wild. Misschien nam hij hun verhouding toch serieus. Misschien stond de nieuwe Jeanie op het punt om de sexy boer te strikken, ook al had hij haar vanmorgen weer als een wrak aangetroffen. Haar hart begon nog sneller te bonzen.

'Nou, ik zie jullie later bij de kostuumwedstrijd,' zei Isabel met een glans van opwinding in haar ogen. Ze gaf de kleine Yoda een klopje op het hoofd. 'Kom op, Yoda, laten we Mando gaan zoeken.'

Jeanie zwaaide hen gedag en Logan trok langzaam zijn hand weg, omdat hij die nodig had om de volgende klant te helpen, maar niet voordat hij naar haar had gekeken met nog zo'n heimelijke glimlach op zijn gezicht.

'Hoelang duurt het voordat iedereen het weet?' vroeg Jeanie zachtjes, terwijl ze ondertussen al weer glimlachte naar de volgende klant.

Ze voelde dat hij zijn schouders ophaalde, zonder zelfs maar naar hem te kijken. 'Niet lang.'

'En vind je dat geen probleem?' Ze overhandigde Greg en Shawn hun hete cider. 'Veel plezier, jongens!'

Greg hief zijn beker triomfantelijk op om een dronk uit te brengen op het herfstfestival en de twee liepen weg, waardoor Jeanie en Logan voorlopig alleen achterbleven.

'Ik vind het prima. En jij?'

Jeanie slikte moeizaam en plotseling kwam het allemaal op haar af. Plotseling realiseerde ze zich dat als iedereen het wist, iedereen haar ook in de gaten zou houden. Wat als het misliep? Wat als ze eigenlijk geen idee had hoe een serieuze relatie werkte? Dat had ze nog nooit eerder gehad. In haar binnenste voelde ze blinde paniek opkomen.

Waarom overkwam haar dit nu allemaal, terwijl deze lieve, lieve man zo zijn best deed om haar gelukkig te maken? Kon ze niet meer helder denken door zijn kussen?!

Verdorie, Jeanie, zei ze streng tegen zichzelf. Herpak je.

Ze toverde een glimlach op haar gezicht. 'Ja. Helemaal prima.'

Logan nam haar nog even in zich op, waarbij zijn blauwe ogen de hare zochten totdat ze haar blik moest afwenden, bang voor wat hij daaruit zou opmaken.

'Oké.'

'Oké, mooi!' zei ze, zo vrolijk mogelijk. 'Joe zou hier binnenkort moeten zijn, en dan kunnen we ons op onze jurytaak richten.'

'Hm-hm.' Hij keek haar opnieuw aarzelend aan, terwijl er een kleine frons op zijn voorhoofd verscheen.

Ze glimlachte nog breder.

Dit was wat ze had gewild, toch? Ze had gewild dat Logan écht voor haar zou kiezen. Maar op de een of andere manier was ze gemakshalve vergeten dat zij haar leven op orde moest zien te krijgen. Ze schudde haar hoofd alsof ze zo van die vervloekte twijfels af kon komen.

Het was prima. Alles was goed. Misschien zou Isabel haar mond houden over die minieme blijk van genegenheid. Misschien zou iedereen zo opgaan in de herfstfestiviteiten dat niemand zich om haar en Logan zou bekommeren.

Misschien hield ze zichzelf voor de gek.

Jeanie stopte nog even bij Annies tent voordat ze moest jureren met Logan. Ze had gewoon wat ruimte nodig. En nog een donut.

'Hé, George. Hé, Hazel.' Annies werknemer stond achter de klaptafel die in een geïmproviseerde toonbank was veranderd. Hij begroette Jeanie met een vriendelijk gebaar, terwijl Hazel Annie hielp nog meer donuts uit de tray te halen. Hoe ze erin geslaagd waren om warme donuts van de bakkerij naar de tent te vervoeren, was een mysterie dat Jeanie nu niet op zou lossen.

'Nog een donut?' vroeg Annie grijnzend.

'Nog eentje dan.'

Hazel nam Jeanie peilend op, terwijl Annie haar nog een gesuikerde lekkernij aanreikte. 'Wat is er aan de hand?' vroeg Hazel, die meteen doorhad dat Jeanie onrustig was. Gaf die bril haar een soort superkracht?

Jeanie keek om zich heen. De meeste mensen waren naar het podium van de kostuumwedstrijd gegaan, dus het was niet druk bij de bakkerstent. 'Nou, het komt door Logan.'

Annie sloeg haar armen over elkaar en de plagerige glimlach verdween van haar gezicht. George mompelde iets over het feit dat hij echt nog wat salie moest kopen om de slechte energie uit zijn appartement te verdrijven en haastte zich de tent uit.

'Natuurlijk komt het door Logan,' zei Hazel, terwijl ze met haar ellebogen op de tafel leunde. 'Wat is er gebeurd?'

'Eh...' Jeanie begon te stamelen onder Annies vorsende blik. 'Wij... Nou ja... Het zou kunnen dat hij net mijn hand in het bijzijn van Isabel vasthield, dus waarschijnlijk zal iedereen dat binnenkort horen, en ik vind hem echt leuk.' Ze slikte moeizaam. 'En hij vindt mij leuk. Daar ben ik vrij zeker van. Maar nu raak ik een beetje in paniek, omdat ik denk dat ik hier niet zo goed in ben.'

'Waarin?' vroeg Hazel. Annies samengeknepen ogen hielpen niet om de spanning in Jeanies buik te verminderen.

'In alles? Het hele leven, denk ik. En in daten in het bijzonder. Jullie hebben me gewaarschuwd, dat weet ik, en ik wil de boel gewoon niet verpesten en ik wil niet dat de stad me gaat haten als ik dat wel doe.'

Ze beet op haar onderlip en wachtte op hun oordeel, woede of steun. Ze wist nog steeds niet welke kant het op zou gaan.

'Niemand zal je haten, Jeanie,' zei Hazel.

Jeanie keek naar Annie, wier mond in een grimmige lijn was veranderd. Niet superovertuigend.

'En bovendien is niemand er echt goed in, het leven,' voegde Hazel eraan toe.

Jeanie zuchtte. 'Vroeger voelde het misschien alsof ik er goed in was. Ik had mijn werk, en ik was er goed in en ik… ik weet niet, ik deed gewoon wat ik moest doen. Maar nu, hier… is het niet zo duidelijk.'

'Het is geen kwestie van moeten, Jeanie,' zei Hazel, waarbij ze haar ernstig aankeek vanachter haar bril.

'Ik weet het. Dat is het probleem, denk ik. Ik voel me een beetje verloren.'

'Kijk,' zei Annie, waarmee ze eindelijk haar stilte verbrak. 'Je kunt niet meer dan je best doen.'

Jeanie knikte langzaam en probeerde dat in zich op te nemen. 'Okéééé…'

Annie snoof. 'Probeer niet langer alles perfect te doen. Jij en Logan zijn allebei volwassen. Als jullie samen willen zijn, dan moet dat gewoon kunnen.'

'Echt waar?'

'Natuurlijk.'

'Je bent niet boos op mij of zo?'

Hazel keek naar Annie, die er nog steeds stijfjes bij zat. 'Je wekt wel een beetje die indruk.'

Annie deed haar armen van elkaar. 'Sorry. Er is gewoon veel gebeurd. En toen je hier voor het eerst kwam, wisten we niet of je zou blijven. Lucy behandelde Logan destijds net alsof hij gewoon een tussenstop was op haar reis om zichzelf beter te leren kennen. Dat wil ik niet nog een keer zien gebeuren.'

'Juist.' Jeanie slikte moeizaam, denkend aan de stapel vastgoedpapieren die momenteel op haar tafel lag, en aan het feit dat minstens een van haar werknemers een soort stille vendetta tegen haar was begonnen. En dat ze geen idee had hoe ze dat op moest lossen.

'Hoe dan ook.' Annie haalde haar schouders op. 'Je moet ervoor gaan. Met Logan. Of het nu wel of niet goedkomt, de stad kan niet zonder cafeïne, dus dat is een gelukje voor jou: de mensen zullen je vrij snel moeten vergeven.' Eindelijk verscheen er een glimlach op haar gezicht en Jeanie ontspande zich. Een klein beetje.

Misschien hadden ze gelijk. Ze overdacht het hele gebeuren. Al was overdenken haar stijl niet meer. Ze slaakte een diepe zucht. Tijd om te gaan genieten van alle herfstige dingen. Morgen had ze tijd genoeg om erachter te komen wie haar bedrijf saboteerde. Niet vandaag. Niet op de dag van het herfstfestival!

Niet nu er een lieve, sexy man op haar wachtte om grappige halloweenkostuums te beoordelen. De plicht riep.

'Oké, bedankt.' Ze at haar donut op. 'Ik ga de kostuumwedstrijd jureren.'

'Mijn hemel, ik vergat dat je daarin verzeild was geraakt.' Hazel werd bleek.

Annie trok een grimas. 'Nou, veel succes.'

Hoofdstuk vijfentwintig

Jeanie had zeven jaar van haar leven in de soms moordende, intense financiële wereld gewerkt, waar altijd veel op het spel stond, maar niets had haar voorbereid op de kostuumwedstrijd van het Dream Harbor-herfstfestival.

Logan zat naast haar aan de jurytafel met een grimmige doch vastberaden uitdrukking op zijn gezicht.

Ze stootte zijn been aan met het hare. 'Hoort dit niet leuk te zijn?' fluisterde ze. Alhoewel, op dit punt begon zelfs zij daaraan te twijfelen.

'Wie zegt dat?'

Logan had een eerste gevecht tussen twee moeders op het nippertje kunnen voorkomen. Beiden droegen zelf gewone kleding en beweerden dat hun kleine zombie de meest angstaanjagende was. Het borstzakje van zijn flanellen overhemd bungelde er slapjes bij, omdat een van de vrouwen naar hem had geklauwd toen hij haar van het podium verwijderde. Dat kleine incident werd gevolgd door een debat over welke versie van Batman de 'echte' was, en vervolgens was er bijna een rel uitgebroken toen Nancy en Jacob verkleed als hun favoriete cover van een roman het podium betraden. Hun kostuums werden als 'te sexy' beschouwd voor een familie-evenement, wat leidde tot een nogal opgewonden gekwetter over vrijheid van meningsuiting en een toespraak van Nancy over de opvoeding van goed voorgelichte, sekspositieve kinderen.

Het was niet gemakkelijk geweest.

Maar ze hadden zich erdoorheen geslagen. Op het geïmproviseerde podium voor hen stonden de finalisten. Een peuter in de vorm van een bij die ieder moment in haar broek kon plassen; een zeer overtuigende Wednesday Addams, zeer indrukwekkend, aangezien Andy eigenlijk een vijfenveertigjarige zwarte man was; en Jeanies persoonlijke favoriet, Mindy Walsh, de locoburgemeester, die met haar kostuum als twee druppels water op burgemeester Kelly leek, van de afschuwelijke stropdas tot het droomwolkje van piepschuim dat boven haar hoofd zweefde.

Een stel heksen, *Star Wars*-personages, een stuk of wat babypompoenen, een paar schattig verklede honden en de volledige cast van *The Wizard of Oz* stonden aan de zijkant in het gras, zonder de top drie te hebben gehaald. Jeanie voelde de wraakzuchtige blikken in hun richting van een aantal mensen die niet zo goed tegen hun verlies konden. Inmiddels maakte ze zich best zorgen over wat ze van plan waren.

Tammy zat ook naast haar en trad op als derde jurylid. Blijkbaar deed ze dit elk jaar en nam ze haar taak zeer serieus.

'Drie jaar geleden heeft er een bij gewonnen,' fluisterde ze nu, terwijl ze zich naar haar collega-juryleden toe boog.

Logan zuchtte diep.

'Maakt dat iets uit?' vroeg Jeanie.

'Natuurlijk, lieverd!' Tammy leek totaal geschokt te zijn door haar onwetendheid. 'Mensen zouden het niet leuk vinden als er telkens weer een bij wint.' Tammy was import, geboren en getogen in Louisiana. Dat was duidelijk te horen.

'Eh... juist. Ik snap het.'

Tammy keek opnieuw naar het podium, alsof ze misschien een detail zou opmerken waardoor de winnaar plotseling duidelijk zou worden.

'Volgens mij heeft Andy er veel moeite in gestoken,' zei Jeanie.

Tammy lachte spottend. 'Het gaat niet om inspanning. Het gaat om het beste kostuum. Objectief beoordelen.'

Objectief beoordelen. Natuurlijk.

Jeanie had kunnen zweren dat Logan naast haar begon te kreunen. Het leek alsof hij steeds verder wegzakte in zijn stoel, alsof het meubel hem levend opslokte.

'Dan is het dus duidelijk wie de winnaar is.' Jeanie aarzelde, in de hoop dat Tammy het antwoord voor haar zou invullen. En Tammy was meer dan bereid om te helpen.

'Mindy als burgemeester Kelly. Dat kan niet anders.'

Jeanie grijnsde. 'Precies, dat kan niet anders. Mee eens.'

'Logan, wil jij nog iets inbrengen?' Tammy leunde naar voren om langs Jeanie te kijken.

Hij schudde zo hard zijn hoofd dat Jeanie bang was dat het van zijn lichaam zou vallen en weg zou rollen. 'Nee. Je hebt het weer goed gedaan, Tammy. Mindy is de winnaar.'

Tammy glimlachte. 'Geweldig. Ik zal de resultaten aan Pete doorgeven.'

'Ik hoop dat ze opschiet,' fluisterde Jeanie tegen Logan. 'Volgens mij houdt het bijtje het niet langer.'

Logan keek naar het podium, waar de kleine bij nu haar benen over elkaar had geslagen, en toen naar de plek waar Tammy en Pete de resultaten bespraken. Pete leek zijn hoofd te schudden alsof hij het niet eens was met de uitslag. Tammy keek achterom naar de jurytafel en gebaarde naar Jeanie en Logan.

'O nee, moeten we nog een keer beraadslagen? Is er soms een regel dat je je niet mag verkleden als een bestaand persoon?' vroeg Jeanie. Ze kon geen kostuum meer zien.

'Welnee,' gromde Logan. Hij stond op van zijn stoel aan de jurytafel en maakte een toeter met zijn handen. 'Mindy is de winnaar, de kleine bij eindigt als tweede, Andy is derde geworden. Jullie mogen van het podium af en kunnen je bon voor een gratis donut ophalen bij Pete.'

Ontsteld gekreun vermengde zich met opgewonden gejuich en als Jeanie zich niet vergiste, klonk er achter in de menigte nogal luid gejoel. Mindy hief haar vuist op in een stil overwinningsgebaar en het bijtje rende naar de toiletten.

'Goh, je maakte geen grapje,' zei Jeanie met een zucht. 'Dat was intens.' Ze zweette ervan.

Logan glimlachte treurig naar haar. 'Ik had je gewaarschuwd dat het er soms heftig aan toe kan gaan in dit stadje.'

Jeanie verstrengelde haar vingers met de zijne en Logans glimlach werd nog breder. 'Ik vind het wel leuk.'

'Hoe denk jij over spookhuizen?' vroeg hij, terwijl zijn ogen ondeugend begonnen te glinsteren. De zon zakte al achter de bomen. Een aangename rilling trok over Jeanies rug.

'Niets lijkt me enger dan zij daar.' Jeanie gebaarde onheilspellend naar de plek waar een aantal verliezers van de wedstrijd zich hadden verzameld. Het zou haar niet verbazen als ze hooivorken in de aanslag hadden.

Logan lachte. 'Laten we gaan.' Hij trok haar mee en hield haar dicht tegen zich aan terwijl ze over het terrein liepen.

Logan hield haar zelfs stevig vast toen ze zich langs Kaori en haar familie haastten; de voorzitter van de leesclub had alleen tijd om verbaasd haar wenkbrauwen op te trekken.

Jeanie grijnsde naar haar. Hij hield haar vast terwijl ze stopten om Noah gedag te zeggen, zelfs toen de grijns van de visser breder werd en hij naar Jeanie knipoogde. Logan hield haar hand vast toen ze langs de bakkerskraam liepen en zwaaide naar Annie en Hazel.

Hij drukte zelfs een kus op haar wang terwijl ze in de rij stonden te wachten tot Linda en Nancy hen binnenlieten in de tot spookhuis omgebouwde brandweerkazerne.

Met elk klein gebaar en elke blije blik van de mensen om hen heen namen de zenuwen, de twijfels en de zorgen van Jeanie af. Dit was nu haar thuis, dit waren haar vrienden, haar klanten.

Dit was haar Logan. Ze genoot ervan.

Ze wilde hem bij zich houden, dit gevoel bij zich houden, zo lang mogelijk genieten van het perfecte hier en nu.

'Hoe bang moet ik zijn?' vroeg ze, terwijl ze door de met spinnenwebben bedekte ingang liepen.

Logan gaf haar een kneepje in haar hand. 'Nou, de plaatselijke scouts zetten dit ieder jaar op. Ze hebben de neiging om behoorlijk uit te pakken...'

Logan had nauwelijks zijn zin afgemaakt toen er een enge clown uit het donker tevoorschijn kwam. Jeanie gilde en begroef haar gezicht in Logans mouw. De clown kakelde maniakaal en keerde terug naar zijn positie om de volgende bezoekers de stuipen op het lijf te jagen.

'Gaat het?' vroeg Logan met duidelijke geamuseerdheid in zijn stem.

'Ja, prima. Het gaat uitstekend,' zei ze met bonzend hart terwijl ze haar gezicht nog steeds tegen hem aan gedrukt hield. Hij grinnikte zachtjes en leidde haar de volgende hoek om. In de hoek stond een nogal ondermaatse heks in een dampende ketel te roeren, maar ze herkende Logan en grijnsde breed naar hem voordat ze zich herinnerde dat ze haar rol op zich moest nemen en weer fronste.

Jeanie onderdrukte een lach.

Logan trok haar mee, met een glimlach op zijn eigen gezicht die zelfs in het donker goed te zien was.

Ze baanden zich een weg door het doolhofachtige huis, terwijl Jeanie zich aan Logans hand vastklampte. Als ze eerlijk was, had ze na de eerste schrik van de clown niets meer te verduren gehad, maar elk excuus om zo dicht bij Logan te zijn was welkom. Ze mochten het dan niet meer geheimhouden, maar het was leuk om een paar minuten verlost te zijn van de nieuwsgierige blikken van de stad. Vooral toen Logan haar naar een hoekje trok en zijn mond de hare vond in het donker.

'Hé,' fluisterde ze tegen zijn lippen.

'Hé.' Zijn stem klonk omfloerst. 'Geniet je van het festival?' vroeg hij, terwijl hij op haar onderlip beet.

'Heel erg.' Zijn handen gingen over haar heupen. Hij kneep in haar achterste en trok haar naar zich toe. 'Nu nog meer.' Ze klonk buiten adem, alsof ze door het spookhuis waren gerend.

Logan kreunde en bracht zijn lippen naar haar hals. Ze hapte naar adem terwijl hij met zijn tanden over de gevoelige huid streek.

'Hé! Wie is daar? Ik zei net toch al...'

Een fel licht scheen in Jeanies ogen, en ze verstijfden. Logans handen lagen nog steeds op haar billen en Jeanies been hing al over zijn heup.

'Logan?'

Hij kreunde en trok zich terug, en Jeanie wist dat als het licht fel genoeg was geweest, ze de blos op zijn wangen had zien verschijnen. Maar dit keer duwde hij haar niet weg. Hij pakte gewoon haar hand en keek recht naar het licht en Linda.

Linda lachte verrukt. 'Ik dacht dat het weer die vervloekte tieners waren! Ik heb hier al drie verschillende stelletjes betrapt die liepen te flikflooien. Ik denk dat we het volgend jaar enger moeten maken.' Ze draaide zich lachend om en liep terug door het doolhof.

Logan streek met een hand over zijn gezicht. 'Sorry. Ik had niet moeten...'

'Laten we naar mijn huis gaan.'

'Dit is duidelijk niet de juiste tijd of plaats, ik... Wát zei je?'

'Laten we gaan. Dan worden we dit keer niet gestoord,' zei ze.

Logans ogen werden even groot voordat hij zijn mond naar haar oor bracht. 'Worden we dit keer niet gestoord?' Zijn adem voelde warm tegen haar huid en Jeanie leunde dichter tegen hem aan.

'Nee. Alleen jij en ik.'

Ze voelde de trilling van zijn diepe gekreun.

'Ik bedoel, tenzij je in plaats daarvan naar het kampvuur wilde gaan...'

'Absoluut niet.' Hij pakte haar hand en ze renden door de rest van het spookhuis, een moordenaar met een bijl en een ruiter zonder hoofd in complete verwarring achterlatend.

Hoofdstuk zesentwintig

Hij had Jeanie tegen de muur gedrukt zodra ze haar appartement binnen waren gestapt, met zijn mond op de hare, alsof hij haar wilde verslinden, want als hij bij Jeanie was, dacht hij aan niets anders. Vandaag was bijna te perfect. De dag was te mooi om waar te zijn, precies wat hij wilde, en daardoor te perfect. Het joeg hem doodsangst aan.

Maar hij wilde het. Hij wilde haar.

Hij wilde haar voor altijd.

Zacht gekreun en gezucht ontsnapte aan haar lippen toen hij haar kuste en hij wilde alles, haar geluidjes, haar heerlijke lichaam tegen het zijne. Alles. Alles wat van haar was.

Alles wat hij had geprobeerd tegen te houden, te ontkennen, alles waarvan hij had gedaan alsof het niet gebeurde, verdween bij elke beweging van haar heupen, bij het gevoel van haar tanden in zijn hals, haar handen in zijn haar.

Het was idioot geweest om te doen alsof hij haar niet wilde, alsof hij niet wilde dat iedereen in deze vervloekte stad wist dat zij van hem was.

Shit. Hij kreunde en leunde met zijn voorhoofd tegen het hare.

Hij wilde dat Jeanie de zijne zou zijn.

Ze glimlachte naar hem.

'Hé,' fluisterde ze, al buiten adem, met heerlijk roze wangen.

'Hé.' Zijn stem klonk ruw en zijn handen gleden nog steeds over haar rondingen. Het leek wel of hij niet kon ophouden deze vrouw te verslinden, elke keer dat hij de kans kreeg.

'De slaapkamer is verderop in de gang.'

'O, sorry.' Hij deed een stap achteruit en zorgde ervoor dat ze niet langer met haar rug tegen de muur gedrukt stond. Rustig aan, Logan, zei hij tegen zichzelf.

Ze pakte hem bij de hand en begon hem door de kleine gang bij de woonkamer te leiden waarvan hij nu pas besefte dat ze daar waren aanbeland. Hij maande haar tot stilstand en ze keek weer naar hem.

'Dit hoeft niet,' flapte hij eruit. Ze fronste. 'Ik bedoel... Ik wil gewoon niet dat je denkt dat we...'

'Logan,' zei ze, en haar glimlach werd warm, intiem. 'Ik wil het.'

'Oké.'

'Oké.' Ze trok hem mee naar een kamer aan het einde van de gang en knipte toen een bedlampje aan dat de kamer een gezellige gloed gaf. 'Het is een beetje rommelig.' Ze haalde haar schouders op. 'Daar ben ik nog mee bezig.'

Logan dwong zichzelf de angstgevoelens te negeren die hij voelde bij het zien van de ingepakte dozen in Jeanies kamer. Een spiegel stond tegen een muur, maar was nog niet opgehangen. De lamp bij haar bed stond op een grote kartonnen doos. Het bed was bedekt met allerlei verschillende kussens en dekens. De ramen hadden zonwering, maar geen gordijnen. Aan de muren hingen geen posters of schilderijen.

Ze was hier maar tijdelijk. Ze had nog geen rust gevonden.

Deze kamer schreeuwde uit dat het maar voor even was.

Logan haalde een hand door zijn haar en duwde de paniek die in zijn keel opwelde weg. Had hij het wéér verkeerd begrepen? Had hij onterecht gedacht dat Jeanie wilde blijven? Had hij alleen maar wíllen zien dat ze hier thuishoorde?

Ze draaide zich om en zag hem bevroren in de deuropening

staan. Haar gezicht betrok. 'Oei, vind je het te rommelig? Ik had eerst moeten opruimen.' Ze schopte een trui onder het bed en Logan probeerde niet te huiveren.

Hij vond het fijn als alles netjes was, maar dat was niet de reden dat zijn hart nu als een bezetene klopte.

Hij schraapte zijn keel.

'Nee, nee. Sorry, dat is het niet.'

Ze wachtte en keek naar hem. Maar hij kon het niet opbrengen het te zeggen. Hij kon zichzelf er niet toe brengen toe te geven dat hij bang was dat ze zou vertrekken. Dat ze hem, zijn leven en zijn stad te bekrompen zou vinden, net als Lucy.

Lucy zou hem niet langer in haar macht hebben.

Niet nu deze schattige, bijna perfecte, rommelige, grappige vrouw voor hem stond, met haar roze wangen en haar lippen die nog steeds rood waren van het kussen. Hij liep de kamer door en nam Jeanies gezicht in zijn handen.

'Ik probeer gewoon rustig aan te doen. Dat is alles.'

Er verscheen een opgeluchte glimlach op haar gezicht. 'O, gelukkig. Ik heb mijn best gedaan netter te zijn, maar het werkt nooit lang.'

Logan haalde zijn schouders op. 'Ik vind het wel leuk dat je zo'n rommelkont bent.'

Ze zweeg even, haar donkere ogen ontmoetten de zijne en haar glimlach was nu nog breder. Breder en op de een of andere manier authentieker. Gelukkiger. Ze sprong in zijn armen en hij ving haar op met een norse lach.

'Dank je wel.'

'Waar bedank je me voor, Jeanie?'

Ze haalde haar schouders op en begroef haar gezicht in zijn hals, waardoor haar lippen warm op de huid boven zijn kraag belandden. 'Bedankt dat je dat zegt, dat je hier bent.'

Hij gaf haar een kneepje. 'Ik zou nergens anders willen zijn.'

Ze maakte een spinnend geluidje tegen hem aan, en hij onderdrukte de wens dat ze het terug zou zeggen, dat ze hem zou verzekeren dat ze ook nergens liever zou zijn dan hier. Ze was nu bij hem, in zijn armen, en hij zou een idioot zijn als hij deze kans niet zou grijpen om bij haar te zijn.

Hij duwde haar achteruit richting het bed en liet haar op de matras zakken. Toen hij haar daar zag met haar grote bruine ogen en haar roze wangen, terwijl haar tanden druk uitoefenden op haar onderlip, verloor hij alle controle die hij nog had.

De wens om rustig aan te doen verdween als sneeuw voor de zon, samen met het bange gevoel dat ze dit niet zouden moeten doen.

Jeanie knielde al op het bed, knoopte zijn overhemd los, liet haar handen eronder glijden en liet het van zijn schouders vallen.

'Dit ook,' zei ze, terwijl ze zijn hemd optilde en met haar handen vol fascinatie over zijn buikspieren streek. Hij trok het shirt over zijn hoofd en zij kuste zijn buik, waardoor hij een kreet slaakte.

Ze grijnsde naar hem. 'Dat zijn nog eens stevige buikspieren,' zei ze. 'Ik wist eerlijk gezegd niet dat echte mensen die konden hebben.'

Hij lachte opnieuw verrast en voelde zijn gezicht warm worden onder haar taxerende blik. Zou hij ooit kunnen voorspellen wat ze zou gaan zeggen?

Ze trok een spoor van kusjes van zijn buik over zijn borst naar zijn hals, terwijl haar vingers hun eigen pad volgden. Logan balde zijn vuisten langs zijn lichaam; hij wilde haar vastgrijpen, maar niet tegenhouden. Haar lichte, zachte aanrakingen voelden als een marteling.

Tegen de tijd dat ze zijn haar vastgreep met haar handen, hem dichter naar zich toe trok, haar mond op de zijne lag en haar tong langs zijn lippen streek, had Logan alle besef van tijd en plaats verloren.

Hij kon alleen nog aan Jeanie denken. Aan Jeanies lippen op de zijne.

Haar smaak van suiker en kaneel.

Haar zachte lichaam tegen het zijne.

Die kleding moest uit. Hij wilde niets meer tussen hen in hebben. Hij wilde niet nog een frustrerende zoensessie. Hij wilde hier niet meer bang voor zijn.

Hij wilde haar huid voelen, warm en bloot tegen de zijne.

Hij streek met zijn vingers onder de zoom van Jeanies trui en streelde de huid boven haar spijkerbroek. Haar buik voelde warm en zacht. Hij streek met zijn hand over haar rug en volgde de lijn van haar ruggengraat.

Ze huiverde toen hij haar ribben volgde en zijn duimen langs de aanzet van haar borsten liet glijden. Ze verbrak hun kus om de trui over haar hoofd te trekken en toen lag haar mond op de zijne, heet, vochtig en veeleisend.

Toen ze haar lichaam tegen de zijne drukte, voelde het alsof er een vuur in hem ontvlamde.

Verdorie, hoe kon het dat ze zo perfect was? Dat ze alles was wat hij wilde?

Bezitterig greep hij haar vast, hij wilde haar dichter bij zich hebben, hij wilde haar helemaal. Hij vond de sluiting van haar beha, maakte die los en wierp hem opzij. Hij nam haar borst in één hand en streek met zijn duim over de zijkant. Jeanie uitte een kreetje dat tussen een zucht en gejammer in zat, waardoor hij zichzelf bijna liet gaan. Hij boog zijn hoofd en nam haar tepel in zijn mond. Jeanie duwde zich tegen hem aan terwijl zijn tong rondjes draaide. Ze snakte naar adem en zijn naam was een gebroken fluistering op haar lippen.

Meer. Hij wilde meer.

Hij zoog en likte totdat Jeanie trilde en toen liet hij haar lang genoeg met rust om haar weer op bed te leggen en de spijkerbroek van haar lichaam te trekken. Nog meer huid. Nog meer Jeanie.

Bij elk kledingstuk dat hij verwijderde, voelde hij dat hij heviger, jachtiger en onomkeerbaarder verliefd werd op deze vrouw.

Verliefd.

Verdorie. Het gebeurde weer, maar hij kon nu niet meer stoppen, dat wilde hij niet. Niet nu. Niet nu Jeanie voor hem lag. Haar huid zag er goudkleurig uit door het zachte licht van de lamp en haar donkere haar lag uitgespreid op het kussen.

Ze keek hem aan met donkere, verlangende ogen, maar iets hield hem tegen.

Ze moesten eerst iets anders doen, toch? Met elkaar praten. Een gesprek voeren over wat hij van haar verwachtte, over wat zij van hem verwachtte.

Hadden ze dit niet helemaal verkeerd aangepakt?

Maar wat verwachtte hij dat ze zou zeggen? Dat zij ook van hem hield? Nu al? Na zo'n korte tijd? Ze had nog niet eens al haar kleren uitgepakt. Hoe zou ze ooit hebben kunnen bepalen dat ze van hem hield?

'Logan?' Hij knipperde met zijn ogen.

Er verscheen een rimpel tussen Jeanies wenkbrauwen en ze trok een deken over zich heen. Logan hield haar tegen met een hand op de hare.

'Niet doen. Ik wil je zien.' Zijn stem was laag en ruw. Hij herkende zichzelf niet.

Jeanie liet haar hand zakken terwijl ze zijn blik vasthield. Hij nam haar op, heel haar lichaam. Ze zou van hem zijn zolang dat maar mogelijk was. Hij was een dwaas als hij dacht dat hij nu nog terug kon.

'Logan.' Jeanies stem klonk als een zacht gejammer, waardoor Logans twijfels volledig weggevaagd werden.

Hij bedekte haar lichaam met het zijne en nam wat hij wilde.

Wat Logan ook had willen zeggen toen hij over haar heen knielde, hij slikte het in. Jeanie had maar een paar seconden om erover na te denken voordat zijn mond overal was. Ze voelde zijn lippen, warm, stevig en dwingend op haar lichaam, het grove haar van zijn baard kietelde de huid van haar borst, haar buik, haar dijen.

Ze probeerde niet te denken aan de blik die ze vanavond steeds op zijn gezicht had gezien. De blik die precies verwoordde wat hij voor haar voelde. Alsof hij haar nooit meer los wilde laten. Alsof dit misschien meer was dan simpele aantrekkingskracht. Alsof hij meer wilde dan alleen een behulpzame buur zijn.

Logan bracht zijn hoofd tussen haar dijen en Jeanies gedachten dwarrelden uiteen als herfstbladeren, ze lieten zich niet vangen nu Logan haar daar kuste.

Op haar meest intieme plekje werd haar genot opgebouwd, totdat ze de lakens in haar vuisten had geklemd en ze niet kon voorkomen dat er een lage, scherpe kreun aan haar lippen ontsnapte. Logan bewerkte haar met de aanhoudende vastberadenheid van een man die gewend is zijn werk grondig te doen. Zijn tong was snel, sterk en gewoonweg perfect. Zo perfect dat Jeanie wel kon huilen.

Ze begon echt bijna te huilen toen hij een vinger naar binnen bracht en zijn gekreun haar gevoelige vlees deed trillen. Hij voegde nog een vinger toe en kromde ze, waardoor hij een plekje in haar wist te raken dat ze altijd als een mythe had beschouwd. Het genot ging zo diep dat het pijn deed, maar hij stopte niet. Logan was standvastig en betrouwbaar, dus ging hij door totdat de druk te hoog werd, totdat haar rug zich kromde boven het bed en haar voeten in de matras groeven. Totdat ze uitgeput neerzeeg onder zijn tong en zijn handen. Totdat ze zich echt niet meer kon herinneren waarom ze niet samen met deze man zou moeten zijn.

Daar was helemaal geen reden voor.

Hij was goed en lief, en die buikspieren, mijn hemel, die buikspieren.

Waarom liet ze zichzelf niet toe hiervan te genieten?

Hij grijnsde een beetje schaapachtig naar haar. ‘Was het goed?’

Jeanie lachte ongelovig. ‘Echt heel goed.’

Hij nam een andere positie in tussen haar benen en trok zijn broek uit. Hij bewoog zich langs haar lichaam omhoog en liet zijn lengte tegen haar aan glijden. Hij bedolf haar sleutelbeen onder de kusjes, volgde haar schouder en begroef zijn gezicht in haar haar.

'Je bent zo mooi,' fluisterde hij, en ze geloofde hem echt, door de manier waarop hij in haar dij kneep en met zijn heupen tegen haar aan wiegde alsof het niet tegen te houden was.

Ze wilde meer van hem. Ze wilde hem eigenlijk helemaal.

Woorden borrelden op in haar keel en probeerden zich een weg naar buiten te banen. Woorden over hoe ze over hem dacht. Woorden die veel te krachtig, veel te vroeg en veel te intens waren voor hoe ze over hem zou moeten denken.

En Jeanie wilde hem niet afschrikken.

Ze wilde niet te intens overkomen. Als de vrouw die te veel wilde. Ze wilde er niet over nadenken of overdrijven.

Ze wilde gewoon hier bij Logan zijn op dit ene perfecte moment op deze ene perfecte dag. De woorden die uit haar mond kwamen waren dus niet groots, emotioneel en van belang.

In plaats daarvan waren ze praktisch. 'Er liggen condooms in de badkamer.'

Logan zweeg. 'Juist.' Hij richtte zich op en liep naar de badkamer waarvan Jeanie wist dat die ook een puinhoop was, maar misschien deed het er niet toe. Misschien kon hij zelfs over het hoofd zien dat ze te intens was en overal een rommel van maakte. Misschien had hij niet gelogen toen hij zei dat hij het leuk vond dat ze een rommelkont was.

Nu in ieder geval.

'In het medicijnkastje,' riep ze, en een seconde later kwam hij terug met het pakje in de hand. Hij verspilde geen tijd en schoof weer bij haar in bed.

'Weet je het zeker?' vroeg hij, terwijl ze haar benen om hem heen sloeg en haar hele lichaam om het zijne riep.

'Ja.' Het woord had haar lippen nauwelijks verlaten of hij was in haar en vulde haar. Hij hield haar in zijn armen, en het beheerste hen volledig. Het was alles. Jeanie wist niet hoe ze zo snel op dit punt terecht waren gekomen, of waar het met hen naartoe moest.

Maar vannacht zou ze zich door Logan laten vasthouden.

Hij hield even stil, met zijn voorhoofd tegen het hare gedrukt om haar te laten wennen. Of om hemzelf te laten wennen, gezien de blik op zijn gezicht en zijn verwijde pupillen.

'Jeanie.' Hij klonk net zo onder de indruk als zij zich voelde. 'Ik...'

Ze kuste hem. Bang voor wat hij zou gaan zeggen. Voor wat zij terug zou kunnen zeggen.

Dit alles tussen hen was niet wat ze had verwacht. Maar het was zó goed, ze was niet bereid om de boel door woorden te laten verpesten. Dus hield ze hem stevig vast, met haar benen om zijn rug geslagen, en verdiepte de kus.

Zijn zelfbeheersing brak.

Hij bewoog zich, bracht zijn heupen steeds weer naar voren, totdat Jeanie alleen nog maar kon kreunen. Het genot bouwde zich weer op, een diep verlangen vanbinnen, en Logan veranderde de positie van zijn heupen. Hij keek haar onafgebroken aan en peilde haar reacties.

'Dat is fijn,' zei ze hijgend en zijn mond vertrok tot een sexy glimlach terwijl hij dezelfde beweging nog eens maakte. Ze voelde het tot in de toppen van haar tenen.

'Raak jezelf aan, Jeanie,' zei hij, terwijl hij nog steeds met lange, langzame bewegingen tegen haar aan bewoog. Hij boog zijn hoofd en fluisterde de volgende woorden in haar oor, bijna alsof hij veel te verlegen was om ze hardop te zeggen, ondanks alles wat ze deden. 'Kom voor me.'

Hoe kon deze man tegelijkertijd zo ongelooflijk sexy en zo lief zijn? Jeanie was niet van plan dat te vragen. Logan verplaatste zijn heupen weer, waardoor ze meer ruimte kreeg, en ze stak haar hand tussen haar benen.

Logan keek haar met een hongerige blik aan. Zijn handen grepen haar dijen vast, terwijl hij haar precies in de juiste hoek hield. Haar vingers bewogen sneller en bewogen mee met Logans stoten. Het duurde niet lang. Haar orgasme kwam zo hevig en plotseling, en was zo onverwacht goed, net als de rest van wat ze dan ook samen hadden. Jeanie riep Logans naam uit terwijl hij huiverde en kreunde boven haar en haar meteen volgde in dit verrassende genot.

Hij rolde voorzichtig van haar af en ging naast haar liggen. 'Dat was...' bracht ze hijgend uit, met haar voorhoofd tegen zijn schouder.

'Ja,' zei hij haperend, nog steeds buiten adem. 'Fuck, Jeanie.'

Ze giechelde, terwijl het hoogtepunt werd gevolgd door een golf van geluk. Logan plantte een kus op haar hoofd en stond toen op om het condoom af te doen. Toen hij terugkwam, nam hij haar weer in zijn armen. Niets had ooit beter gevoeld.

Hoofdstuk zevenentwintig

Logan werd wakker door het geluid van een stromende douche en de zonnestralen die door Jeanies jaloezieën kwamen. Hij kreunde en rekte zich uit en liet haar geur en alles wat ze de afgelopen nacht hadden gedaan over zich heen spoelen.

Het was...

Het was... perfect geweest. Ondanks de onuitgepakte dozen en de onuitgesproken woorden. Vandaag zou hij daar verandering in brengen.

Hij gooide de wirwar van dekens van zich af terwijl hij zocht naar zijn boxershort, en zag toen zijn overhemd over een stoel liggen. Zijn bloed begon sneller te stromen toen hij terugdacht aan hoe Jeanie het van hem af had gerukt. Misschien moest hij bij haar onder de douche gaan staan.

Het idee van een ingezeepte Jeanie was heel verleidelijk, maar ze hadden eerst wat dingen te bespreken. Dingen die hij haar gisteravond had moeten vertellen, maar waar hij het lef niet voor had gehad. Vandaag zou hij haar vertellen dat hij haar wilde. Dat hij halsoverkop verliefd op haar was geworden en dat het dwaas was geweest om te proberen dat te ontkennen, en dat hij een nog grotere dwaas was geweest om het te proberen te verbergen. En dat als ze zou willen dat hij het op het drukste moment van de ochtend door het café zou roepen, hij dat zo zou doen.

Maar eerst moest hij een kop koffie hebben.

Hij liep naar de keuken en zette het koffiezetapparaat aan. In de kast stonden mokken, netjes naast de suiker en de honing. In feite was het grootste deel van de keuken netjes en waren er geen gedeeltelijk ingepakte dozen te zien. Jeanie nam gewoon de tijd om dit appartement tot haar thuis te maken. Dat kon hij haar niet kwalijk nemen.

De kleine keuken leidde naar de woonkamer, waar een tafel en twee stoelen stonden. Jeanie gebruikte die tafel blijkbaar ook als bureau, want hij lag vol met papieren. Logan ruimde er een gedeelte van op en legde ze op een stapel.

Een visitekaartje glipte weg en zweefde langzaam naar de grond.

Het gezicht van Barb Sanders, de makelaar die hem ooit had proberen te overtuigen de boerderij van zijn grootouders te verkopen, staarde hem vanaf de vloer aan. Toen hij terugstaarde leek haar te brede glimlach de spot met hem te drijven.

Casper slenterde naar hem toe en ging met zijn donzige lichaam boven op het kaartje zitten, alsof hij Logan de dreigende paniekaanval wilde besparen. Of om de sporen van zijn baasje uit te wissen. Logan rukte zijn blik los van de kat en het kaartje en richtte zijn aandacht weer op de stapel papieren. Het was niet zijn bedoeling geweest om ernaar te kijken. Het was niet zijn bedoeling geweest om te gaan rondsnuffelen.

Maar hij had het kaartje gezien.

En nu zag hij de lijst met onroerend goed. De bedragen voor andere bedrijfspanden in de omgeving. Hij zag welke cijfers Jeanie had omcirkeld. Hij zag haar kleine enthousiaste uitroeptekens in de kantlijn.

Hij zag het astronomische bedrag waarvoor Jeanie dit pand kon verkopen. Met dat geld zou ze heel veel kunnen doen. Ze zou compleet opnieuw kunnen beginnen. Ze zou haar eigen dromen kunnen najagen in plaats van die van haar tante.

Ze zou weg kunnen gaan en nooit meer achterom hoeven kijken.

Zijn blik dwaalde door de woonkamer en plotseling zag hij details die hij gisteravond over het hoofd had gezien. De keuken mocht dan netjes zijn, maar de woonkamer was net zo ongeorganiseerd als de slaapkamer. Een grote doos met het opschrift FOTO's stond dreigend naast de bank.

Jeanie was niet van plan te blijven. En hij was er opnieuw in getrapt.

Hij was voor haar gevallen.

Zijn hart sloeg een slag over en begon vervolgens hevig te bonzen toen het tot hem doordrong. Hij was niets meer dan een tussenstop op haar reis geweest. Terwijl hij gisteren met haar gepronkt had op het festival. Iedereen in de stad had ze samen gezien.

Hij had iedereen opnieuw een reden gegeven om naar hem te kijken met die 'arme Logan'-blik.

Shit.

Hij moest hier weg.

Hij stond op het punt terug te gaan naar de slaapkamer om de rest van zijn kleren te pakken toen de douche uit werd gezet. Hij bleef verstijfd naast de tafel en de belastende stapel papieren staan. Misschien kon hij hier wegvluchten in zijn ondergoed. Dat zou zelfs zijn mislukte aanzoek overtreffen.

Nee, hij kon niet vluchten. Hij moest het onder ogen zien. En dan wegwezen hier.

Hij wachtte en hoorde hoe Jeanie door haar slaapkamer liep. Ze neuriede een deuntje in zichzelf en Logan wilde huilen. Of schreeuwen. Of iets vernielen. Hij wist niet zeker welke optie het beste was. Misschien wilde hij het wel alle drie tegelijk doen.

Jeanie kwam de slaapkamer uit, gekleed in niets anders dan zijn afgedankte flanellen overhemd van de avond ervoor. De aanblik deed hem bijna instorten.

Waarom deed ze hem dit aan?

'Goedemorgen,' zei ze vrolijk, met blozende wangen van het douchen. Vochtige haarlokken krulden rond haar oren. Logans vingers wilden haar zo graag aanraken dat ze trilden. 'Bedankt voor het zetten van de koffie.' Ze glimlachte en Logans hart maakte een sprongetje, alsof het wilde ontsnappen en in plaats daarvan bij haar wilde gaan wonen.

'Ja, eh... ik moet gaan.' Hij kon haar niet aankijken. Niet nu. Niet meer. Niet sinds hij wist dat hij alles zo verkeerd begrepen had.

'O. Is dat zo?' De teleurstelling klonk duidelijk door in haar stem, maar ze zette zich eroverheen. 'Dan moet ik je waarschijnlijk je overhemd teruggeven.'

'Hou het maar.' Zijn stem klonk nors, grof en scherp, maar hij kon er niets aan doen. Hij kon dat overhemd echt niet meer dragen. Niet nu het naar Jeanie onder de douche rook.

'Logan, is er iets aan de hand?'

Hij zuchtte en streek met een hand over zijn gezicht. 'Nee, er is niets aan de hand. Ik moet gewoon naar huis.'

'Oké.' Ze liep naar hem toe. Hij voelde haar warmte, die hem bijna van zijn sokken blies. 'Het lijkt alsof je ergens boos over bent.' Ze keek naar de tafel en bleef naar de papieren staren totdat hij op haar gezicht zag dat ze het begreep.

'Ik wist niet dat je van plan was te verkopen,' zei hij. 'Het verraste me, dat is alles.'

'Ik ben niet van plan te verkopen.'

Logan schudde zijn hoofd. 'Volgens mij wel, Jeanie. Het zou best kunnen dat je dat wilt.'

'Dat is niet zo.' Haar mondhoeken gingen naar beneden en Logan vond het vreselijk om dat te zien. Hij wilde de verdrietige trek zo van haar gezicht kussen, maar dat soort gedachten hadden hem alleen maar in de problemen gebracht.

'Misschien zou je dat beter kunnen doen.'

'Wat? Waarom zou je dat zeggen?' Haar blik zocht haastig de zijne, de pijn gloeide in haar ogen.

Hij haalde zijn schouders op en veinsde een nonchalance die hij niet voelde, absoluut niet. Zijn lichaam gonsde van pijn en woede omdat hij wéér voor de verkeerde vrouw was gevallen. Zijn hart had hem weer dezelfde fout laten maken.

'Kijk maar om je heen.' Hij gebaarde naar de woonkamer en Jeanies blik dwaalde over de dozen en lege muren. 'Je hebt het nog niet helemaal tot je thuis gemaakt.'

'Ik... ik heb het gewoon druk gehad.'

Misschien. Of misschien wilde ze hier helemaal niet wonen. 'We kennen elkaar nog niet zo goed...' Daar schrok ze van terug, en hij wist dat die woorden hem tot een klootzak maakten, gezien alles wat ze gisteravond hadden gedaan, maar als hij haar niet wegduwde, zou hij haar in zijn armen nemen en er helemaal kapot van zijn als ze wegging. 'Maar het lijkt erop dat je weggevlucht bent voor je oude leven. Je baas ging dood en de angst sloeg je om het hart. Maar misschien is dit niet echt de plaats waar je wilt zijn.'

Haar handen lagen nu op haar heupen en haar ogen waren tot spleetjes geknepen. Zijn flanellen overhemd ging omhoog, waardoor hij een glimp opving van haar dijen. Hij wendde zijn blik af. Hij wenste plotseling dat ze allebei een broek droegen, nu ze dit gesprek voerden.

'Voor iemand die mij niet kent, weet je wel erg goed wat ik wil.'

'Volgens mij moeten we rustig aan doen,' zei hij, in navolging van de woorden die Jeanie een week geleden tegen hem had gezegd. Hij had moeten luisteren.

Hij wilde de tranen in haar ogen niet zien. Hij keek er gewoon niet naar. Hij had dit allemaal al eens eerder meegemaakt en hij wist wat er gebeurde als je iemand een leven wilde laten leiden waarnaar zij niet verlangde. Dat zou iedereen ongelukkig maken.

'Goed.' Ze snoof en veegde haar tranen weg met de rug van haar hand. 'Blijkbaar zijn er zaken waar jij nog eens goed over na moet denken,' zei ze, waarna ze zich op haar hielen omdraaide en terugliep naar de slaapkamer. De deur sloeg achter haar dicht.

Verdorie.

Hij was vanochtend wakker geworden met het plan om Jeanie te vertellen dat hij verliefd op haar was, en in plaats daarvan had hij voorgesteld dat ze beter 'rustig aan konden doen'. Wat een puinhoop.

Hij wierp een blik op de tafel en de uitroeptekens van Jeanie leken hem uit te lachen. Als Jeanie niet in Dream Harbor wilde blijven, zou hij zeker niet degene zijn die haar van het tegendeel wilde overtuigen. Ondanks wat zijn stomme hart hem vertelde.

De slaapkamerdeur ging weer open en hij voelde ten onrechte een vonkje hoop.

Jeanie gooide zijn spijkerbroek de gang in en liet de deur weer met een klap dichtvallen.

Juist.

Dit zou niet meer goedkomen.

Hij pakte zijn broek en trok hem aan terwijl hij hinkend naar de deur liep. Zijn laarzen lagen nog steeds op hun kant naast die van Jeanie, waar hij ze de avond ervoor had uitgetrapt. Hij was zo uitzinnig geweest, had zo naar haar verlangd, dat het hem niets kon schelen waar ze terecht waren gekomen.

Nu stapte hij erin zonder de moeite te nemen ze vast te maken, pakte zijn jas van de rugleuning van de stoel en verliet Jeanies tijdelijke appartement.

Hoofdstuk achtentwintig

Soms sloeg het leven je in je gezicht en gaf het je een trap na terwijl je nog op de grond lag.

Zo voelde Jeanie zich toen ze Norman betrapte terwijl die knoeide met de thermostaat in de koffieruimte, de dag nadat Logan haar appartement had verlaten. De dag nadat hij had gezegd dat ze hier helemaal niet hoorde te zijn. Het was alsof het leven haar voor de lol in elkaar sloeg.

'Norman, wat ben je aan het doen?' vroeg ze, terwijl het nare gevoel in haar onderbuik haar zei dat ze het al wist. Waarschijnlijk had ze dit hele mysterie veel eerder moeten oplossen, maar misschien had ze het niet zien zitten om de meest loyale medewerker van haar tante hiermee te confronteren. Om nog maar te zwijgen van de afkeurende blik die Norman haar toewierp toen hij zich omdraaide, wat genoeg was om haar het gevoel te geven dat *zíj* degene was die in de problemen zat. Misschien had ze de situatie verkeerd geïnterpreteerd.

'Het vriest hier zowat. De klanten beginnen te klagen,' vervolgde ze alsof ze moest uitleggen waarom hij niet met de thermostaat mocht rommelen nadat ze hem had ingesteld.

Norman keek haar aan en even leek het erop dat hij spijt had, maar toen verscheen zijn gebruikelijke frons. Hij hief zijn kin op en rechtte zijn schouders. 'Ik neem ontslag.'

De woorden kwamen zo onverwacht dat Jeanie ze niet kon verwerken. Het was alsof er kortsluiting was in haar brein en dat weigerde om de boodschap over te brengen.

'Hoe bedoel je, "ik neem ontslag"?' vroeg ze. Haar stem klonk heel hoog en paniekerig. 'Ik heb je hulp nodig.' Wat Norman ook had gedaan met de thermostaat of andere zaken in dit café – Jeanie weigerde na te denken over zijn lange lijst van mogelijke vergrijpen – ze kon dit café niet zonder hem runnen. Hij was degene die alles wist!

Norman schudde zijn hoofd. 'Echt niet.' Hij wendde zich van haar af en opende zijn personeelskluisje.

'Echt waar.' Ze legde een hand op zijn arm om hem ervan te weerhouden zijn spullen te pakken. Ze zouden hier wel uit komen. Het was duidelijk één groot misverstand.

Het was alweer druk in het café en Crystal stond er helemaal alleen voor. Ze moest weer aan de slag, maar ze wilde ook niet dat haar meest ervaren medewerker ontslag zou nemen op de dag nadat ze was gedumpt.

Gedumpt? Kon je gedumpt worden door iemand met wie je niet echt een relatie had?

Ze wist het niet zeker, maar ze voelde zich in ieder geval gedumpt. En ze had nog geen tijd gehad om dat te verwerken voordat Norman dit bommetje dropte.

'Ik heb je nodig, Norman. Jíj weet hoe alles hier werkt. Je was altijd de meest waardevolle medewerker van tante Dot.'

Norman snoof en trok zijn schouder los uit haar greep. Hij haalde een vest, verschillende paperbacks en een tupperwarebakje met zelfgemaakte mueslirepen uit zijn kluisje. 'Blijkbaar niet.'

'Heb ik je niet goed behandeld? Dan spijt dat me, Norman. Echt waar. Dit is de eerste keer dat ik de leiding heb en ik doe mijn best. Wat kan ik doen? Hoe kan ik dit oplossen?' Ze begon bijna hysterisch te klinken, maar er klonk steeds meer herrie door uit het café vanwege de drukte en ze kon de zenuwachtige stem van Crystal boven het kabaal van de menigte uit horen. Normaal gesproken waren er op dit tijdstip drie mensen aan het werk.

Norman slaakte een lankmoedige zucht. 'Het ligt niet aan jou. Echt niet.' Hij schoof de bril goed op zijn neus en keek haar eindelijk aan. 'Het ligt aan mij. Ik heb met de boel geknoeid.'

Natuurlijk was hij het geweest. Ze had het geweten zodra ze had gezien dat hij de thermostaat lager zette, nadat ze de temperatuur vanochtend al drie keer had aangepast. Wat ze echter niet begreep was waarom de oude manager van haar tante haar had belazerd. Wat was er in vredesnaam aan de hand?

'Waarom dan? Waarom zou je zoiets doen?'

'Ik ben niet trots op mezelf. En ik begrijp het als je me wilt aangeven.' Hij hield zijn handen stijf voor zich, en het idee van Norman in zijn geruite vest en bril met schildpadmontuur op een politiefoto maakte Jeanie bijna aan het lachen. Of aan het huilen. Of allebei tegelijk.

Ze kneep in de brug van haar neus en voelde een zware hoofdpijn opkomen. 'Ik ga geen aangifte doen. Maar waarom heb je het in hemelsnaam gedaan? Ik dacht dat je van het café hield.'

'Ja.' Hij kromp ineen. 'Ik ben er dol op en wilde het graag kopen, maar je tante wilde het niet aan mij verkopen.'

Huh? Norman had het café willen kopen. 'Echt waar?'

'Ja. Ze zei dat jij het meer nodig had dan ik.'

'O.'

'En ik dacht dat als ik het je een beetje moeilijk zou maken, je het café helemaal niet meer zou willen. Dat je het misschien aan mij zou willen verkopen.'

Jeanie liet zich op het bankje naast de kluisjes zakken.

'O.'

Norman streek met zijn hand over zijn vest en richtte zich op. 'Het was echt allemaal beneden mijn niveau en ik bied mijn excuses aan. Het liep eerlijk gezegd uit de hand. Het was nooit mijn bedoeling een raam stuk te maken. Of om je midden in de nacht angst aan te jagen.' Hij kromp ineen. 'Jim ging te ver daarmee. Uiteraard zal ik de eventuele schade vergoeden. En ik neem ontslag.'

'Je hoeft geen ontslag te nemen,' zei Jeanie zwakjes. Alles wat Norman haar zojuist had verteld, bleef onheilspellend door haar hoofd spoken. Ze had het gevoel dat ze ieder moment zou kunnen overgeven. 'Wie is Jim eigenlijk?'

Norman schraapte zijn keel. 'Mijn, eh... partner in crime.'

Jeanies ogen werden groot. 'Heb je iemand ingehuurd om mijn raam kapot te slaan?'

'Niet specifiek daarvoor. Ik dacht gewoon dat hij hier wel wat herrie kon schoppen.'

'O.' Die ene lettergreep kwam nauwelijks over haar lippen, en toen het haar toch lukte, klonk haar stem verslagen.

'Nogmaals mijn excuses.' En met die woorden pakte hij zijn zelfgemaakte tussendoortjes en andere spullen op en liet Jeanie zitten, met haar hoofd in haar handen.

Ze had nu twee keuzes. Ze zou zich kunnen oprollen tot een bal op de altijd plakkerige vloer van de koffieruimte en daar de rest van de dag kunnen blijven. Of ze kon opstaan en in haar café aan het werk gaan.

Ze kreunde vanachter haar handen. Optie één was verleidelijk. Zichzelf oprollen tot een bal leek de juiste keuze. Dat was troostend, veilig. Ze kon voortaan op de grond wonen en leven van kruimels. Dan zou ze nooit meer te maken krijgen met de verantwoordelijkheden die volwassenen nu eenmaal hoorden te dragen – of met een sexy boer die eigenlijk een regelrechte eikel was. Erg verleidelijk. Er waren echter ook nadelen. Het grootste nadeel was dat de vloer echt plakkerig was. Hoe vaak ze hier ook dweilde, de vloer bleef kleven en ze wist niet waarom. Dat ze niet wist waar het door kwam, was het ergste. Ze wilde niet plakkerig zijn. Bovendien zou ze Crystal en Tante Dot in de steek laten, en zichzelf. Dat was niet wat ze wilde.

Wat Logan ook zei. De domkop.

Er restte haar dus nog maar één optie. Ze bond haar schort voor en pakte de spullen die ze nodig had.

'Hé Crystal, sorry voor het oponthoud.'

Crystal keek over haar schouder toen Jeanie het café binnenkwam. Ze slaakte een zucht van verlichting. 'O, gelukkig,' zei ze met een zenuwachtige glimlach. 'Je bent er.' Ja, ze was er. Dit was verdorie háár café.

En ondanks de inspanningen van Norman en de angsten van Logan ging ze nergens heen.

Ze liep naar de bar. 'Hoi, Marco. Het gebruikelijke?'

De man glimlachte vriendelijk naar haar. 'Hoi, Jeanie. Ja, lekker.'

Jeanie knikte en ging aan het werk.

Hoofdstuk negenentwintig

'Oké, waar is hij?' Annies stem weerklonk al door de boerderij voor ze binnen was.

'In de keuken.' Zijn oma aarzelde niet eens voordat ze hem voor de leeuwen wierp.

'Hoe erg is het?' Nog een stem. Hazel was er ook.

Ook dat nog.

'Absoluut niet best. Hij heeft het huis van top tot teen schoongemaakt en het kippenhok gerepareerd.'

Logan fronste zijn wenkbrauwen. Was het zo erg dat hij schoonmaakte als hij van streek was? Hij zou ergere dingen kunnen doen. Hij was al tijden van plan om dat kippenhok te herstellen. Nu het herfstfestival voorbij was, had hij er toevallig tijd voor. En hij hoefde geen mooie nieuwe eigenaresses van het café te helpen.

Zijn maag trok zich samen, zoals altijd als hij aan het festival en Jeanie dacht, en aan alles wat er daarna gebeurd was. Hij had haar nu een week geleden voor het laatst gezien.

En hij had net zo lang geleden voor het laatst een fatsoenlijke kop koffie gedronken. Hij ging eraan onderdoor.

Maar hij wist dat het nog meer pijn zou doen als hij met haar bleef afspreken en zij zou besluiten dat ze klaar was met haar kleine experiment hier. Hij kon het niet.

'Oké, meneer de schoonmaker. Laat die poetsdoek vallen,' zei Annie terwijl ze de keuken binnenkwam met een mandje muffins in haar handen.

'Eigenlijk heeft hij meer weg van een voortvluchtige,' zei Hazel, die haar hoofd opzijhield en zijn kenmerkende baard en flanellen overhemd in zich opnam.

'Ha. Ha.'

Annie wist hier uitstekend de weg, tenslotte was dit al haar tweede thuis sinds ze kinderen waren. Annie kwam uit een gezin van zes kinderen en was een van de middelste. In zo'n groot gezin ging je op in de massa. Annie was dol op de aandacht van zijn opa en oma, en Logan vond het fijn om af en toe een surrogaatzusje om zich heen te hebben.

Niet dat hij dat nu zou toegeven, nu ze door zijn keuken liep, theezette en haar neus in zijn zaken stak.

Hazel ging aan tafel zitten en pakte een muffin, maar Logan zag dat ze vanuit haar ooghoeken steels een droevige blik op hem wierp. Precies zo'n blik die hij probeerde te vermijden. Annie zette een kopje thee voor Hazel neer en ging aan tafel zitten. Ze pakte een muffin en haalde die langzaam uit het papiertje terwijl ze hem aankeek met die vreselijk teleurgestelde blik op haar gezicht. Hij kon er niet meer tegen.

'Mijn hemel, Annie. Zeg het gewoon.'

Ze tuitte haar lippen van ongenoegen. 'Wat heb je gedaan?'

'Waarom denk je dat ík iets heb gedaan?' Hij gooide de vuile doek in de gootsteen en sloeg zijn armen over elkaar.

Hazels blik volgde zijn bewegingen. Zijn lichaamstaal was defensief. Dat wilde ze eigenlijk zeggen, maar ze liet Annie het woord doen. Nu, in ieder geval.

'Ten eerste waren jij en Jeanie zo close met elkaar op het festival en was je toen, poef, ineens weg.'

'Ik ben niet weg. Ik ben hier.'

Annie fronste. 'En nog iets anders: Jeanie is beslist niet zo opgewekt als anders, maar ze wil er niet over praten.'

Zijn hart sloeg een slag over. 'Wat bedoel je?'

Ze slaakte een zucht, alsof het moeilijk was om met iemand te praten die zo dom was, en waarschijnlijk had ze een punt. 'Ik bedoel dat Jeanie de afgelopen week keihard heeft gewerkt sinds Norman is vertrokken, maar ze...'

'Wacht even, is Norman vertrokken?'

'Hij heeft ontslag genomen,' meldde Hazel.

'Waarom zou Norman ontslag nemen?'

Hazel haalde haar schouders op. 'Het enige wat Jeanie zei is dat hij graag wilde uitvinden of er iets anders op zijn pad kwam. Het was erg raar.'

Logan schudde zijn hoofd en liet zich op een stoel aan tafel zakken. Annie gaf hem een bananenmuffin met stukjes chocolade. Zijn favoriet. Ze had in ieder geval iets lekkers meegenomen op deze missie om hem te intimideren.

'Ik snap er niets van. Waarom zou Norman ontslag nemen en Jeanie in de steek laten?'

'Dat lijkt me duidelijk,' zei Annie. 'Het beviel hem niet onder haar te werken.'

'Iedereen vindt Jeanie leuk,' gromde Logan. Hij hoorde precies hoe stompzinnig dat overkwam, maar het was er al uit voor hij het kon tegenhouden.

Annie trok een wenkbrauw op. 'De een vindt haar nog leuker dan de ander.'

'Ze blijft hier niet, Annie. Ik zie het niet zitten om er weer zo'n openbaar drama van te maken.'

'Ben je daar zeker van?' Annie zag eruit alsof ze zijn muffin in zou pikken om hem te straffen. Hij klemde die tegen zijn borst.

'Ze overweegt om het pand te verkopen. Het zou veel geld opleveren.' Hij haalde zijn schouders op. 'Dit is allemaal slechts een experiment voor haar. Uiteindelijk zal ze er genoeg van krijgen en terugkeren naar haar echte leven.'

Voor een klein vrouwtje dat altijd met haar neus in de boeken zat, bewoog Hazel zich als een echte ninja. Hij zag de klap in zijn gezicht pas aankomen toen haar hand contact maakte met zijn huid.

'Au! Haze, wat doe je nu?'

Annie onderdrukte een lach.

'Dit ís haar echte leven! Waarom zou ze zichzelf over de kop werken om het café de hele week draaiende te houden – ook al is er idioot weinig personeel – als ze weg zou gaan? Waarom zou ze lid worden van de leesclub en zich inschrijven voor een bakcursus als ze het hier niet leuk vond? Waarom zou ze zichzelf toegestaan hebben van je te gaan houden als ze niet van plan was te blijven?'

Logan verslikte zich in de muffin die hij in zijn mond had gestopt terwijl Hazel haar hartstochtelijke toespraak hield. Muffinkruimels vlogen uit zijn mond. Annie veegde ze van de tafel op de pas geveegde vloer.

'Ze houdt niet van me,' bracht hij tussen het hoesten door uit.

'Misschien nóg niet,' zei Hazel schouderophalend. 'Maar ik heb gezien hoe ze naar je kijkt – en hoe jij naar haar kijkt, trouwens – en dat betekent iets. Zo kijk je niet naar iemand als het zomaar een flirt is.'

Hij slikte moeizaam.

'Op een gegeven moment zul je het opnieuw moeten proberen,' voegde Annie eraan toe. 'Dan zul je het risico moeten nemen. Jeanie is het waard.'

'Je moet je verlatingsangst aanpakken,' voegde Hazel eraan toe terwijl ze een slok van haar thee nam.

'Mijn wat?' zei Logan haperend. Annie gaf hem een harde klap op zijn rug, waardoor er nog meer muffinkruimels over de tafel schoten.

'Logan, je vader is vertrokken toen je nog een baby was, je moeder stierf toen je nog een kind was en je enige serieuze, volwassen relatie eindigde toen je vriendin je verliet. Het lijkt mij vrij duidelijk wat hier aan de hand is.' Hazel duwde haar bril een stukje verder omhoog op haar neus terwijl Logan haar ongelovig aanstaarde.

'Het klinkt goed,' zei Annie. 'Heb je de zelfhulprubriek weer uitgeplozen, Haze?'

Hazel haalde haar schouders op. 'Volgens mij weten we dit allemaal.'

Logan streek met een hand over zijn baard. 'Lieve help, Hazel. Je houdt je niet in vandaag, hè?'

'Ik probeer alleen maar behulpzaam te zijn.'

Hij schoot bijna in de lach. Hazels versie van behulpzaam zijn was om al zijn problemen op tafel te leggen en hem geen genade te tonen. Maar ze zat er niet echt naast. Hij had niet in paniek moeten raken bij het zien van die nog steeds ingepakte dozen en de papieren van de makelaar. Hij had in ieder geval met Jeanie moeten praten voordat hij was weggelopen. Verlatingsangst. Het klonk ingewikkeld, maar het was simpel. Hij was bang. Bang dat Jeanie weg zou gaan. Bang dat hij weer zou falen. Bang om gekwetst te worden.

En hij had zich bij elke interactie met Jeanie door die angst laten leiden. Het was dat gevoel waardoor hij wilde ontkennen dat hij zich tot haar aangetrokken voelde. Het was dat gevoel waardoor hij wilde verbergen wat er tussen hen speelde. En het was dat gevoel waardoor hij in paniek was geraakt en overhaaste conclusies had getrokken in plaats van het gesprek met haar aan te gaan.

Als klap op de vuurpijl had hij zich teruggetrokken in de veiligheid van de boerderij en had hij zich sindsdien daar verstopt. Precies waar zijn opa hem voor had gewaarschuwd.

Nu hij zich al die verontrustende zaken realiseerde, stonden zijn vriendinnen op van hun stoelen om te vertrekken. Annie zette hun mokken in de gootsteen en Hazel gaf hem een kus op zijn kruin.

'Veel succes,' zei ze met een verrassend hard klopje op zijn arm. Wanneer was Hazel in vredesnaam zo sterk geworden? 'Ik weet zeker dat jullie eruit komen. Je moet op zijn minst even langsgaan voor een kopje koffie. Er gaan geruchten rond in de stad dat je bent vertrokken voor een meditatieretraite of dat je bergen aan het beklimmen bent in Peru.'

Logan schudde zijn hoofd. 'Waar komen die nu weer vandaan?'

'Mijn vader had een droom over jou en een lama op een of andere hoge bergtop of zoiets. Hij was niet helemaal duidelijk.'

'Dat vervloekte stadje ook.'

Annie grijnsde terwijl ze de keuken uit liep. 'Je bent er dol op. Tot gauw!'

Hij was er zeker van dat ze hem in de gang konden horen kreunen, maar ze keken niet achterom. Ze hadden gezegd wat ze wilden zeggen en muffins achtergelaten. Nu was het aan hem om te broeden op datgene wat ze hem hadden laten weten.

Norman had ontslag genomen.

Jeanie vocht nog steeds voor het café.

Blijkbaar had hij verlatingsangst.

Waar was hij in vredesnaam mee bezig? Hij was op de vlucht. Hij had iets moois opgegeven voordat het zelfs maar begonnen was. En waarom? Eén mislukte relatie met de verkeerde persoon?

Het werd tijd om het verleden eindelijk los te laten.

Hoofdstuk dertig

Jeanie trok een nieuw pakje Oreo's open en inhaleerde de vertrouwde geur. Ze roken naar haar kindertijd en naar thuis, en ze had het gevoel dat ze deze dag alleen zou overleven als ze er snel een stuk of vier zou verslinden voordat ze terug naar het café moest zodat Joe pauze kon nemen.

Terwijl ze kauwde, keek ze op haar telefoon. Ze had opnieuw een voicemail van haar moeder, ongetwijfeld over Thanksgiving. Dat zou ze later wel afhandelen. Verder had ze een app van Jacob met de titel van het volgende boek voor de leesclub. En een reeks appjes van Ben.

Nog in leven?
Ik heb al een paar dagen niets van je gehoord.
Heeft de sexy boer je in stukken gehakt en begraven in een pompoenenveld?!!

Zijn laatste bericht was twintig minuten geleden verzonden.

Jeanie, ik meen het. Alles oké?

Oeps. Blijkbaar had ze al een paar dagen niets meer van zich laten horen, maar ze had het zo druk gehad met sollicitanten die Norman zouden kunnen vervangen, en ze moest werken op alle uren dat Crystal en Joe niet beschikbaar waren. Het was zo'n gekkenhuis geweest dat Hazel en Annie ook diensten hadden gedraaid. Dat was zo aardig en de gedachte dat ze nu echte vrienden had, maakte Jeanie bijna aan het huilen.

Ze stuurde een paar korte appjes om haar broer te laten weten dat ze niet ergens in een veld lag.

Ik leef nog.
Sorry!
Ben superdruk.
Hou van je.

Ze wachtte op een reactie terwijl ze nog een koekje at en de kruimels aan haar schort afveegde. Haar telefoon pingde.

Gelukkig! Bel me straks. Ik wil updates over dat bloeiende bedrijf van jou.

Jeanie glimlachte. Bloeiend? Misschien. Klanten waren er in ieder geval genoeg. Ze had het mysterie opgelost en wist nu eindelijk wie alle problemen had veroorzaakt, of beter gezegd: het mysterie had zichzelf opgelost, en de uitkomst was geëindigd in een totale anticlimax. Als ze nu maar een paar studenten met verantwoordelijkheidsgevoel kon vinden om voor haar te werken, zou alles weer geregeld zijn.

O, en ze moest waarschijnlijk op zoek naar een nieuwe leverancier voor de smoothies, want Logan hoefde ze niet meer te zien.

Voor haar part bleef hij voor altijd verstopt zitten op die vervloekte boerderij. Hij kon gewoon…

'Waar is Jeanie?' Er galmde een stem door het café en Jeanie bleef verstijfd staan in de koffieruimte, met haar mond nog steeds vol met koekjes. Had ze hem op de een of andere manier opgeroepen met haar gedachten?!

'Ze heeft pauze.' Goed zo, Joe, dacht Jeanie, verwoed kauwend.

'Ik moet haar spreken.' Logans stem klonk zo luid dat iedereen in het café kon meegenieten. Vooral omdat het compleet stil was geworden in het drukke café zodra hij binnen was gekomen. Ze had niemand verteld wat er tussen hen was gebeurd, maar het feit dat ze samen op het festival waren geweest en dat Logan zich vervolgens een week lang niet in de stad had laten zien, was genoeg geweest om een aantal zeer vreemde geruchten op gang te brengen.

Het laatste wat Jeanie gehoord had, was dat hij ergens mediterend op een lama rondreed.

'Ze, eh…'

O nee, Joe aarzelde. Hou vol, Joe! Laat je niet intimideren door die gigantische boer.

'Jeanie.' Logans stem klonk luider, alsof hij het gesprek met Joe had afgerond en nu alleen maar haar naam riep en dat zou blijven doen totdat ze uit de koffieruimte kwam. Ze keek omhoog naar het enige kleine raam dat er was, maar ze wist niet of dat wel zou passen. Verdorie.

'Jeanie, alsjeblieft. Ik moet met je praten en als je niet hier komt, ga ik alles zeggen wat ik te zeggen heb in het bijzijn van al deze nieuwsgierige mensen.'

Er klonk wat gemompel uit de menigte, waarschijnlijk was een deel van de klanten verontwaardigd omdat ze nieuwsgierig genoemd werden, maar hun werd al snel het zwijgen opgelegd door iedereen die probeerde te horen wat er zou volgen.

Ze aarzelde.

'Oké, ik denk dat dat mijn antwoord is,' vervolgde Logan. 'Jeanie, ik ben echt een klootzak geweest.'

Iemand in het café liet een juichkreet horen.

Lieve hemel, waar was hij mee bezig?

Ze kon hem dit niet laten doen. Niet waar iedereen bij was. Ze wist immers wat hem eerder met Lucy was overkomen. Ze was geen monster.

Ze stormde de koffieruimte uit. 'Stop!' Logan zocht haar blik. Shit. Ze was vergeten dat die blauwe ogen de aantrekkingskracht hadden van een magneet. 'Kom in vredesnaam dan maar hier.' Ze liep om de bar heen, greep hem bij zijn zachte flanellen mouw en trok hem de koffieruimte in, tot grote teleurstelling van de menigte.

Er klonk zelfs boegeroep toen ze de ruimte verlieten. Die mensen hadden echt een hobby nodig.

Het had een goed idee geleken om weg te vluchten voor de nieuwsgierige blikken van de halve stad, totdat Jeanie alleen was met Logan in de kleine koffieruimte. Waarom was hij zo groot? En waarom rook hij zo verschrikkelijk lekker?

Zijn blauwe ogen dwaalden over haar heen alsof hij hongerig was geworden door de week waarin hij haar niet had gezien. Ze vond het vreselijk dat zij hetzelfde ervoer en nam elk detail van hem in zich op: van zijn getrimde baard tot de donkere kringen onder zijn ogen. Misschien had hij niet goed geslapen. Misschien had hij net zoveel aan haar gedacht als zij aan hem.

Nee, Jeanie, sprak ze zichzelf toe. Nee. Je zult niet opnieuw ten prooi vallen aan de sexy boer. Hij had zich echt als een eikel gedragen. Hij was met haar naar bed geweest en had toen het lef gehad om haar de les te lezen over wat ze wilde, hij had zelfs gezegd dat ze maar beter helemaal kon vertrekken. En toen... En toen! Toen was hij een week lang verdwenen terwijl zij hier in haar eentje achterbleef met het grote mysterie en haar café.

Als Jeanie de afgelopen week iets had geleerd, was het dat ze hier in Dream Harbor thuishoorde. Ze vond het leuk om hier te zijn en ze hield van de persoon die ze hier kon zijn. Ze wist nog steeds niet precies wíé de nieuwe Jeanie echt was, maar ze wist dat ze niet toestond dat mannen, zelfs geen sexy boeren, haar zo in de steek lieten.

Nu ze die gedachten eindelijk met een ander kon delen, opende Jeanie haar mond om Logan een koekje van eigen deeg te geven. Hij was echter al van wal gestoken en bood zijn excuses aan.

'Het spijt me. Ik had eerder met je moeten praten.'

Jeanie sloeg haar armen over elkaar. Nou, op dat punt had hij in ieder geval gelijk.

'En ik had nooit zo moeten vertrekken.' Hij streek met een trillende hand over zijn baard. 'Ik heb een hoop te verwerken, dat weet ik. Dat met Lucy raakte me meer dan ik wilde toegeven, en ik was bang dat het weer zou gebeuren.'

Lucy. Juist, nog een reden waarom dit met Logan niets zou worden.

'Luister, Logan. Ik kan niet zijn wie jij wilt dat ik ben.'

Hij kromp ineen.

'Ik heb het geprobeerd. Ik dacht dat ik die nieuwe persoon wilde zijn, dat ik die nieuwe persoon kón zijn. En ergens is dat ook wel gelukt, maar ik ben ook nog steeds wie ik was. Ik heb de boel niet op een rijtje, en het zal waarschijnlijk nog maanden duren om uit te pakken. Ik reageer te intens en ik denk te veel over van alles en nog wat na. Ik probeerde eigenzinnig en kalm te zijn, het zonnetje in huis, de perfecte eigenaresse van een café in een kleine stad. Ik probeerde op Dot te lijken. Maar ik ben haar niet. Ik ben gewoon wie ik ben, en ik vind het leuk om dit café te runnen. Mijn café. Ik weet niet hoe Lucy was, maar ik ben ook niet zoals Lucy. Ik ben...'

'Ik wil Lucy helemaal niet.' Zijn antwoord was scherp en fel.

'Wat wil je dan, Logan? Want ik kom daar echt niet uit.'

'Jou. Ik wil jou.'

Jeanie zuchtte terwijl ze zich nu weer boos en gekwetst voelde, en dan weer hoopvol. 'Ik kan niet...'

'Ik wil je precies zoals je bent.' Hij stapte op haar af en zijn heerlijke buitengeur deed haar bijna bezwijken. Ze wilde bijna haar gezicht verbergen in zijn door de zon verwarmde flanellen overhemd en toegeven.

Hij bleef doorgaan, wat haar vastberadenheid nog meer deed krimpen. 'Ik wil de Jeanie die mij bijna heeft onthoofd, ik wil de vrouw die in geesten gelooft, de vrouw die met mijn kippen praat en door de regen rent om een tent van de boerenmarkt te pakken te krijgen. Ik meende het toen ik zei dat ik het leuk vind dat je een rommelkont bent, Jeanie.' Hij deed een stap dichterbij. 'Ik vind je in alle opzichten leuk. Ik vind je leuk in een hooggesloten blouse, als je een praatje houdt op een van de bijeenkomsten. Ik vind je leuk als je dat oude, versleten vest draagt en je eruitziet alsof je net uit bed bent gestapt. Ik veeg graag je tranen weg en je lach is mijn favoriete geluid.'

Jeanie slikte de brok in haar keel weg. 'Maar je gelooft niet dat ik hier wil blijven.'

Hij ademde haperend. 'Daar werk ik aan. Ik geloof in ieder geval wel dat je mij de waarheid vertelt en ik ben bereid om te luisteren. Als je het hier leuk vindt, dan wil ik graag dat je blijft.' Hij wendde zijn blik af en gaf Jeanie de kans om bij te komen van zijn intense blik.

Haar hart klopte hevig. Wilde ze dat Logan onderdeel was van haar nieuwe leven hier?

Hij keek haar weer aan en haar adem stokte. Natuurlijk wilde ze hem, maar ze zou het hem niet zo gemakkelijk maken.

'Ik blijf in ieder geval.'

Hij knikte met een behoedzame blik in zijn ogen, alsof hij niet wilde aannemen dat het feit dat ze bleef iets te maken had met hun samenzijn.

'Ik heb het mysterie zonder jou opgelost.'

'Ik heb het gehoord.'

'Norman had het café willen kopen.'

Logans wenkbrauwen gingen omhoog toen hij dat hoorde. 'Echt waar?'

'Hij was boos omdat Dot het niet aan hem had verkocht. Daarom probeerde hij me af te schrikken.'

Logan snoof en schudde zijn hoofd. 'Het spijt me dat je dat alleen moest oplossen.'

Jeanie haalde haar schouders op. 'Annie en Hazel hebben me geholpen. Ik ben nu op zoek naar nieuw personeel.'

'Daar ben ik blij om. Heb je het aan Dot verteld?'

'Nog niet.'

Logan knikte opnieuw en wipte ongemakkelijk van de ene voet op de andere. Ze zag dat zijn geduld opraakte. Ze zag dat hij zijn hart voor haar wilde openstellen. 'Jeanie.' Zijn stem klonk als schuurpapier, als grind onder de banden van een pick-up.

Dat hij op die toon haar naam uitsprak, zorgde ervoor dat ze zich niet langer in kon houden. Ze kon het niet helpen. 'Ik wil jou ook,' zei ze, niet meer in staat het te verzwijgen.

Zijn mondhoeken krulden omhoog toen hij naar haar toe stapte en haar verdrong in de kleine ruimte. 'Meen je dat?'

Ze knikte, plotseling niet meer in staat iets te zeggen. Hij nam haar gezicht in zijn handen en hief haar kin op. 'Ik hou van je, Jeanie.' De woorden streelden haar huid, heet, maar lief.

'Is dat zo?'

'Ja. Al een tijdje.'

'Sinds wanneer?' vroeg ze met een plagerige glimlach. Logan streek met zijn duim over haar wang.

'Waarschijnlijk sinds ik je in die egelpyjama zag.'

'O nee,' kreunde ze.

Zijn glimlach werd breder. 'Of misschien toen je me alles vertelde over de beste snacks.'

Ze lachte. 'Nou, ik hou van je sinds ik zag hoeveel kleine pompoenen je tegelijk kon dragen.'

Hij slaakte een lange zucht, opluchting en geluk dansten in zijn ogen. 'Dus het dragen van pompoenen staat bij jou hoog op het lijstje van positieve eigenschappen bij een partner?'

'Blijkbaar,' zei Jeanie lachend, en hij kuste haar glimlach. 'Het is een goede training hiervoor...' Ze wierp zich in zijn armen en Logan ving haar op, waarbij er een 'oef' aan zijn lippen ontsnapte. Zijn rug raakte de kluisjes, waardoor ze rammelden, en Jeanie lachte in zijn hals.

Hij greep haar bij haar middel en hield haar stevig vast. 'Waarschuw me de volgende keer even.'

Ze kuste hem. 'Afgesproken.'

Logan kuste haar terug, zijn tong vond de hare en zijn opgeluchte gekreun ging als een trilling door haar heen.

'Ik hoorde een klap. Alles in or...' Joe's woorden stierven weg zodra hij het tafereel in de koffieruimte zag. 'Eh... sorry.'

Jeanie stak haar duim omhoog vanaf haar plekje in Logans armen. Hij begroef zijn gezicht in haar haar, om zich te verbergen of om haar geur op te snuiven, ze wist niet zeker wat de reden was.

'Alles oké,' zei ze tegen Joe, terwijl hij zich terug naar het café haastte.

Logan gromde tegen haar hals. 'Ik heb je gemist,' zei hij, voordat hij haar huid bedekte met kusjes. Jeanie stond op het punt hem hetzelfde te vertellen toen er gejuich uitbrak in het café.

'Joe staat niet bekend om zijn discretie,' zei Jeanie, hopend dat Logan hierdoor niet weer op de vlucht zou slaan.

'Goed.' Logan kuste haar opnieuw; en toen, met haar nog steeds in zijn armen, liep hij het café in.

'Wat doe je nu?' bracht ze uit.

Hij hield haar stevig vast terwijl alle hoofden in het café zich naar hen omdraaiden. Jeanie zag de hele leesclub in de hoek staan. Kaori had haar ogen opengesperd terwijl ze Isabel een por gaf. Jacob stak enthousiast zijn duim op. Hazel was er voor haar gebruikelijke latte, Tim en Tammy waren langsgekomen op weg naar de sportschool; en zelfs burgemeester Kelly stond bewegingloos bij de deur, met Noah vlak voor hem.

Mijn hemel, wat was Logan van plan?

'Ik hou van deze vrouw,' zei hij nors, alsof hij verwachtte dat iemand hem zou tegenhouden.

Het werd stil in het café.

Nu gaat het gebeuren, dacht Jeanie. De hartaanval waarvoor ik op de vlucht was. Zo zou ze in ieder geval sterven in de armen van een mooie man, in plaats van in haar eentje achter haar bureau. Dat was iets.

'Dat wisten we al!' schreeuwde Linda vanaf een plekje achterin, waardoor de stilte werd verbroken. Er weerklonk gelach, gejuich en gefluit in het café.

'Niet alles draait om jou, man,' zei Noah tegen hem terwijl hij naar de bar liep. Hij gaf Logan een klap op zijn rug. 'Maar gefeliciteerd.'

Logan slaakte een gefrustreerde zucht. 'Die vervloekte stad ook,' mompelde hij, en Jeanie giechelde. 'Noah, kun jij vanmiddag het werk van Jeanie overnemen?'

De visser grijnsde. 'Natuurlijk.' Hij sprong over de bar en landde naast een verbaasde Joe.

'Vanmiddag heb je vrij,' fluisterde Logan in Jeanies oor.

'Klinkt goed.'

Jeanie zwaaide over Logans schouder naar de klanten van het Pumpkin Spice Café, die alweer aan hun drankje zaten te nippen en over het weer kletsten, alsof ze elke dag wel een liefdesverklaring aanhoorden tijdens hun kopje koffie.

Hoofdstuk eenendertig

Logan nam Jeanie weer in zijn armen zodra de deur van zijn appartement achter hen dichtsloeg; haar mond lag op de zijne, haar handen zaten in zijn haar.

Jeanie trok aan zijn overhemd en bevrijdde zijn armen. 'Dit moet uit, dit moet allemaal uit,' zei ze terwijl ze haar eigen shirt over haar hoofd trok. Toen ging ze voor hem staan en maakte haar beha los.

'Fuck, Jeanie,' bracht hij uit, omfloerst en zwaar.

Ze glimlachte even naar hem en schoof haar spijkerbroek over haar heupen. Het was de grijns die hem raakte, die wetende glimlach. Verstoppen kon niet meer. Ze wist precies hoe graag hij haar wilde. Goed. Hij wilde niet dat ze er ooit nog aan zou twijfelen.

Ze liep naar hem toe en maakte de knoop van zijn spijkerbroek los. Het gevoel van haar vingers op zijn blote buik veroorzaakte een aangename rilling. Behalve het geluid van het openen van zijn rits was hun vluchtige ademhaling hoorbaar, en de regen die net op het dak begon te vallen.

Logan kreunde toen Jeanie zijn spijkerbroek over zijn heupen schoof, waarbij haar hand op weg naar beneden langs zijn opwinding streek. Toen ze hem aankeek, straalden haar diepbruine ogen van geluk. Van vertrouwen.

'Ik heb je gemist,' zei ze en zijn hart brak een beetje vanwege de gemiste week.

'Ik heb jou ook gemist.' Hij trok haar tegen zich aan, pakte haar billen vast en genoot van haar zachte gekreun toen hij kneep. 'Sla je benen om me heen, Jeanie.'

Ze keek hem opnieuw aan en schonk hem een glimlach die zo liefdevol en zo vol verlangen was dat zijn hart bonsde als een razende. Hij wilde haar nu. Nu en voor altijd. Ze dook in zijn armen en hij ving haar moeiteloos op, terwijl hij zich omdraaide zodat haar lichaam zich nu tussen hem en de muur bevond. Toen zijn mond op de hare terechtkwam, was het niet zachtaardig, maar hij kon er niets aan doen. Hij had gedacht dat hij haar kwijt was, en nu ze hier was kon hij zich niet inhouden. Niet meer.

Door de manier waarop ze hem terug kuste, wist hij dat ze hetzelfde voelde.

'Logan,' bracht ze kreunend uit, terwijl hij zijn heupen tegen haar aan bewoog. Ze boog zich naar hem toe en hij kuste haar in haar hals. Hij boog zijn hoofd lager en vond haar tepel met zijn mond. Hij zoog en likte totdat Jeanie zich kronkelend tegen hem aan duwde.

'Logan, alsjeblieft. Ik wil je.'

Hij kreunde en maakte zich los van haar borst. Hij drukte haar tegen de muur, hield haar met één hand vast en trok met zijn andere hand haar ondergoed opzij.

'Wil je het zo, Jeanie? Tegen de muur?' De vraag kwam er ruw uit, norser dan hij bedoelde. Hij wilde alleen maar weten dat ze dit echt wilde, dat ze zich op haar gemak voelde. Het klonk echter alsof hij haar dwong.

Jeanie kreunde. 'Ja, zo. Alsjeblieft,' zei ze hijgend, en hoewel Logan het niet voor mogelijk had gehouden, voelde hij zijn opwinding nog verder toenemen.

Hij deed zijn boxershort omlaag en duwde zichzelf tegen Jeanie aan. 'Een condoom?' vroeg hij, nauwelijks herkenbaar. Zijn lichaam trilde omdat hij zich nog in moest houden.

'Ik ben weer aan de pil gegaan.'

'Gelukkig,' verzuchtte hij.

Jeanie lachte buiten adem terwijl haar lichaam beefde tegen het zijne. Ze ontmoette zijn blik. 'Alsjeblieft, Logan.'

Hij ging bij haar naar binnen, langzaam, zo langzaam dat ze zich kronkelend tegen hem aan bewoog, totdat hun lichamen met elkaar versmolten waren. Hij leunde met zijn voorhoofd tegen het hare en ze ademden tegelijkertijd uit.

'Goed dat je al die zware kisten met pompoenen hebt getild, hè?' vroeg ze met een sluwe grijns.

Hij lachte. Een lach die overging in een kreun toen ze haar benen stevig om hem heen sloeg. Ze was zo perfect, zijn Jeanie.

Toen veranderde hij van positie. Hij trok haar tegen zich aan en hield haar stevig vast, terwijl haar dijen zich om zijn heupen klemden. Hij trok haar keer op keer tegen zich aan, totdat ze begon te jammeren in zijn armen.

Hij verstijfde. 'Doe ik je pijn?' Zijn adem stokte.

'Nee, het doet geen pijn.' Jeanie klemde haar armen om zijn nek. 'Ga door. Het is fantastisch.'

Hij kuste haar diep en veeleisend en zij nam hem in zich op, helemaal. Hij veranderde de hoek en zij hapte naar adem tegen zijn lippen. Toen hij dat nog een keer deed, wist hij dat ze er bijna was, zo hijgde en kreunde ze. Zo ging hij door, totdat Jeanie sidderde. Haar nagels boorden zich in zijn schouders en haar hielen duwden zich in zijn rug, waardoor hij niet weg kon uit dit perfecte moment.

Hij was diep in haar, met Jeanie tegen de muur, en toen kwam zijn hoogtepunt. Hij hield haar vast, hun jachtige ademhaling was het enige geluid dat te horen was. Jeanies benen trilden toen hij haar uiteindelijk op de grond liet zakken.

Ze hield haar armen om zijn nek geslagen en kuste hem op zijn borst voordat ze naar hem opkeek. 'Dat was me wat.'

Hij kon zijn glimlach niet onderdrukken. 'Ik zei al dat ik je had gemist.'

Jeanie grijnsde. 'Nou, dat zal niet meer gebeuren.'

Logan slaakte een diepe zucht.

'Maar,' vervolgde Jeanie, 'dit zouden we nog weleens kunnen doen.'

Hij lachte. 'Deal.'

Jeanie in zijn bed en de regen die tegen de ramen striemde, meer had Logan niet nodig. Het enige wat ze droeg was een van zijn oude versleten flanellen overhemden, en haar haar lag uitgewaaierd over zijn kussen. Een trage glimlach trok aan haar mondhoeken.

Hij leunde op één elleboog en keek naar haar. Ergens besefte hij dat hij eruit moest zien als een idioot, maar hij kon er niets aan doen. Hij was veel te blij om zich zorgen te maken over zijn gezicht. Op de een of andere manier had hij het geluk gehad een tweede kans te krijgen bij deze vrouw, en dat wilde hij niet als vanzelfsprekend beschouwen.

Jeanie streek met haar vinger over zijn blote borst. De lichte aanraking zorgde ervoor dat hij weer tussen haar benen wilde duiken, waar hij al het grootste deel van de middag had doorgebracht. Ze bloosde, alsof zij precies hetzelfde dacht.

'Bedankt voor deze ontvoering,' zei ze glimlachend. 'Ik had een vrije dag nodig.'

'Ik help je graag.' Hij bracht zijn lippen naar haar sleutelbeenderen en kuste haar blote huid, waarbij hij haar vederlichte hartslag voelde met zijn lippen. Jeanies gegiechel ging over in zacht gezucht toen hij haar dichter tegen zich aan trok.

'Misschien heb ik nog een vrije dag nodig om te herstellen van vandaag,' zei ze met een hese en rauwe stem.

Hij hield ook van deze Jeanie. De vrouw die haar benen om hem heen sloeg en hem tegen zich aan trok, de vrouw die hem net zo graag wilde als hij haar.

Haar uitspraak ontlokte hem een grinnik. 'Ik in ieder geval.'

Hij voelde dat ze glimlachte terwijl ze haar gezicht in zijn nek verborg. Hij wilde net voor hen beiden een aantal dagen vrij regelen toen Jeanies maag luid begon te knorren. Wanneer zou ze voor het laatst gegeten hebben? Waarschijnlijk had ze sinds vanochtend niets meer op. Ze waren op zijn zachtst gezegd afgeleid geweest.

Hij trok zich een beetje terug. 'Heb je trek?'

Jeanie trok haar benen terug. 'Ja. Honger als een paard ineens.'

'Ik ben een vreselijke ontvoerder, eh... gastheer geweest.'

Jeanie lachte, en het vrolijke geluid bruiste om hem heen. 'Erger kan niet.' Ze liet haar blik over zijn blote borst glijden. 'Hoewel je op andere manieren heel toeschietelijk bent geweest.'

Hij kneep zijn ogen tot spleetjes, dook naar voren en nam Jeanie in zijn armen. Ze slaakte een kreetje van verbazing en lachte toen hij haar weer tegen het bed drukte. 'Blij dat je er zo over denkt,' gromde hij terwijl hij haar hals kuste en zijn handen over haar rondingen gleden onder zijn veel te grote overhemd.

Ze duwde zich tegen hem aan en hij vergat bijna dat ze echt wat moest eten, totdat haar maag weer begon te knorren.

'Verdorie,' mompelde ze.

Hij lachte en liet haar weer los. 'Ik zou het mezelf nooit vergeven als ik je zou laten wegkwijnen.' Hij pakte een joggingbroek en trok die aan, genietend van de manier waarop Jeanie hem vanuit bed bekeek.

'Ik heb hier niet veel eten, maar er is ongetwijfeld iets te vinden.'

'Zolang het maar geen Twizzlers zijn, vind ik het prima.'

'Die eet ik alleen als ik op spokenjacht ben.'

Jeanie lachte. Ze zwaaide haar benen uit bed, waarbij zijn overhemd omhoogkroop langs haar dijen. Ze streek een pluk haar uit haar gezicht. De tere huid van haar nek en borst zag rood door zijn ruwe baard.

Jeanie bracht een hand naar de plek waar zijn blik was blijven hangen, precies boven de verleidelijke V van het overhemd. Hij staarde naar haar. Hij staarde naar haar in plaats van iets te eten voor haar te halen.

Hij schudde zijn hoofd en liep naar de keuken. Meestal at hij op de boerderij, maar hij bewaarde hier ook het een en ander voor tussendoor of voor 's avonds, of voor als hij zich verstopte voor zijn oma. Dat was de afgelopen week behoorlijk vaak het geval geweest.

Jeanie kwam achter hem aan en doorzocht zijn kasten alsof ze hier al woonde.

Hij genoot van dat idee.

Niet voor nu, maar wel voor de toekomst. Hij zag het duidelijk voor zich.

Jeanie betrapte hem erop dat hij weer naar haar staarde. Een prachtige blos kroop over haar wangen. 'Wat?'

Hij schraapte zijn keel. 'Niets.' *Ik stel me gewoon voor dat je hier voor altijd blijft.*

'O, noedels! Die heb ik al in een miljoen jaar niet meer gegeten.' Ze haalde twee bekers met instantnoedels uit de kast. 'Dit wil ik.'

'Oké.' *Je kunt krijgen wat je wilt.*

Ze grijnsde naar hem.

Hij kookte het water terwijl zij het zich gemakkelijk maakte aan zijn tafel. Buiten was het grijs en koud. Het zou Logan niet verbazen als er morgenochtend wat natte sneeuw zou vallen. Maar nu was het warm en knus in zijn kleine appartement en opeens leek dat genoeg. Meer dan genoeg zelfs, alsof het enige wat zijn leven eerder had gemist deze vrouw was, die aan zijn tafel zat en zijn overhemd droeg.

De ketel floot en hij goot het water in de bekers, terwijl hij toekeek hoe de noedels op magische wijze opzwollen en de bouillon goudbruin werd. Hij bracht de bekers naar de tafel.

'Jaaaa!' Jeanie klapte in haar handen. 'Ik ben hier dol op. Vroeger aten we het 's avonds laat weleens op kantoor. Echt slecht voor je, maar zo lekker.' Ze zuchtte terwijl ze de zoutige geur van de noedels inademde. Voor het eerst sinds hij haar had ontmoet, raakte Logan niet in paniek nu ze het over haar oude leven had.

Hij geloofde Jeanie. Hij vertrouwde haar. Bovendien wist hij dat wat zij hadden, echter was dan alles wat hij eerder had gevoeld.

Ze slurpte haar noedels blij naar binnen, met haar benen onder zich opgetrokken. De regen striemde langs de ramen naar beneden.

'Hoe denk je dat Noah het in het café heeft gedaan?' vroeg ze na een paar minuten slurpen en kauwen. Het was al vier uur geweest, dus het café was inmiddels gesloten.

'Ongetwijfeld goed. Hij doet ook de bar weleens voor Mac. Hij weet wat hij doet.'

Jeanie knikte. 'Het was aardig van hem om te helpen.'

'Hij is een goede kerel.'

'Volgens mij heeft hij wat met Hazel,' zei Jeanie met een heimelijke glimlach.

Logan verslikte zich een beetje in zijn noedels. 'Dat is zeker het geval.'

Ze giechelde. 'Ze zouden een mooi stel zijn.'

Logan haalde zijn schouders op. Hij hield nog steeds niet van roddelen, zelfs niet als het goedbedoeld was. Als Noah en Hazel samen wilden zijn, was dat hun zaak. Hij hield van dit stadje, maar hij zou beslist geen lid worden van de leesclub.

'Ik denk dat je Dot over Norman moet vertellen,' zei hij in plaats daarvan.

Jeanie trok haar neus op alsof dat idee haar helemaal niet aansprak. 'Ik weet het niet. Ik wil er niet een nog groter drama van maken.'

'Jeanie, het was echt verkeerd, wat hij je heeft aangedaan. Hij maakte je het leven zuur.'

Ze verschoof op haar stoel. 'Dat hij me het leven zuur maakte is wel wat overdreven.'

Logan fronste zijn wenkbrauwen. 'Hij heeft daadwerkelijk schade aangericht.'

'Ik heb een bedrag ingehouden op zijn laatste salaris om het raam te vervangen en de vaatwasser te repareren. Verder was er niets aan de hand.'

'Jeanie.'

Ze zuchtte. 'Hij leek gewoon zo verdrietig over alles. Het café. Tante Dot. Over het hele gebeuren. Ik weet het niet, het voelt niet goed.'

'Het is niet jouw schuld. Hij zou zich schuldig moeten voelen.' Het kwam er bozer uit dan hij wilde, maar hij was woest op Norman. Hij was de reden geweest dat Jeanie was gaan twijfelen over of ze hier wel moest blijven, en dat was voldoende om Logan te doen overwegen om een robbertje te vechten met een man die bijna net zo oud was als zijn opa.

Jeanie glimlachte. 'Ik weet het. Hij vóélt zich ook schuldig, volgens mij.'

'Dot zou het willen weten.'

Ze tuitte haar lippen terwijl ze erover nadacht. 'Laat me eerst alles herstellen, daarna zal ik het haar vertellen.'

Ze wilde nog steeds bewijzen dat ze het kon. Hij leefde met haar mee, maar begreep het. Hij had hetzelfde gevoeld toen hij de leiding over de boerderij op zich nam.

'Oké, afgesproken.'

'Anders komt Dot terug van het eilandhoppen, en ik wil haar vakantie niet verpesten.'

'Dat klinkt verstandig.'

Ze slurpte de laatste noedels op en likte haar lippen. 'Verrukkelijk.'

'Hm-hm.'

Jeanies ogen werden donker. Ze had gegeten, nu was het weer tijd voor belangrijkere activiteiten. Logan trok haar stoel dichterbij en viel voor haar op zijn knieën.

'Wat ga je...'

Haar vraag bleef in de lucht hangen toen Logan haar naar de rand van haar stoel trok, zijn hoofd naar haar dijen bracht en haar warmte kuste. Hij duwde zijn overhemd tot aan haar middel omhoog en haar benen gingen voor hem uiteen.

Hij proefde haar en ze kreunde, met haar hoofd achterover op de stoel.

Ze greep zijn haar vast met haar handen en bracht hem precies daar waar ze hem wilde hebben. Logans gekreun trilde door hen beiden heen. Ze hield hem daar en hij likte haar, terwijl zijn vingers zich in het vlees van haar dijen boorden totdat ze kwam, met zijn naam op haar lippen en haar handen in zijn haar. Het gewicht van haar benen op zijn schouders, de smaak van haar op zijn tong, haar zachte gekreun en gezucht; opnieuw een perfect moment.

'Holy shit,' fluisterde ze terwijl hij weer op zijn hielen ging zitten. Haar benen gleden van zijn schouders. Ze boog zich naar voren en drukte haar voorhoofd tegen het zijne. 'De beste vrije dag ooit.'

Hij grijnsde en zij kuste hem, en terwijl de regen met bakken uit de hemel kwam, voelde Logan zich voor het eerst in lange tijd zeker genoeg om gelukkig te zijn.

'Ik hou van je, Jeanie,' fluisterde hij. Hij zou het elke dag tegen haar fluisteren, het uitschreeuwen in een druk café. Als zij dat wilde, zou hij er zelfs over vertellen op een bijeenkomst van de inwoners. Hij zou het haar op alle mogelijke manieren vertellen.

Ze lachte. 'Ik hou ook van jou. En ik ga nergens heen.' Ze drukte een kus op het puntje van zijn neus.

Hij geloofde haar.

Een klop op de binnendeur naar de boerderij leidde Logans aandacht van Jeanies prachtig blozende gezicht af.

'Ja?'

'Willen jullie komen eten, kinderen?' Nana's stem weerklonk luid en duidelijk door de deur. 'Ik heb gekookt.'

Logan wierp een blik op de lege soepbekers op tafel en Jeanie in haar huidige ontklede staat. 'Eh... ik heb al gegeten.'

'Ik weet dat Jeanie bij je is.'

Jeanie giechelde.

'We hebben al gegeten,' corrigeerde hij zichzelf.

'Vast junkfood. Kom gezellig hier om een huisgemaakte maaltijd te eten.'

'Klinkt leuk,' fluisterde Jeanie.

'Dat komt omdat je haar eten nog nooit geproefd hebt,' fluisterde hij terug. Jeanie gaf hem een speelse duw.

'Je overdrijft vast.'

Hij keek haar grimmig aan. Ze wist niet waar ze aan begon, maar als ze zo graag bij zijn grootouders wilde eten, dan moest ze het zelf maar ervaren.

'Oké, Nana. We komen er zo aan.'

'Mooi zo! Jullie hebben vast trek gekregen.'

Logan werd knalrood en Jeanie probeerde haar proestende lach te dempen. 'Ik ben nu al dol op haar,' bracht ze hijgend uit.

Logan stond op van zijn plek tussen Jeanies benen. 'Ja, ze kan echt leuk uit de hoek komen,' zei hij, terwijl de voetstappen van zijn oma zich verwijderden.

'Ik denk dat ik me beter even kan douchen en aankleden.' Jeanie stond op en liep naar de badkamer.

'Ik denk dat ik beter met je mee kan gaan.'

Ze keek hem over haar schouder aan en er speelde een glimlach om haar lippen. 'Echt waar?'

'De knoppen kunnen nogal lastig zijn.'

'De knoppen?'

'Ja, soms blijven ze hangen. Ik kan beter meegaan om de temperatuur voor je te regelen.'

Jeanie kreeg lachrimpeltjes om haar ogen. 'Oké, als jij het zegt. Je bent ook zo attent.'

Logan sloeg zijn armen van achteren om haar heen en kuste haar in haar hals. 'Erg attent. Ik heb best veel ideetjes over wat we samen onder de douche kunnen doen.'

'Ik dacht dat je alleen wilde helpen met de temperatuur.'

Hij beet in het zachte vlees van haar nek en ze kronkelde in zijn armen. 'En misschien nog wat andere dingen...'

'Je grootouders wachten op ons.'

'Geloof me, Nana's eten is er niet beter op als we er vroeg heen gaan. En mijn opa blijft zeker nog een uur weg.'

'Nou, in dat geval...' Jeanie maakte zich los uit zijn greep en haastte zich naar de badkamer, terwijl ze onderweg zijn flanellen overhemd uittrok. Ze keek nog eens over haar schouder, met pretlichtjes in haar ogen, en hij volgde haar naar binnen.

Als Jeanie Nana's kookkunst aandurfde, moest ze daarvoor beloond worden. Minstens nog een paar keer voor het eten.

Jeanie zat op haar knieën onder de douche en keek naar een verraste Logan. Warm water stroomde langs haar rug, maar de douche was zo groot dat ze er vrij zeker van was dat ze dit kon doen zonder te verdrinken.

Ze sloeg haar hand om de basis van zijn erectie en nam hem in haar mond.

Logan stootte een onvertaalbare klank uit, die wellicht haar naam zou kunnen zijn.

Ze glimlachte.

'Jeanie,' bracht hij hijgend uit terwijl ze hem verder omsloot. 'Je hoeft niet...'

Ze stopte en trok zich terug, terwijl ze door haar natte wimpers naar hem opkeek. 'Ik wil het.'

Hij knipperde met zijn ogen. 'O.' Uit de uitdrukking op zijn gezicht maakte Jeanie op dat misschien niemand dat ooit eerder tegen hem had gezegd, maar ze wilde het echt. Ze wilde hem een goed gevoel geven. Zelfs hier, onder de douche, waar ze zou kunnen verdrinken, hoewel dat waarschijnlijk wel los zou lopen.

'Wil jij het ook?'

'O, ja,' kreunde hij, terwijl hij zijn hoofd achterover kantelde en tegen de betegelde muur achter hem liet rusten. Ze nam hem weer in haar mond en liet haar tong langs zijn lange, harde lengte glijden. Ze liet haar handen op zijn dijen rusten en voelde ze onder haar handpalmen spannen en buigen.

Hij greep met zijn vingers in haar vochtige haar en hield haar stevig vast zonder haar tegen hem aan te trekken. Zelfs nu was hij een gentleman, terwijl hij kreunde en gespannen boven haar stond. Jeanie bedankte hem door hem nog dieper op te nemen.

'Shit, Jeanie,' riep hij, terwijl zijn handen dieper groeven en hij voorzichtig begon te bewegen. 'Zo fijn,' hijgde hij, waarna hij zich losmaakte, terwijl hij haar abrupt omhoogtrok.

'Dat was… Jij bent…' Hij kon geen woorden vinden en kuste haar gretig, waarmee hij perfect uitdrukte hoe hij zich op dat moment voelde. Jeanies lichaam versmolt met het zijne en ze raakte buiten adem door zijn kus. Hij duwde haar tegen de muur.

'Ik heb je nodig,' bracht hij uit in haar oor, terwijl hij zijn hand naar beneden bracht en ontdekte dat ze al vochtig was en naar hem verlangde.

'Ik ook. Ik heb jou ook nodig.' Opnieuw. Altijd. Voor altijd. Ze was nog steeds verbaasd over hoezeer ze hem nodig had. Hoezeer ze hem wilde. Hoeveel ze van hem hield. En over hoe vaak hen dit vandaag al gelukt was. Zo fijn, dacht ze, terwijl Logan haar benen spreidde en zich van achteren tegen haar aan duwde.

Ze kreunde en drukte haar voorhoofd tegen de koele tegels. Zo fijn.

Hij ging dieper bij haar naar binnen terwijl zijn hand haar nog steeds streelde tussen haar benen, totdat hij het plekje vond dat haar adem deed stokken.

'Logan,' bracht ze kreunend uit, hoewel ze zich wel zorgen maakte over de akoestiek in de badkamer; misschien konden Logans grootouders wel meegenieten.

'Ja, Jeanie,' fluisterde hij tegen haar oor.

Ze snakte naar adem. 'Harder.'

Logan kreunde, liet zijn voorhoofd op haar schouder vallen en stootte harder. Hij hield haar heupen stevig vast en bewoog in haar totdat ze alles om zich heen vergat. Ze vergat wie ze was, wie ze wilde zijn, haar echte naam.

Maar ze herinnerde zich de zijne.

'Logan,' riep ze terwijl ze haar hoogtepunt bereikte, waardoor haar benen trilden. Ze werd alleen nog overeind gehouden door Logans handen op haar heupen, terwijl hij nog een keer stootte en ook kwam.

'Fuck, Jeanie.'

Hij draaide haar teder om, wat goed uitkwam, want haar benen leken haar niet meer te kunnen dragen. Hij drukte een kus op haar voorhoofd en trok haar stevig tegen zich aan. Ze glimlachte tegen zijn blote borst en luisterde naar zijn hevig kloppende hart.

Haar maag begon weer te knorren.

'Wat denk je dat je oma voor het avondeten heeft gemaakt?' vroeg ze, en Logans lach maakte haar vrolijk.

'Laten we ons douchen en aankleden, dan komen we er snel genoeg achter.'

Hoofdstuk tweeëndertig

'Heeft hij je echt weggedragen uit het café?' vroeg Annie, met zulke grote ogen dat Jeanie bijna in de lach schoot.

'Ja.'

'Over zijn schouder of als een bruid?'

Jeanie tikte met haar pen tegen haar lippen. 'Eigenlijk leek het meer alsof ik in een boom klom en de boom benen kreeg en begon te lopen.'

Annie knikte alsof dat volkomen logisch klonk. 'Ah, als een soort babykoala.'

'Precies.'

Hazel rolde met haar ogen en nam nog een slok thee. 'Ik kan gewoon niet geloven dat ik het gemist heb!'

Het was na sluitingstijd in het café en Annie en Hazel waren gekomen voor hun favoriete pumpkin-spiced drankje en om wat te babbelen. Dat was de afgelopen week een beetje de gewoonte geworden. Ze zaten allemaal aan een ronde, hoge tafel, met de bekers tussen hen in, evenals het overgebleven lekkers van de bakkerij. Het was weer een regenachtige dag en het café was donker maar gezellig. De ramen waren nog beslagen door de warmte binnen. Iemand had eerder op de dag een hart in de condens getekend en dat was nog steeds zichtbaar, een vrolijk krabbeltje dat opviel in de duisternis.

'Het was best romantisch,' zei Jeanie met een glimlach waarvan ze wist dat die dromerig en belachelijk moest zijn, maar ze kon er niets aan doen. 'Toen gingen we naar zijn huis en brachten de hele dag door...'

'Nee!' Hazel hield haar handen omhoog alsof ze daarmee kon voorkomen dat Jeanies woorden haar bereikten. 'Geen details. Hier trek ik de grens. Ik hoef niet te horen wat jullie gisteren allemaal gedaan hebben. Sorry.'

'Oké, oké. Ik zal niet op de details ingaan.'

'Bedankt.'

'Ik zal alleen zeggen dat hij er heel goed in was.'

'Argh!' Hazel bedekte haar oren en kneep haar ogen dicht.

Annie lachte kakelend. 'Fijn, Jeanie. Ik ben blij dat onze lieve Logan het in zich heeft.' Ze nam een hap van haar scone. 'Maar serieus, geen details.'

Jeanie knikte en haalde Hazels handen van haar oren. 'Geen details. Beloofd.'

Hazel slaakte een lange dramatische zucht van verlichting. Jeanie glimlachte toen ze dacht aan de eerste keer dat de twee vrouwen waren binnengekomen om haar voor Logan te waarschuwen, en ze besefte nu dat ze alleen maar geprobeerd hadden om hun vriend te beschermen. Ze werd er blij van dat niet alleen Logan haar vertrouwde, maar ook zijn beste vrienden.

Een harde tik op de voordeur deed iedereen opschrikken. 'Wie is dat in vredesnaam?' mompelde Annie.

Buiten stond een lange gestalte in een zwarte regenjas. De regen liep in stromen langs zijn capuchon en de wind striemde van opzij tegen hem aan. Jeanie was trots op zichzelf omdat ze slechts een seconde dacht dat het misschien een moordenaar zou zijn, voordat ze zich realiseerde dat het waarschijnlijker was dat dat niet zo was.

De figuur hief ter begroeting een hand op.

'Noah,' fluisterde Hazel, die hem als eerste herkende.

'O!' Jeanie sprong van haar stoel om hem zo snel mogelijk binnen te laten. 'Noah, wat doe je buiten in dit weer?'

Noah kwam binnen in een vlaag van wind en regen, en de vloer van het café zag er meteen niet meer uit. Hij deed zijn capuchon af en grijnsde naar haar. 'Ach, gewoon een beetje regen.' Zijn blik schoot naar de plek waar Hazel en Annie zaten, en zijn glimlach werd breder.

'Ik was net naar je op zoek,' zei hij terwijl hij Hazel aankeek, en Jeanie zag dat haar vriendin langzaam begon te blozen.

'O ja?' Hazels ogen waren groot achter haar bril. 'Hoe dat zo?'

Noahs grijns verdween en een deel van zijn gebruikelijke zelfvertrouwen wankelde bij het horen van Hazels geschokte vraag.

'Ik, eh... hoopte dat het boek dat ik had besteld, binnen was.'

'Heb je dat nu meteen nodig?' vroeg Hazel, wijzend naar de storm uit het raam.

'Nou, ik kijk er erg naar uit om het te lezen.'

Annie stond op het punt om in lachen uit te barsten, maar Jeanie wierp haar een waarschuwende blik toe. Dit alles tussen Noah en Hazel was te schattig en te ongemakkelijk om te onderbreken.

Hazel zuchtte en pakte haar jas van de rugleuning van haar stoel. 'Ik heb vandaag wel wat bestellingen binnengekregen. Laten we dan maar even gaan kijken.'

'Top.' Noah wreef opgewonden in zijn handen en Jeanie moest nu zelf een giechel onderdrukken.

'Kom op.' Hazel zette haar capuchon op en liep naar de deur. 'Tot kijk, jongens,' zei ze over haar schouder en Noah volgde haar de regen in.

Annie liet zich op de tafel vallen. 'Lieve hemel! Wat een belachelijk stel!'

'Ik vind ze schattig.'

Annie rolde met haar ogen. 'Hij bestelt al weken boeken. Willekeurige boeken, Jeanie! Volgens mij kijkt hij niet eens naar de flaptekst. Het is gewoon een excuus om in de winkel te zijn en bij haar langs te gaan.'

'Dat is zo romantisch!'

Annie fronste. 'Het is pijnlijk. Hij zou haar gewoon mee uit moeten vragen en ons allemaal uit ons lijden moeten verlossen.'

Jeanie lachte en klom weer op haar kruk. 'En hoe zit het met jou?'

'Met mij?'

'Met jou en Mac.'

Annies mond zakte open en klapte toen weer dicht. 'Mac en ik zijn aartsvijanden, dus ik heb geen idee waar je het over hebt.'

'O ja. Sorry. Ik weet niet wat ik dacht.'

'Haal die grijns van je gezicht, Jeanie.'

'Ik grijns niet.' Haar glimlach klonk echter duidelijk door in haar stem.

Annie vernauwde haar ogen. 'Zorg jij nu maar dat je nog lang en gelukkig leeft met Logan en laat ons met rust.'

'Natuurlijk. Ik was niet anders van plan.' Ze nam een hap van een kaneelkoekje en grijnsde naar Annie. Haar nieuwe vriendin keek haar vorsend aan.

Het voelde heerlijk.

'Waar is hij?' Op een rustige middag in november stormde tante Dot het café binnen terwijl haar wollen omslagdoek als een cape achter haar aan wapperde.

'Tante Dot! Je bent er weer!' Jeanie rende om de bar heen om haar te begroeten. Dot knuffelde haar, waarbij haar patchoeligeur Jeanie omringde en een van haar tantes enorme oorbellen haar in het gezicht sloeg. Meteen kwamen er allerlei herinneringen boven aan haar kindertijd. Het Pumpkin Spice Café en de weekenden bij Dot betekenden vroeger vrijheid, plezier en ontelbaar veel kopjes warme chocolademelk met kaneel. Nu had het een heel andere betekenis voor haar. Het betekende ergens bij horen, werk dat bevrediging gaf en vrienden op een steenworp afstand. Het betekende dat ze in de vroege ochtenduren de trap af strompelde om een kopje koffie met

Logan te drinken voordat hij terugreed naar de boerderij. Die rustige momenten vóór zonsopgang waren haar favoriet.

Haar tante hield Jeanie nog steeds stevig vast bij de armen, hoewel die zich losgemaakt had uit haar omhelzing. Ze hield haar nichtje even op een afstandje om haar te inspecteren.

'Ben je gelukkig?' vroeg ze. Haar gezichtsuitdrukking werd zachter toen ze Jeanies glimlach zag verschijnen.

'Heel erg.'

Dot knikte, waarbij de zeesterren die aan haar oren bungelden heen en weer zwaaiden. Haar peper-en-zoutkleurige haar was opgestoken in een hoge knot en ze zag goudbruin door de zon. Ze rook zelfs naar kokosnoot. Maar Dots gezicht stond allesbehalve ontspannen. In feite was haar uitdrukking weer net zo vastberaden als toen ze het café binnenstormde.

'Het ziet er netjes uit.' Haar tante keek de kleine ruimte rond. Ze stak haar arm door die van Jeanie. 'Je houdt het mooi in stand.'

Jeanie bloosde van trots en vergat te vragen wat haar tante dwarszat. 'Bedankt.' De afgelopen weken zonder Norman was Jeanie voortdurend bang geweest dat ze verkeerde keuzes zou maken, waardoor het café failliet zou gaan. Maar de jaren dat ze voor Marvin had gewerkt, wierpen hun vruchten af als het ging om organisatie en efficiency. Ze kon goed met mensen omgaan, zelfs als die stekelig tegen haar waren. En ze kon er goed tegen om in een chaotische omgeving onder druk te werken. Misschien had ze in het begin niet genoeg zelfvertrouwen gehad. Misschien was zij, Jeanie, toch de juiste vrouw om dit café te runnen.

Misschien had Dot dat al die tijd geweten.

Adelyn, een van de nieuwste barista's, glimlachte vanachter de bar. 'Wat wilt u drinken?'

'Pepermuntthee, alsjeblieft,' zei tante Dot, die haar blik nog steeds door de ruimte liet dwalen. De nerveuze energie straalde van haar af, en de pepermuntthee was nog een teken dat haar tante zich ergens druk over maakte. Dot beweerde altijd dat munt een kalmerende werking had. En ze zag er op dit moment allesbehalve kalm uit. Jeanie had haar nog nooit zo gezien.

‘Hoe is de reis verlopen?’ vroeg Jeanie terwijl ze plaatsnamen aan een tafeltje in de hoek.

‘Prima, ik heb het erg naar mijn zin gehad.’ Eindelijk richtte ze haar intense blik op Jeanie. ‘Het spijt me zo dat ik je met die moeilijkheden heb opgezadeld.’

Jeanie kromp ineen. Ze had haar tante een paar dagen geleden over Norman verteld, maar ze had zeker geen verrassingsbezoek verwacht.

‘Alles gaat goed. Echt. Het is allemaal opgelost.’ Haar tante snoof, alsof ze het er niet mee eens was.

‘Uw thee.’ Adelyn zette de mok voor Dot neer en haastte zich terug naar haar post, duidelijk de stemming aan tafel aanvoelend. Jeanie wenste plotseling dat zij zich ook achter de bar kon verstoppen.

‘Het gaat helemaal niet goed, daarom heb ik geëist dat hij me hier vandaag zou ontmoeten.’

‘Wát heb je gedaan?!’ Het was Jeanie gelukt Norman te ontlopen sinds hij was gestopt, wat lastiger was gebleken dan ze had verwacht. Laatst had ze zich in de supermarkt twintig minuten lang verstopt in het gangpad met diepvriesproducten, terwijl Norman zijn boodschappen deed, zodat ze elkaar niet per ongeluk bij de kassa tegenkwamen. Haar vingers waren zo gevoelloos geworden dat ze nauwelijks haar pinpas uit haar portemonnee kon halen toen ze eindelijk ging afrekenen.

‘We moeten dit eens en voor altijd regelen.’ Dot vouwde haar handen, waardoor haar vele gouden ringen tegen elkaar kletterden.

Wie moesten er iets regelen? Norman en Dot? Norman en Jeanie? Jeanie had gehoopt dat ze de man nooit meer zou zien.

Het belletje bij de deur klingelde en haar aandacht werd naar de ingang getrokken.

Logan zag haar onmiddellijk, zijn lippen krulden tot een glimlach die zijn uitdrukking in een oogwenk van stoïcijns in teder veranderde. Toen zag hij Dot en trok in een stille vraag een wenkbrauw op. Jeanie haalde haar schouders op terwijl hij naar hun tafel liep.

'Hé, Dot. Wat brengt jou hier?'

'Logan! Kom er gezellig bij zitten. Ik heb gehoord dat jij en mijn nichtje samen iets hebben.'

Jeanie keek verrukt toe terwijl Logans wangen rood werden boven zijn baard.

'Eh... Ja... Wij... Ik bedoel, ik...'

'Kom maar zitten, Logan,' zei Jeanie lachend, en hij zonk dankbaar op de stoel naast haar neer. Adelyn kwam langs met zijn gebruikelijke zwarte koffie en hij bedankte haar met een glimlach.

De intense blik van Dot ging weer naar de deur. Haar been ging op en neer onder de tafel en botste keer op keer tegen dat van Jeanie. Zag haar tante echt zo op tegen de confrontatie met Norman? Hij was behoorlijk chagrijnig, maar om hem nu als bedreigend te zien...

'Wat is er aan de hand?' fluisterde Logan in haar oor, waardoor de ongemakkelijke stilte werd verbroken.

'Tante Dot heeft Norman uitgenodigd. Zodat we de zaken kunnen regelen,' zei Jeanie, terwijl ze zich koesterde in zijn geruststellende warmte.

'Goed. Ik heb ook nog een appeltje met hem te schillen,' mompelde hij zachtjes.

Jeanie stond op het punt Logan eraan te herinneren dat hij onder geen beding met Norman mocht vechten, toen de deur weer openging en de man in kwestie binnenkwam.

Normans ogen speurden de ruimte af totdat hij Dot zag. Haar tante hield haar adem een moment in. Zijn blik bleef hongerig op haar rusten, alsof hij elk stukje Dot in zich opnam. Jeanie voelde het verlangen. De angst. De liefde.

Holy shit. Hazel had gelijk gehad. Er speelde iets tussen hen.

Norman duwde zijn bril steviger op zijn neus en liet zijn hand langs zijn vest glijden. Jeanie betrapte Dot erop dat ze de plukjes zilverkleurig haar die uit haar knotje waren ontsnapt achter haar oor stopte terwijl Norman naar hen toe liep. Een onkarakteristieke blos verscheen op de wangen van haar tante.

'Dorothy,' zei hij met een klein knikje.

'Norman.'

Jeanie keek naar Logan. Hij trok zijn wenkbrauwen op en haalde zijn schouders op, net zo verbaasd over de hele situatie als zij.

'Ik wil me graag verontschuldigen,' begon Norman.

'Dat is je geraden ook,' snauwde Dot. De verliefde blik was ineens uit haar ogen verdwenen. Logan onderdrukte een lach en Jeanie schopte hem onder de tafel.

'Sorry voor de schade die ik heb veroorzaakt aan het café, en dat ik Jeanie zo aan het schrikken gemaakt heb. Het ging veel verder dan ik had gewild.' Hij keek Jeanie aan en ze knikte hem vergevingsgezind toe. Logan reageerde minder mild en keek hem boos aan. Norman keek weer naar Dot. Niet dat zij vriendelijker was. Die arme man. Jeanie had echt met hem te doen. Een ongemakkelijk gesprek als dit leek een zwaardere straf dan nodig was. 'Je hebt dat arme kind geterroriseerd. Ze is zich midden in de nacht een ongeluk geschrokken!'

'Eigenlijk heeft hij dat niet zelf gedaan,' onderbrak Jeanie haar, maar Dot negeerde haar en wendde haar blik niet van Norman af. Er parelden zweetdruppeltjes op zijn voorhoofd.

'Het was nooit mijn bedoeling dat dit zou gebeuren. Ik wilde het haar gewoon een beetje moeilijk maken, maar dit ging te ver. Ik heb betaald voor de schade.'

'Nou,' zei Dot snuivend en ze sloeg haar armen over elkaar. 'Dat was het minste wat je kon doen.'

Norman knikte stijfjes. 'Ik weet het. Mijn daden zijn onvergeeflijk.'

'Ik heb je al vergeven, Norman,' zei Jeanie, en Dot wierp haar een waarschuwende blik toe, maar de uitdrukking van haar tante werd al zachter. Jeanie keek van Dot naar Norman, maar ze had er net zo goed niet kunnen zitten, gezien de manier waarop ze in elkaar opgingen. Ze gaf haar tante een bemoedigend duwtje tegen haar schouder.

'Als Jeanie je vergeeft, kan ik dat waarschijnlijk ook wel. Heel misschien.'

Norman slaakte een zucht. Hij ontspande zich ietwat, maar de angst was nog steeds op zijn gezicht te lezen. 'Ik had het moeilijk,' zei hij. 'Toen je wegging, dacht ik dat het een logische stap zou zijn om het café te kopen, na al die jaren dat we samengewerkt hadden. Dat ik het van je zou overnemen.'

'Je had ook gewoon met mij mee kunnen gaan.'

'Wat?' Jeanie sloeg een hand voor haar mond, omdat ze dit gesprek niet nog eens wilde onderbreken, maar ze stond helemaal versteld.

Norman knipperde met zijn ogen en zijn mond ging open en dicht voordat de woorden eindelijk ontsnapten. 'Dorothy... ik begrijp je niet.'

Haar tante slaakte een lange zucht. 'Natuurlijk niet. Waarschijnlijk is de helft van dit alles mijn schuld. Maar ik liet je het café niet kopen omdat ik hoopte dat jij ook met pensioen zou gaan, en dat we... dat we eindelijk...' Dots woorden stierven weg toen Norman zich op de stoel naast haar liet zakken.

'Dat wist ik niet,' stamelde hij.

Dot haalde zwakjes haar schouders op en alle woede vloeide uit haar weg. 'Ik heb het je nooit verteld.'

Jeanie had haar tante altijd als zelfverzekerd en sterk gezien; ze leefde altijd precies zoals zij dat wilde. Maar nu Dot aan de andere kant van de tafel naar de man keek op wie ze blijkbaar al jaren verliefd was, zag ze er verlegen en zelfs zenuwachtig uit, en het was alsof Jeanie de vlinders zelf ook kon voelen.

'Misschien moeten we gaan...' fluisterde Logan, maar Jeanie maakte een handgebaar om hem het zwijgen op te leggen.

'Sst.' Ze was niet van plan nu weg te gaan. Het werd net spannend. Dit stadje was haar echt op het lijf geschreven.

Norman reikte over de tafel heen en pakte Dots handen vast. 'Dorothy, ik ben al jaren verliefd op je.'

Dot snoof en Jeanie reikte haar een servet aan. Ze had haar tante nog nooit in haar leven zien huilen. Dot veegde haar tranen weg en legde haar handen weer in die van Norman.

'Ik had het je eerder moeten vertellen,' zei ze. 'Maar ik was bang, denk ik.'

'Waarvoor dan?'

Ze haalde haar schouders op. 'Dat je niet op dezelfde manier van mij zou houden.'

Norman schudde zijn hoofd. 'Onmogelijk.'

Jeanie glimlachte, ook al pakte Logan haar hand onder de tafel en probeerde hij haar opnieuw mee te trekken, om haar tante wat privacy te gunnen.

Dit keer liet Jeanie het toe, en ze stonden samen op en gingen achter de bar staan, terwijl ze toekeken hoe Dot en Norman steeds dichter naar elkaar toe schoven, totdat het hoofd van haar tante op zijn schouder rustte.

Jeanie zuchtte. 'Stel je voor dat je zo lang van iemand houdt en het nooit zegt,' mompelde ze.

'Ik kan het me wel voorstellen,' zei Logan en zijn norse stem verborg de emoties waarvan Jeanie wist dat hij die voelde.

'Echt? Je vertelde me al na ongeveer een maand dat je verliefd op me was,' zei ze, terwijl haar schouder tegen de zijne aan kwam en ze genoot van hoe sterk hij voelde.

Hij lachte zacht. 'Dat weet ik, maar jij maakte het me gemakkelijk.'

Ze lachte. 'O ja?'

'Ja. Het lag er nogal dik bovenop.'

'Hé!' Ze gaf hem speels een tikje op zijn arm. 'Bij jou anders ook.'

'Echt waar?'

'Yep. Geen grootsere liefdesverklaring dan het installeren van een nieuw slot.'

'Is dat zo?'

'Eigenlijk alles waar een gereedschapskist bij komt kijken. Iets repareren, iets maken. Dat zijn gigantische gebaren om "Ik hou van je" te zeggen.'

'Wauw, ik had geen idee.'

Jeanie leunde weer tegen hem aan. 'Echt waar.'

'Ik ben blij dat we er allebei duidelijk over waren,' zei hij, voordat ze weer naar Dot en Norman keken. Jeanie kon zich niet voorstellen dat ze elke dag met Logan zou werken en niets over haar gevoelens zou zeggen, zijn hand niet zou kunnen vasthouden en hem niet zou kunnen kussen. Het zou een marteling zijn.

Maar ze kon zich voorstellen dat iemand bang was dat het niet wederzijds was. Daar had zij mogelijk ook een paar keer aan gedacht. Het feit dat haar dappere, sterke tante net zo dacht, deed Jeanie denken dat misschien niemand altijd wist hoe je dingen aan moest pakken.

En misschien was dat wel oké.

Misschien kon ze vrolijk en somber zijn, rommelig en georganiseerd, zonneschijn en regen, een mix van de nieuwe en de oude Jeanie.

Logan drukte een kus op haar kruin en ze voelde de warmte ervan tot in haar tenen.

Tot nu toe leek dat behoorlijk goed te gaan.

Misschien bestond het perfecte leven in een kleine stad dat ze zich had voorgesteld niet, maar het leven dat ze nu had, was voor haar perfect genoeg.

Epiloog

Jeanies appartement was bomvol mensen – mensen én lege verhuisdozen. Logan stond bij de voordeur en maakte elke doos die leeg was meteen plat. Hij had al een behoorlijk bevredigende stapel naast zich staan. En elke doos die hij aan de stapel toevoegde herinnerde hem eraan dat dit echt was, en dat Jeanie bleef.

Maar zelfs als dat niet zo was, wist hij dat hij de moeite waard was. Dat vertelde zijn nieuwe therapeut hem tenminste graag. Eén keer per week ging hij naar dokter Stephens om over zijn verlatingsangst heen te komen. Jeanie paste zich stapje voor stapje aan haar nieuwe leven aan. Het allerbelangrijkste was echter dat ze alles samen deden.

Het uitpakfeestje was Isabels idee. Ze had de leesclub en Annie en Hazel gevraagd om Jeanie te helpen om zich eindelijk te settelen in haar nieuwe appartement.

Noah had Logan gesmeekt om hem ook uit te nodigen, dus liep het kleine appartement over van alle nieuwe vrienden van Jeanie.

Ze stond stralend in het midden van de kamer en vertelde Noah precies waar ze alles op wilde hangen.

'Ik denk dat de linkerkant omhoog moet,' zei ze.

'Nee, nee. Nu hangt het scheef,' protesteerde Hazel, die wees naar het hoogteverschil. 'Die kant moet omlaag.'

Noah hield het gigantische ingelijste schilderij van een paarse koe boven zijn hoofd en kantelde het moeizaam een klein stukje. 'En zo?'

'Ik weet het niet. Nu lijkt de rechterkant weer te hoog.' Hazel onderdrukte een giechel.

Jeanie legde een hand op haar heup en hield haar hoofd schuin. 'Misschien wil ik hem helemaal niet eens op deze wand hebben.'

Noah liet het schilderij kreunend zakken. 'Beslissen jullie maar. Ik heb een borrel nodig.'

Jeanie en Hazel lieten zich lachend op de bank vallen. 'Sorry, Noah! Je bent echt een kei,' zei Jeanie tegen hem terwijl hij langsliep om een biertje uit de keuken te halen. Logan volgde hem naar binnen en passeerde een zeer verwarde Jacob, die op weg was om Jeanie te vragen waarom ze zoveel dikke sjaals had.

Noah pakte twee biertjes uit de koelkast en gaf er één aan Logan. Op het aanrecht stond een stapel pizzadozen. In ruil voor ieders hulp. Het was de dag voor Thanksgiving en Jeanie zei dat dit het feest vóór het feest was. Morgen zouden ze het café sluiten en naar New York gaan om Thanksgiving bij Jeanies familie door te brengen. Hij zag er wel een beetje tegen op om haar ouders en haar broer Ben te ontmoeten, die op het laatste moment besloten had om vanuit Californië over te vliegen voor het feest. Jeanie zei dat hij kwam omdat hij dolgraag haar sexy boer wilde ontmoeten. Een opmerking die hij weliswaar graag hoorde uit Jeanies mond, maar die zijn zenuwen niet tot rust bracht.

'Volgens mij haat ze me,' zei Noah, zonder te hoeven uitleggen wie hij bedoelde.

'Volgens mij niet.' Logan nam een slok van zijn bier en zette de ontmoeting met Jeanies familie voorlopig uit zijn hoofd.

'Ik ben er vrij zeker van,' zei Noah met een grimmige glimlach. 'Maar ik heb vrij veel uithoudingsvermogen.'

Logan lachte. 'Dat is een van je bijzondere talenten.'

Noah knikte en nam nog een slok bier om bestand te zijn tegen het geplaag van Hazel en Jeanie. 'Oké. Ik ga er weer tegenaan.'

'Succes, man.'

'Bedankt.' Hoewel hij zich zorgen maakte, genoot Noah duidelijk van Hazels aandacht. Zijn gezicht klaarde op zodra hij weer bij haar in de kamer was. Hij was echt gek op haar.

Logan schudde zijn hoofd en zag dat Noah zijn post bij de muur weer innam, terwijl Hazel openlijk zijn achterste bewonderde. Ze haatte hem beslist niet.

Logan stond in de deuropening van de keuken en keek toe hoe iedereen meehielp. Langzaam maar zeker begon Jeanies appartement op een thuis te lijken. Stiekem wilde hij nog steeds dat ze op een dag bij hem in de grote boerderij zou komen wonen, maar hij was niet van plan dat te overhaasten. Voor nu ging het gewoon goed tussen hen.

Ze keek over de rugleuning van de bank en zag dat hij naar haar glimlachte.

'Het ziet er goed uit, toch?' vroeg ze.

'Zeker.'

'Het lijkt echt wel mijn thuis.'

'Ben je nu een echte Dream Harboniër? Dream Harboriaan?'

'Een echte Dreamer,' corrigeerde Hazel hem, en Logan rolde met zijn ogen, maar stiekem vond hij het geweldig. Hij hield van deze vervloekte stad en die vervloekt nieuwsgierige mensen, maar hij hield vooral van de vrouw die over de rugleuning van de bank naar hem tuurde.

Jeanie sprong op, kwam naast hem staan en kroop tegen hem aan, zoals hij dat zo graag had.

'Hoe het ook heet, het is een hele verandering als je bedenkt dat ik eerst niet eens iemand had om me te verzorgen toen ik ziek was.'

'Dat is waar. Kijk eens naar al die mensen die langs zouden komen om je braaksel op te ruimen.'

Jeanie lachte en begroef haar gezicht in zijn zij. 'Zeg dat maar niet tegen hen,' zei ze fluisterend. 'Anders willen ze niet meer bevriend met me zijn.'

'Wat mag hij ons niet vertellen?' vroeg Kaori terwijl ze vanuit de slaapkamer de woonkamer binnenstapte. 'Dat je een vreselijke sloddervos bent? Dat weten we al en we houden nog steeds van je.'

'Hé, bedankt.'

Kaori grijnsde. 'Graag gedaan.'

Jeanie haastte zich weer naar de bank en ging op de rugleuning zitten. Ze schraapte haar keel.

'Ik wilde jullie gewoon bedanken voor jullie hulp. Voor alles. Voor de hulp om het café weer vlot te laten draaien en voor vandaag. Het betekent veel voor me.'

'Geen probleem, liefje.' Nancy klopte op haar been terwijl ze naast Jeanies voeten op de bank ging zitten. 'Je hoort nu bij ons, in goede en in slechte tijden.'

Jeanie glimlachte. 'Vooral goede.'

Logan kwam achter haar staan en sloeg zijn armen om haar middel. Ze boog zich naar hem toe en hij genoot van het gevoel.

Alles was beter in Dream Harbor met Jeanie aan zijn zijde.

Dankwoord

Ik heb altijd het gevoel gehad dat ik een boek zou schrijven dat zich in een hedendaags stadje afspeelt en ik ben zo blij dat ik de kans heb gehad om het te schrijven. Dus allereerst wil ik Jennie Rothwell bedanken voor het vertrouwen in deze serie (en voor de toestemming om ermee aan de slag te gaan!). Ook hartelijk dank aan alle anderen bij One More Chapter, vooral aan mijn redacteur Ajebowale Roberts voor al haar input, aanmoedigingen en enthousiasme voor deze serie.

Daarnaast dank aan mijn ouders. Aan mijn vader omdat hij altijd bereid was om met me over zaken te praten en aan mijn moeder vanwege haar eindeloze enthousiasme over vrijwel alles wat ik doe.

Aan mijn man, omdat hij het nooit een gek idee heeft gevonden dat ik van schrijven mijn beroep wilde maken, en aan mijn kinderen omdat ze de eersten waren die 'schrijver' invulden bij de vraag 'Wat doet je moeder?' bij elk moederdagwerkblad op school. Als jullie erin geloven, kan ik dat misschien ook.

En tot slot heel veel dank aan mijn lezers, want zonder jullie zouden deze boeken niets meer dan een praatje in mezelf zijn. Bedankt dat jullie me een kans hebben gegeven, en ik hoop dat jullie meer van mijn boeken zullen lezen!

De auteur en One More Chapter willen iedereen bedanken die heeft bijgedragen aan de publicatie van dit verhaal…

Marktonderzoek
Emma Harvey
Maria Osa

Audio
Fionnuala Barrett
Ciara Briggs

Contracten
Georgina Hoffman
Florence Shepherd

Design
Lucy Bennett
Fiona Greenway
Holly Macdonald
Kelly McMorris
Liane Payne
Dean Russell

Digitale sales
Laura Daley
Michael Davies
Georgina Ugen

Redactie
Arsalan Isa
Charlotte Ledger
Ajebowale Roberts
Jennie Rothwell
Caroline Scott Bowden
Emily Thomas
Kimberley Young

Marketing & Publiciteit
Chloe Cummings
Emma Petfield

Uitvoering
Melissa Okusanya
Hannah Stamp

Productie
Emily Chan
Denis Manson
Francesca Tuzzeo

Rechten
Lana Beckwith
Rachel McCarron
Agnes Rigou
Hany Sheikh
Mohamed
Zoe Shine
Aisling Smyth

Het distributieteam van HarperCollins

Het team Financiën & royalty's van HarperCollins

Het juridisch team van HarperCollins

Het team Technologie van HarperCollins

Trade Marketing
Ben Hurd

Sales Verenigd Koninkrijk
Yazmeen Akhtar
Laura Carpenter
Isabel Coburn
Jay Cochrane
Alice Gomer
Gemma Rayner
Erin White
Harriet Williams
Leah Woods

En elke andere essentiële schakel in de keten, van bezorgers tot boekverkopers, bibliothecarissen en nog veel meer!

Laurie Gilmore schrijft steamy *small-town* romance. Ze vindt het heerlijk om boeken te lezen met de perfecte balans tussen zoet en spicy en streeft daar ook naar in haar eigen boeken. Haar *Dream Harbor*-serie is perfect voor fans van *Gilmore Girls*.